丹夫人の化粧台

横溝正史怪奇探偵小説傑作選

横溝正史
日下三蔵＝編

角川文庫
21289

目次

山名耕作の不思議な生活

一　どんな家に彼が住んでいたか

山名耕作《やまなこうさく》が、何故あんな妙なところに住んでいたのか、そしてまた、何故、あんな不便きわまる生活に甘んじていたのか、その当時、だれ一人として、その理由《わけ》を知っている者はいなかった。

新聞記者として、むろん、そう大したことではなかったろうけれども、少なくとも、月々六、七十円ぐらいの収入は持っていたにちがいない彼としては、たしかにもっと別な生活ができたはずだ。現にそれより以前までは、神楽坂の下宿にいて、月給日から、三日目あたりには、財布が空になっているていの、普通の若者の生活をしていた彼だ。何を考えて、また千住みたいなへんぴな所で、あんなへんてこな生活を始めたのだろうか、それはだれしも了解に苦しむところにちがいなかった。

「倹約《けんやく》のためじゃないかな」

とあるとき、彼のことが話題にのぼったので、私がふとそう言ったら、居合わせたみんなは、口をそろえてそれを否定した。

「それは、君がよく彼を知らないからだよ。あの男ときた日にゃ……」

と一人の男は、彼が決して金を残すような人間でないと断固として言い放《はな》った。

「そうかなあ。しかし金を残すつもりではなくても、あんな生活をしていたら、いきおい残らずにはいないじゃないか」

「でも、あれはやっぱり、君が彼の性格をよく知らないからだ。あの男ときたら、変に秘密を好む癖《くせ》があって、むかしからよく、人に知れない冗費癖《じょうひへき》を持っていたものだからね」

しかし、いまにして思えば、そう言った彼のことばはまちがっていたのであって、かえって、何気《なにげ》なく言った私の考えこそ的中していたのだ。そうだ、山名耕作は、まさしく金を残さんがために、あんな妙なすまいで、あんな不便な生活に甘んじていたのだ。一月一月、どんなに守銭奴《しゅせんど》の心を躍《おど》らせながら、殖《ふ》えてゆく金の勘定を、彼が楽しんでいたか、思ってみるとそれは妙なことだ、一方彼の友人たちは、決して彼が金を残すような人間でないことを、断言しているのだから。

しかし、そうかといって、山名耕作がいたずらに守銭奴でなかったことは私もよく知っている。むろん、彼が金をためようと決心したについては、ある一つの、風変わりな目的があったのだ。そしてそれについてお話するのが、この物語の目的なのだが。その前に、一応私は、彼の妙なすまい――というよりも巣と言ったほうが、より多く感じが出るのだが――について、お話しておきたいと思うのである。

私が初めて彼と言葉を交わしたのは、彼がすでに千住へ移ってからのことであった。一度私は、むろん私一人ではなく彼を古くから知っている古川信吉《ふるかわしんきち》と一緒に、彼の家を訪問したことがある。

そうだ、それはたしかに日曜日の朝のことで、私たち、私と古川信吉とは、その前の夜を、あまり人に言えない場所で過ごして、そしてその帰途を、ぼんやり吾妻橋の上に立っていた。

そういう朝のつねとして、二人とも妙にふやけた、ものわびしい気分で、世の中がほとんど、後悔の種だらけのような気持ちがするのだ。そしてそれでいて、一方また、何だかまだ満ち足りない感じも多分にあるのだ。そういう若者のかなしみを抱きながら、ぼんやりと欄干《らんかん》にもたれて、黒い河の水をのぞき込んでいると、河の上には、うじゃうじゃするほど船が往来《ゆきき》しているし、橋の上だって、ひっきりなしに、人だの車だの馬だのが通っているのだ。しかも彼らがてんでに、忙しさそのものを表現しているのだ、ああ、世の中に怠《なま》けているのは、自分たち二人だけなのだ！　とそんな気持ちが強く胸に迫ってくるのである。

それでいて二人とも、欄干から離れようともせずに、およそ次のような、とりとめのない会話を交わしていた。

「どうする？　これから――」

「どうしようたって」

「下宿へ帰ったって始まらんだろう？」

「金はもうないの」

「浅草で安来節《やすきぶし》をきくぐらいならあるよ」

「安来節はまだ始まってないよ」

「木馬にでも乗るかな」

「木馬か、また――」

そこで二人はふと黙りこんだのだが、やがて、さっきから、しきりに河の面へ唾《つば》を吐いていた古川信吉が、ふいに、「ねえ、君、横溝さん」と言うのである。「変なものだね、往来で唾を吐いたりするときには、別に何とも思わないが、こんな高いところから吐くと、ほら、あんなに」とここでまたべっと唾を吐いて、「ちょうど活動写真のスロモーションみたいに、ゆっくり落ちて行くだろう。すると何だね。唾みたいなものでも、何だか惜しいような気がしてきて、いよいよ水面へ落ちるときには、ひやっと、取り返しのつかないような気がするもんだね」

「馬鹿だね、君は」と、私はあくびをしながら言った。「ろくなことは考えないね」

「いや、ほんとうだよ。君もやって見たまえ」

そして彼は、私が止めるのも聞かないで、しきりに、べっべっと唾を吐いていたが、やがてまた、

「ねえ君、横溝さん」と言い出した。「ここに百円金貨を百枚ほど持っててね」

「うん」

「二人で五十枚ずつ、どちらが遠くまで行くか投げっこをしたら、さぞ愉快だろうね」

「なるほど、それはちょっとナンセンスでいいな、この世の思い出に、一度ぐらいやってみたいね」

「僕は一度やったことがあるよ」

「まさか」

「いや、本当だよ。もっとも百円金貨じゃなかったがね、山名耕作と二人で、日本橋の上から一銭銅貨の投げっこをしたことがあるよ」

「何だ、一銭銅貨か、銅貨じゃ始まらんな」

「でも相当スリリングだったよ。しまいには人がたくさん寄って来てね、おもしろかったよ。――それはそうと、君は山名耕作を知っていたかしら?」

一度私は、別の友人のところで、彼と会ったことがあるが、そのときは、ただちょっと顔を合わしただけでことばも交わさずに別れた。そう言うと古川信吉は、

「おもしろい男だよ。そうだ、これから彼のところを訪問しようじゃないか」

と言い出した。

「訪問するって、この近所なの?」

「千住だよ。でもポンポン蒸気に乗って行ったらすぐだ。君も、そうだ、ぜひあの男の家を見ておく必要があるよ。ああいうすまいはちょっと見られないからね」

そしてそういうことから私たちは、その欄干を離れると、古川信吉のいわゆるポンポン蒸気に乗って、千住まで行くことになったのである。

みちみち彼は、彼の癖で、ある男が落語家の三語楼《さんごろう》だと評したところの手振りだくさんをもって、山名耕作のすまいが、いかに素敵なものであるかを話すのであったが、なるほど、それはたしかに一風変わった家にちがいなかった。

千住の船着き場から、道のりにしてざっと五丁もあろうか。広い市場の通りを抜けて、それから二、三度曲がり曲がると、そこいらはもはや家並みもまばらな、田舎くさい町になるのだが、山名耕作の住んでいる家というのは、そこにあるのだ。それはあの大地震で、十度ばかり往来のほうへ傾いたのを、そのまま手入れもせずに丸太ン棒をもって支えてあるのだが、往来のほうがずっと高く盛り上がっているものだから、その屋根がちょうど、道を歩く人々の手の届きそうなところに見えるのである。しかも、山名耕作はむろんその家全体を借り受けているわけではなく、彼の住んでいるのはそこの二階なのである。しかし、おお、それが果たして二階といえるだろうか、元来その家というのは、二階建てにできているのではなくて、平家なのだが、その平家の、普通ならば天井を張るべきところに、天井の代わりに一部分だけ棚《たな》をこしらえてあるのである。そして山名耕作はその棚の上に住んでいるのだ。そうだ、それはたしかに棚にちがいなく、棚以外の何ものでもなかった。

最初その家の前に立ったとき、古川信吉は、薄暗い、穴ぐらのように見えるところの、

家の中をのぞき込みながら、

「おおい、山名さん、いる？」

と声をかけた。

すると、その穴ぐらの中から返事がある代わりに、かえって、私たちのうしろのほうから、

「やあ！」

という声がして、驚いて振り向くと、向かいの八百屋の店先から、山名耕作が、にこにこしながら出て来たのである。

「やあ！」と、私の顔を見ると、彼はもう一度そう言って、「いつかは失敬《しっけい》しました」とわりあいに慇懃《いんぎん》に頭を下げた。

「どうしたの！　何か用事があるの？」

と古川信吉が、八百屋のほうを見ながら言うと、

「いや、何もないんだが、僕の部屋には蚊《か》が多くてね、いられないんだ。しかし、どうです」とまた私のほうを振り向いて、「お上がりになりませんか。とてもお話にならない部屋ですけれども話の種になりますよ」

「上がるよ、むろん」と横から古川信吉が言った。「その部屋を見に来たんだからね」

そして私たち三人は、急勾配《こうばい》の坂を、うしろから突き落とされるように下ると、薄暗い軒《のき》をくぐった。するとそこが一間に半間の土間になっていて、右手が六畳、左手が三

畳、三畳の向こうが台所になっているのだが、どこにも障子《しょうじ》というものをはめてないものだから、家の中全体が、そこから一目で見渡せるのだ。

「さあ、どうぞ。危ないから気をつけてくださいよ」

そう言われて、初めて私は気がついたが、見ると六畳の部屋のすみっこに、植木屋などの使う梯子《はしご》が斜《はす》に立てかけてあるのだ。それを上るというよりは、伝わるようにして、私たちは前にも言ったところの棚の上へ上がったのである。

広さにして、それは三畳もあるだろうか、むろん立ってなどいられるはずはなく、いちばん表のほうなどはあぐらをかいていて、ちょうどその頭と、ほとんどすれすれのところに、棟木《むなぎ》だの、椽《たるき》だのがあるのだ。それがみんな埃《ほこり》まみれになっていて、だから、ちょっと身動きすると、ばらばらと頭の上から細かい物が落ちて来るのだった。

「上を向くとだめです。目へ埃がはいりますよ」

山名耕作が言ったけれど、むろん私たちは、上を向いてなどいられなかった。海老《えび》のように背を曲げて座ったのである。しかしこういうところに住んでいながら、彼はたしかにきれい好きな男にちがいないのだ。壁だの、畳だの、あるいは天井だのは、どんな田舎芝居の道具よりも惨めなものではあったが、でも部屋の整理されていることは、私自身の部屋などと比べものにはならなかった。一方の壁際には夜具だの行李《こうり》だの、もう一方の壁際には七輪だの、鍋《なべ》だの、釜《かま》だの、そしてもう一方の、往来に向かった明り取りの下には、机が置いてあった。私はその机のそばに、奥のほうを向いて座ったのであるが、すると、私の右のほうだけは壁も何もなく、しかもそこには障子もはめてないものだから、うっかりすると、下へ落ちそうなのである。

「ほほう、これは」と私は下の部屋を見下ろしながら言った。「うっかり寝返りでもすると、下へ転がり落ちますね」

「ええ、でも」と山名耕作は笑いながら、「さすがに寝ていても要心しているとみえて、まだ落ちたことはありませんよ」と言った。

そのとき、私は初めて、彼の姿をつくづくと見たのであるが、なるほど、身に着けているものといえば、洗いざらしの浴衣《ゆかた》に、よれよれの帯を締めていて、その格好はたしかにこの部屋全体と至極調和がとれていたが、しかし彼はよほど身だしなみのいい男と見えるのだ。頭もきれいに刈り込んでいるし、顔もきれいにそっているし、それに、部屋の様子から見て明らかに彼は自炊しているのにちがいないが、爪先《つまさき》など美爪術《マニキュアー》をほどこしているのではないかと思われるほども、見事につやつやとしているのだった。

「どうだい、素敵だろう」

古川信吉は彼自身もうかなりなじみになっているはずの部屋を、さも珍しそうに見回しながらそう言った。私は、ちょうどそのとき、表から帰って来た、この家の住人の息子なのだろう、はな垂れ小僧が、下の部屋に立って、じろじろと私のほうを見ているのを、見下ろしながら、あの子供の位置からすればちょうど自分たちは、神棚の上に座っているようなものだ、と、ふとそう考えると、おかしくてしょうがなかった。

そこで私たちは、一時間もしゃべっていたのだが、いったい何の話をしたか、いま少しも覚えていない。ただ一つ、古川信吉がふと本箱の上にのっていた、一オンス入りぐらいの瓶《びん》を手に取って、

「おやおや、これは何だい？」

と聞いたのを覚えている。

見ると瓶の中には、さらさらとした、赤黒い粉末のようなものがはいっているのだ。

「何だか当てて見たまえ」

と山名耕作はにやにや笑いながら言った。

「絵の具？」

「いいや」と彼は私のほうを見ながら言った。「梅干しの皮を干して粉《こ》にしたのだよ」

「何だ、薬か」

「薬じゃないよ。お菜がないときにゃ、そいつとお湯と一緒に、飯にぶっかけて食うんだよ」

や！　と私は思ったことだ。まるで落語にでもありそうなことだと思ったのである。

山名耕作は、しかし、それを少しも恥ずかしそうでなく話したのである。

山名耕作！　およそ彼は、こんな生活をしていたのである。

二　どんな女に彼が恋をしていたか

それから後、私はだんだん山名耕作と親しくなって、二、三度彼のすまいを訪問した。しかし彼のほうからは決して来るようなことはなく、実際彼は、穴ぐらのような自分の部屋と、新聞社の間を往復するほかには、向かいの八百屋へときどき行くだけで、あとは冬ごもりをしている動物のように、じっと部屋の中に閉じこもっていた。

何故彼がそんな生活をしているのか、なるほど彼との親交が増すにしたがって、決して彼が金を残しそうな人間でないことはわかってきたが、そうかといって、何らかの主義主張をもってそういう忍苦の生活に甘んじているのだとも見えないのである。

「どうしてまあ」

とあるとき私は冗談にまぎらしながら聞いたのだ。

「君はこんなへんてこな生活をしているのかね」

すると、彼はにこにこしながら、

「それは言えないよ。しかし、いまにわかるけれどね」

「というのは、やっぱり、この生活に何か意味があるのかね」

「うん、まあ、あるんだね」

「いったいいつまで、まさか、永久にやるわけじゃないだろう？」

「さあ、わからないね。しかし、いまのところ、二年ぐらいの予定だがね」

「二年？　その二年ということにもやはり意味があるのかい？」

「まあ、そう追求するなよ。いまにわかるから」

彼は実際変な男で、一方に明るい、楽天的な、開けっぱなしなところがあるかと思うと、一方においては非常な陰鬱《いんうつ》な秘密癖を持っているのだ。そして明らかに、いまの生活は、彼の性格の、あとの半面がさせるわざにちがいないのだ。

ようし、ひとつあいつの目的というのを、ぜひ見つけ出してやろう、私は、決して悪意ではなしに、ちょっとそうした好奇心を起こすこともあった。しかし、その後、私がだんだん、頻繁《ひんぱん》に彼を訪問するようになったのは、決して、その好奇心からだけでなしに、ほんとうに彼に好意を感じてきたからにちがいないのだ。彼は私をそう、大して歓迎もしなかったけれど、そうかといって、迷惑そうな顔をするようなことは一度もなかった。どんなときにでも、社に仕事のあるとき以外には、彼はいつも自分の穴ぐらにいた。夜になると、その部屋には電気がなくて、ちょうど、その部屋の床のところに、八燭《しょく》の電気がつくのである。いうまでもなく、それは下の部屋と共通に、彼の部屋にも役立つのだ。したがってその部屋で、夜彼と対座していると、フットライトを受けながら、芝居をしているように、光が、顎《あご》のほうからさすのだ。それがそうでなくても、怪しげな様子を、何ともいえぬほど、妖異《ようい》な感じに見せるのである。そこで彼は、あいかわらず頭をきれいに刈り込み、顔をきれいにそり上げ、そして爪先をつやつやと輝かせているのだ。これは、彼と交際するようになってから、まもなく知ったことである。けれどやっぱり彼は、一週間に一度ずつ、丸の内へ美爪術《マニキュアー》をやりに行くのであった。何のために、そんなおしゃれをするのか、私にはちっともわけがわからなかった。

ところが、ある日のことだ。

それはもう、最初私が、古川信吉と一緒に、初めて彼のすまいを訪問してから、半年あまりものちのことであったが、日曜日でも何でもない日に、私は彼を訪問したのである。予期していたとおり、彼はまだ社から帰っていなかったけれど、もはや、そんなに遠慮をしなくてもいいほどの間柄になっていたので、私は構わず例の梯子を上って行った。

あいかわらず部屋の中はきちんと片づいていたが、朝出るときに、珍しく急いだとみえて、机の引き出しの一方が開いたままになっているのだ。何気なく、私がひょいと中を見ると、細いリボンで束にした桃色の、明らかに女から来た手紙にちがいないのだ、封筒が見えた。

おや！ と私は思ったのである。これは妙だぞ、彼には姉妹というものはないはずだが、それにしても、そんな女の友達を持っているのかしら、いままで隠しているなんて、けしからんやつだ、そう思うと、それがやっぱりやきもちなのだろうか。私は急にその手紙が読んでみたくなったのである。時計を見ると彼が帰って来るのに、まだ間がありそうに思われた。そこで私は急いでその手紙の束を取り出すと彼のような几帳面《きちょうめん》な男だ、順序などもちゃんとそろえてあるかもしれない、とそう思ったものだから、よく注意しながら、いちばん上にあったのを抜き取って、そしてそれをひらいて読んでみた。

文面というのは、この間は久し振りにお目にかかりながら、あいにく時間がなかったので、ろくろくお話することもならず、まことに残念だった。今夜は夫が留守だから、ぜひ来てくれるように、女中や婆やは芝居にやることになっているから、決して心配はいらない、とそういった意味のことを、非常に美しい筆跡で書いてあるのだ。そして差し出し人のところには、ただ、とき子と呼び名だけしか書いてなかった。あて名のところには、まぎれもなく、山名耕作様と、はっきり書いてあるのだ。

いうまでもなく、それは恋文の一種にちがいなかった。そして、その恋の相手というのは、文面から察するところ、明らかに人妻らしいのである。

私ははっと胸をつかれる思いで、思わず唾《つば》をのみ込んだ。悪いものを見た、見てはならぬものを見た――、それにしても、山名耕作は何という男だろう。人妻と恋に落ちているのだ――。私はいそいでその手紙を、元どおり封筒の中へ入れた。ところが、人間というものは何という悪魔の弟子だろう、一方において、そういうふうに後悔しながらもまた別の心が、どうしても、ほかのたくさんの手紙を読まなければ承知しないのである。私は何遍も何遍も、唾をのみ込みのみ込みして、自分の不逞《ふてい》な欲望を思いとどまらせようとした。しかし、やはりとうとう、どうすることもできない力に打ち負かされて、盗人のように、こっそりとまた例の手紙のほうへ手を伸ばしたのである。

およそそれは、十五、六通もあったろうが、読み終わったところ、どれもこれも、そう大した相違はなかったけれども、でも、それらからして、二人の仲がかなりの程度にまで進んでいることを察知するのは難くないのだ。

しかも、それらの手紙の中に、「昨夜は急に、帝国ホテルの舞踏会へ出席しなくてはならなくなったので、心ならずもお約束を反古《ほご》にいたしました。どうぞ、どうぞお許しくださいませ」だの、「この次の週末には、Y男爵夫人の招待で軽井沢にある男爵の別荘へ行かなければならないので、どうぞこの間の約束は取り消してくださいませ」だの、そういった意味の文句があるところからしてみれば、相手の女というのは、たしかに、相当の地位ある夫人にちがいないのだ。

いまはもう、私はあきらかに、嫉妬《しっと》のほのおを燃やしながら、その女の姓を突き止めようと、まるで探偵《たんてい》のような心をもって、何遍も、何遍もそれらの手紙を繰り返し読んでみた。しかし、相手もなかなかに要心しているとみえるのだ、いつの場合でも、ただとき子とより他には書いてなく、絶対に手がかりとなりそうな何物も見つからなかった。

そろそろ私は失望して、それにもう、彼が帰って来る時分だと思ったので、それらの手紙を片づけていたときだ。梯子をみしみし踏みしめながら、上がって来る者があった。どきっとして、私はあわてて机の引き出しの中へそれを投げ込んだのだが幸いなことには、それは山名耕作ではなしに、下のおかみさんだった。言い忘れたが、それはまだ火《ひ》鉢《ばち》に火のいる時分だったので、それを持って、彼女は上がって来たのだ。

「遅いですね、山名くんは！」

私は、あまり周章狼狽《しゅうしょうろうばい》しているところを見られたものだから、やや恥ずかしくなって、そんなことを言うと、

「そうですねえ、でも、もうすぐお帰りでしょう。寒いから火を持って来ました」

「や！　これはどうもありがとう」

おかみさんはしかし、ただそれだけで上がって来たのではない証拠に、火鉢に火をいけてしまってからもなかなか降りて行こうとしないのである。明らかに彼女は、何か私に話したいことを持っているにちがいないのである。おやこれは妙だぞ、ひょっとすると、このおかみさんから、何か聞き出せるかもしれないぞ、そう思ったものだから、私は、

「どうです、山名くんは？」

と釣り出すように聞いてみた。

「おもしろい男でしょう？　ね？」

おかみさんはちょっと私の顔をみたが、

「ほんとうに、何と言ったらいいか――わたしにはわけがわかりません」

と言うのである。

「わけがわからないって、どういう意味？」

「いえ、もう――」と、彼女はちょっとことばを濁らせたが、やがて急に体を前へ乗り

出して来て、

「あんな妙なかたは、ほんとうにありませんよ。あなたは、あの人が、お金をどっさり持っているのを御存じ？」

「え！　山名耕作が！」

「ええ、ええ」

とおかみさんは、もったいらしく体を反らしたが、すぐまた、火鉢の上から、半分ほども体を乗り出して、何か一大事でも打ち明けるように、その骨張った肩を波打たせながら、低い、ひそひそ声で言うのである。

「わたし、ちゃんと知ってるんですよ。あの人は一生懸命隠そうとしてますがね。ええ、そうですよ。この前だってこの部屋代を、あなたこの部屋代がいったい、いくらだとお思いになって？　二円、たった二円なんですよ。安いじゃありませんか、ねえ。いまどき二円なんて部屋が、あるもんですか、そうでしょう。で、この前、部屋代を三円に上げてくれと、そう言ったんですよ。わたし、ちゃんとあの人がお金を持っていることは知っていたものだから、決して無理じゃないと、思って、そう言ったんですよ。ところがどうでしょう。あの人頑《がん》として聞かないんです。言いぐさがいいじゃありませんか。お金なんて一文もありませんって。それでいて、あなた、わたし、ちゃんと知っているんですよ、晩になると、あの人、算盤《そろばん》をはじいて、お金の勘定に余念がないのだから、癪《しゃく》にさわるじゃありませんか。うそじゃありませんよ。ほんとうですとも、また、あの人ぐらい算盤をはじくのが好きな人もありませんよ、暇さえあれば、パチパチやっているんですからね、ほら、それですよ。そこに算盤があるでしょう」

なるほどそう言われて、初めて気がついたことだが、積み重ねた夜具の向こうの柱に、大ぶりな算盤が一ちょうかけてあるのだ。山名耕作みたいな若さの男の持ち物としては、算盤など、たしかに不似合いなものにちがいなかった。

「ほんとうに、いまどきの若い人に、あんなのがあるかと思うと、ちょっと情けなくなりますよ。あたしンちへ来てから、もう一年あまりになりますが、ついぞ、あの人がむだづかいをしたのを見たことがありませんよ。なんぼなんでもあれじゃあんまりしなさすぎますよね。食べるものといやあ、お茶づけに梅干しで、お客が来ると塩昆布《しおこんぶ》――」

と、そう言いながら、彼女は部屋の中を見回していたが、ふと本箱の上に塩昆布のあるのを発見すると、勝手にそれを火にあぶって、ムシャムシャと食い始めた。

「いかがです？　あなたも」

私はすっかり閉口していらないと言うと、

「なに、いいんですよ。塩昆布ぐらい、十銭もあれば山ほども買えるじゃありませんか。でお客が来れば塩昆布を出すんでしょう。大抵の人なら客のほうから参ってしまいますよ。で、このごろでは、お客さまの方から、何かかにか、お茶菓子を持って来るんですよ。ところがあなた、それが余ったからといってうちの坊やにやってくれるではなし、自分一人で、三日も四日もかかって、うれしそうに食ってるんですよ。つくづくいやになってしまいますね。いったいあなた、あなたはたぶん御存じでしょう？　あの人、月給をどのくらいもらってるんでしょうね」

「さあ」と私もしかたなしに、「そうたくさんもないでしょう、七十円か、せいぜい八十円ぐらいでしょう」

「まあ、八十円！」と彼女は唾をのみ込んで、

「あきれた、それでまた、こんな暮らしをしてるなんて、この暮らしならあなた、月々二十円もあれば結構ですからね」

そしておかみさんはまだまだしゃべりそうであったが、ちょうどそのとき、夕暮れの道を、向こうから山名耕作が帰って来る姿が明かり取りの窓から見えたので、大急ぎで、低い天井にゴツンと頭を打ちつけながら降りて行ったのである。私はほっと救われたような思いがしたが、それにしても、私の目は思わずもあの大ぶりな算盤のほうへひきつけられるのであった。それはたしかに、あさましい手垢《てあか》にまみれて、黒光りがしているのだ。何ともいえない、救い難いやるせなさを私は感じたのである。

三　どんな夢を彼が抱いていたか

それ以来、私は山名耕作をあまり訪問しなくなった。おかみさんのことばをそのままに信用してしまったわけではなかったが、どういうものか、彼のことを考えると、腹の

中が固くなるような不愉快さを感じるのである。だいいちおかみさんのことばはことばとしても、私自身の目で見たあの手紙の束は、だれが何といっても、私のあまり好もしからぬ行為を、彼がなしていることを、まちがいなしに物語っているのだ。

そういえば、彼が金を残そうとしていることも、まんざらうそではなさそうだ。そういう方面において、だれも知らない金を彼は使っているのだ。現に、彼の不似合いなおしゃれなど、たしかにその間の消息を物語っているものでなくて何であろう。

私が、何かの拍子に、ふと美爪術《マニキュアー》をほどこした彼の爪先を思い出すと、何ともいえぬほどいらだたしく不愉快になるのである。あの爪先で女の手を握ったり、そうかと思うと一方では、あの不気味な算盤の玉をはじいているのだ。私はその矛盾をあきれるというよりも、むしろ、一種のものすごさを感じるのであった。

その後古川信吉に出会ったとき、彼が言うのに、

「山名耕作って変な男だよ。僕はちっとも知らなかったんだが、あいつたしかに金をためてるんだよ。この間あいつの留守中に行ったらね、貯金の通帳が放り出してあるんだが、開けてみると、なんと千円近くもあいつは貯金しているんだ、実際あきれたやつだよ」

私は何とも返事のしようがなかったので、いい加減な相槌《あいづち》を打っていた。

そしてそれから三月あまりもたったことであろうが、もはや、彼のことなんか、念頭から去ろうとしている時分に、思いがけなく彼から、長文の手紙がやって来たのである。

開いてみると、それは原稿紙に、およそ十枚ばかりも、細かい字でぎっしりと書いてあるのだ。

「横溝くん！」

とまずそう書いてあって、そして、そこから、彼の奇妙な告白文がながながと始まったのである。

その後はごぶさた。ちっとも顔を見せなくなったね。むろん君がやって来なくなった理由を、僕はよく知っている。いまごろ君は、さぞ僕のことを、たっぷりと軽蔑《けいべつ》していることだろう。そうだ、それでいいのだ。おかみのしゃべったことはほんとうだし、古川信吉が、たぶん君に漏らしたであろうことも真実だ。まちがいもなく僕は、金をためようと思って、あんなへんてこな生活を始めたのである。

だが、何のために、僕が金をためようと決心したか、その一見ばかばかしく見えるけれども、しかし、僕にとっては、たいへん真剣なその動機というのを、君はたぶん知らないだろう。僕はここに、破れたその夢を君にお話しようと思うのである。

最初僕が、そんなばかばかしい夢を思いついたのは、マーク・トゥエーンという、君も知っているにちがいない、あのアメリカの作家の小説からなのだ。あるいは君も読んでいるかもしれない。

アメリカの、ニューヨークだったと思うがはっきりしたことを覚えていない。その市のとても貴族的なホテルに、一人の、アリストクラチックな青年が投宿する。だれの目にもそれは、どこかの国の皇子か何かとしか見えない。人々は彼を、多大の尊敬と賛美とをもって見ている。彼はあたかも孔雀《くじやく》が群鶏の中にいるように、なんぴととも交際せずに、ひたすらに、貴族的な趣味生活をしている……、と見える。一方そこへまた、もう一人の、これまたロシアの皇女か何かにちがいない、美しい高貴な女が投宿する。そしてまもなく、この、だれの目にも似合いの夫婦と見られる二人は、だんだんと親しみを加えていき、そしてまもなく恋愛に陥る。そういう一週間が過ぎ、そしてあるとき男は女に告白するのである。

「私は……」

と女の手を取りながら彼は言うのである。

「私は実は、決して決して、みなが思ってるように、外国の貴族でも、何でもないのです。どうしてどうして、ほんとうを言えば、私はこのニューヨークの、哀れな一店員にすぎないのです。どうしてそれが、こんなホテルに投宿してこんな身分に過ぎた生活をしているのか、ああ、どうぞ責めてくださるな。生涯《しようがい》の思い出に、私は一度この生活をしてみたかったのです。そのために、私は幾年間というものを、食うや食わずに金をためてきたのです。もはや、しかし、その金もすっかりなくなってしまいました。だから、あなたとお目にかかることができるのも、これが最後なのです。いままで、どうか、あなたをあざむいていた罪をお許しください」

すると、女もやっぱり男の手を取りながら言ったのである。

「それは」

と口ごもり、顔を赤らめながら彼女は言うのである。

「あたしとても同じことですの。あたしも、決して決して、みなさまが思っているような、ロシアの皇女でも何でもないのです。どうしてどうして、私はこのニューヨークの、哀れな女事務員にすぎないのです。どうして、それがこんなホテルに投宿して、こんな身分に過ぎた生活をしているのか、ああ、どうぞ責めてくださいますな――」

と、彼女もまた、男と同じようなことを打ち明けたのである。そして、これがこの物語のおちなのだ。

僕はこの物語を、そのおちなんどには関係なしに、どんなに感激して読んだことか。これこそ僕たちの、いちばん欲しているネオ・アバンチュールなのだ。最も近代的な冒険なのだ。そうだ、自分も。

そしてその日から僕は金をためようと決心したのである。

君をはじめ、だれ一人知るまいが、僕には一方とてもだらしないところがあるとともに、他方には、また自分でもおそろしくなるほどの、あの根強い、執拗《しつよう》な意志の力があるのだ。そしてこの力がいったん決心したことに対しては、それを貫徹するまで、わき目もふらせない精力を持たせるのだ。だから、この場合も、ひとたびそう決心を定めるや、その翌日から、僕は着々としてその計画を進め始めた。

それは実際、あまりに煩瑣《はんさ》で、いちいち筆で語ることのできないほど綿密な計画なのだ。

四　そしてどんな結果にすべてが終わったか

まず第一に僕は金をためなければならなかった。（と、山名耕作の奇妙な告白状はまだまだ続くのである）どういうふうに金をためるべきか。むろん、それまで僕には、一文の貯金もなかったし、また、親もなければ、兄弟もない僕には収入といえば、きまりきったその月その月の月給のほかには何物もないのだ。だから、金をためるとすれば、否が応でも、その月その月の生活費を低減していくよりほかに道はない。

しかし横溝くん!!

君は金をためるということが、どんなに愉快なことか知っていますか。実際僕みたいに、綿密に、着実に倹約してゆくということは、すでに一種の芸術の境地にはいっているると思うのだ。君もたぶん御存じであろう、僕の月給は七十円である。そして僕は、一年半の間に、少なくとも千円以上の金をためようと決心したのだ。だから否が応でも月々五十円以上の貯金をしていかなければならない。七十円マイナス五十円イコール二十円！　つまりこの二十円が僕の生活費なのだ。

こういう姑息《こそく》な金のためかたを、あるいは君は軽蔑するかもしれない。何故何か山気のある仕事に手を出して、一時に金をもうけないのかと、君は言うかもしれない。しかし僕の考うるところでは、僕の抱《いだ》いているがごとき夢を実現するためには、その金が、零細な金の集まりであればあるほど、それは興味があるのだ。もし僕が馬券だの債券だので、一度に二千円なり、三千円なりをもうけることがあるとして、その金で、そういう夢の実現ができたとしても、僕はそれほど愉快には感じないだろう。一銭一銭、ちょうどいにしえの守銭奴が金をためるようにして、ためた金であってこそその夢はいっそう魅力を添えるのだ。君はドストエフスキーの「青年」を読んだことがあるか。その中で主人公の青年が、あらゆる倹約法を攻究するところがある。例えば、どんなふうに歩けば靴《くつ》の減りがいちばん少ないか、とそんな点まで彼は研究するのだ。これはたしかに作者自身の思想にちがいないのだが、僕の場合は、これ以上でこそあれ、決してこれ以下ではないのだ。二十円！　僕にとってはたったそれだけの金がしかも月々幾分の剰余金ができるほどだった。僕はまるで、どんなユダヤの天才的守銭奴も及ばないであろうほどの、巧みさをもって、一月一月と、生活費を減らせることができるのだった。

そういうふうに、一方においては、着々と金をためながら、しかし他方においては、僕はまた、自分の夢を実現させる日のことを、決して忘れはしなかった。君は覚えているだろう。僕があんなへんてこな生活をしながら、つねに、美爪術《マニキュアー》をほどこしていたのを。実際僕は、手先の美については極端に神経過敏なのだ。女について言っても、僕は彼女の容貌《ようぼう》だの、姿態だのその他普通の男が興味をひかれるそんな部分よりも、彼女の手先のほうがいちばん多く僕の注意をひくのだ。

そうだ、やがて僕の通帳の預金額が千円を超えて、そして僕の夢を実現させうる日がやって来たときに、僕の爪先が職工のそれのように、醜くたわめられていたら、いったいどうなるであろう。これは、しかし指先ばかりではない。他のあらゆる部分がそうなのだ。さいわい僕は、相当美しいといっていい程度の容貌、姿態を持っているし、もし僕が、何々子爵の令息というふれこみで、例えば、帝国ホテルなどへ投宿したとしても、それはそんなに不自然でないほどの押し出しは持っているつもりなのだ。

僕はそういう日のために、いろんな紳士の礼儀作法というものを余念なく練習した。そしてやがて千円という金がたまったら、僕は軽井沢で一週間、どんな貴族も及ばないであろうほどの、美しい生活をするつもりだったのだ。それはちょうど金をためているのと同じ程度の情熱を持って、僕には夢想し計画することができた。僕は自分のあの汚い一室の中に寝そべっていながら、手に取るように、まだ一度も踏んだことのない軽井沢という土地を知ることができたのだ。

こうして日一日と夢想に近づいていながらまもなく僕の気がついたことは、そういう僕の夢にとってははなはだしく物足りないことは、僕がたった一人ぽっちで、ふさわしい女性のいないことだった。事実、かくのごときロマンチックな夢の中に、女性のいないということは、はなはだしく不自然ではないか。優しい、高貴な女性がいることで、私の夢はいっそうその光彩を添えることができるのだ。だが、そんなおあつらえ向きな女がいるものだろうか、たといいるとしても、それが僕の夢に同情を持ってくれるだろうか。僕は常にあの汚い一室の中に閉じこもりながら、そういう女を探し出すことに余念がなかった。毎日毎日、壁に向かって女の影像を描きつつ、描いては消し、描いては消ししていた。そして間もなくさすがに苦心のかいあって僕はとうとう理想的な女を発見することができた。それはある外交官の夫人で、年齢は二十四、彼女の膚はまるで乳のようになめらかで、彼女の髪の毛は、やや茶色を帯びたブルーネットなのだ。そして聖母のように高貴であるとともに、どうかしたはずみに、たいへん淫蕩《いんとう》的にも見えるのだ。まもなく僕は彼女と手紙の往復をはじめとして毎夜毎夜、甘いあいびきを続けさえした。

君も彼女の手紙を見たことであろう。そして著しく、それが君を不愉快にしたようである。

しかし、横溝くん！

君は彼女の正体をはっきり知らないのだ。彼女はいったいどこに住んでいるのか。そして彼女の姓は何というのだろう。おお！　君よ！　それは僕でさえも知らないのだ。そして僕を除いた何者もまたそれを知らないのだ。というより知るはずがないのだ。なぜならば、彼女はただ僕の夢の中にのみ住んでいるのだから。

「では、あの手紙は？　桃色の封筒の中にはいっていたあの手紙は？」

君はそう言って問い返すだろう。しかし君よ！　あの手紙はなるほど彼女から来たものにちがいない。しかし僕自身が彼女の代筆者であることを君は知っているか。

そうだ、僕はあの手紙をどんなにか胸をふるわせて読んだことであろう。しかもその手紙を書いた者は僕自身なのだ。だが君はこういうことを知っているか。小説の中に出てくる人物ですらが、書いているうちにしばしば作者の自由にならない個性を持ってくるということを。僕の夢の女の場合でも、彼女はまもなく、僕のどうすることもできない個性を持ってしばしば僕の意志に逆らって、僕と争ったり、僕の命令にそむいたりするのだ。それだけに僕の興味はますますつのっていき、僕の彼女に対する恋情はいよいよ深まさっていくのだ。

だが、こんなくだらない話は、おそらく君を当惑させるだけで、君を喜ばせはしないだろう。それに僕自身もだいぶ疲れてきたから、それ以後のことをなるべく簡単にお話しよう。

事態は順調に進んでゆきつつあった。僕の守銭奴的天才のおかげで、思ったよりも早く、目的だけの金額がたまりそうであった。そして、将来はいるであろう収入（預金額の利息などもむろんその計算の中にはいっているのだ）を、細かく、細かく計算してみると、あと二月をもって千五百円という金ができることになったのだ。

千五百円！

おお、僕の夢は実現できた。風呂代をも惜しんでため込んだこの千五百円を、僕はたった一週間で煙にしてしまうのだ。それを考えるとき、僕の胸は、思わず高鳴りするを禁じえないのであった。

だが横溝くん！　これはいったい何ということだろう。僕の楽しい夢は、ふいの出来事に打ち砕かれてしまった。

というのは昨日のことなのだ。

朝起き抜けに、僕のところへ一通の郵便が舞い込んで来たのである。それは僕の見も知らぬ名前の男からであった。僕は何気なくその封を開いて読んでみた。いまから思えば、もう二月、この手紙の来るのが遅れてくれたら、僕はどんなにか幸福であったろう。いったいどういうことがそこに書いてあったと思う。

僕がいままで、名前を知っているだけで、会ったことすらない僕の叔父《おじ》の山名太郎が亡くなったというのだ。そして彼には妻もなければ子もなく、したがって相続人というものがそこにないわけだ。だから、彼の遺産全部、金に改めると、約五万円ばかりのものが全部僕のものになるというのである。

ああ、横溝くん！　僕はいったいどうしたらいいのだろう。

山名耕作の奇妙な告白状は、この奇妙な結末をもって突然に結ばれていた。

僕はそれ以来一度も彼に会わない。

だが、僕はこれだけのことを諸君にお伝えすることができるのである。

彼の夢はついに実現されなかった。そして、叔父の遺産を受け継いだ彼は、ただちに新聞社をよして、田舎へ引っ込んだが、人のうわさによると哀れな彼は、いまやほんとうの守銭奴になってしまったということだ。

川越雄作の不思議な旅館

いつ、どこで、どうしたきっかけからあの男と懇意になったのか、いま私は、どう考えてみても思い出せないのである。なにしろあのころからはもう八、九年もたつことだし、それに当時私は自分自身のその日その夜に、いちいち心痛して暮らさなければならなかった体でもあった。いつとはなしに心やすくなり、いつとはなしに別れていったその友のことなど、いま考えてみて思い出せないのも無理ではないのである。

現に私は、いまからちょうど半年以前、突然彼から一通の書面を受け取ったときでも、封筒に書いてある名前を見ただけでは、どうしてもそれがだれであるか思い出せなかったほどだ。

「川越雄作——？　はてな、だれだっけな」

私はそう小首をかしげながら封を切ったのであるが、中の文面を読むに及んで、初めて、「ああ、あの男か！」と膝《ひざ》を打って叫んだくらいである。

川越雄作！　実にそれは八年ぶりの音信であった。私はいまさらのように、つくづくと彼の美しい筆跡に見とれながら、さて改めて最初からもう一度その手紙を読み直してみたのだが、読んでいくうちに知らず知らず遠いむかしのことを思い出されて、思わずも私は詩人のような感慨にふけったのであった。

それはそのつい二、三か月以前、ある雑誌社から頼まれて、「浅草の思い出」という雑文を書いたときに、私は特にいちばん懐かしいものとしてあの回転木馬のことを一章書き加えておいた。そして私の貧困時代に、しばしば共に木馬を乗りに行った名を忘れた友のことをもついでに書き入れて、彼はいま、どこでどうしているだろうというような感慨をもらしておいたのである。いうまでもなく、その名を忘れた友というのは川越雄作のことを指すのであるが、その雑文を書いた当時、私は前にも言ったとおりすっかり彼の名を忘れてしまっていたので、仮にAくんと書いておいたのだった。そのとき川越雄作がよこした手紙というのは、むろん私のその一文を読んだ彼がはからずも私のことを思い出したにほかならなかった。「山名耕市くん。ごぶさた」とその手紙は始まるのであった。

「その後ますますお盛んでおめでとう。一度お便りをしようと思っていたのだが、君の隆々たる盛名を見るにつけ、つい億劫《おっくう》になっていままで控えていた。ところが最近君の書いた『浅草の思い出』という雑文を、読んで、僕は急に君が懐かしくなったのだ。山名耕市くん」とそこで彼は二つの感嘆詞を使っているのである。「われわれはもはや三十を幾つか過ぎる年ごろになった。そしてわれわれが貧困時代に言い言いした、せめて毎日の生活を心配なく送りたいものだという理想を君は立派に実現したようである。そしてかくいう私も……。しかし山名耕市くん。いまわれわれはかく、その日その日の生活の糧に頭を悩ますことはなくなったが、さてこの現在はあの当時より幸福であるかと問われたら、君ははっきりしかりと答えることができるであろうか。いやいや、君はそれに答える前におそらく数分間躊躇《ちゅうちょ》を要するだろう。そしてその揚句の果てには、ことばを濁して逃げ出すことにちがいない。山名耕市くん。われわれはどうやら曲がりなりにもあの当時の夢を実現させたようだ。しかしいまになってわれわれはかえってあの当時のほうを夢のように懐かしがっていはしまいか。君の『浅草の思い出』を読んで、こうした心持ちはただ僕一人のものだけではないことを知った。もし君のあの一文が君のほんとうの心持ちであるならば、君よ、しばらくこの僕に期待してくれたまえ。いま僕はある奇妙な計画を進めつつあるのだ。それは単に僕一人のみの計画だったけれど、君のあの一文を読んでから、急に、君にもその夢を頒《わか》ちたくなった。山名耕市くん。君はこの手紙のあまりの突然さに信を置くことに躊躇するかもしれない。しかしこの僕を信頼してくれたまえ。近き将来において君は、僕よりの奇妙な招待状を受けとるだろう。そのとき、君は是非ともその招待に応じなければならないよ。僕は決して君を失望させないつもりだ。ではいずれまた」

川越雄作の突然な手紙は、その突然さと同じように、終わりにおいても突然切れているのである。私はその手紙から、彼がいま何をもって身を立てているのか、だいいちどこに住んでいるのかさえ知ることができなかった。もっともその文面中に、彼もまたその日その日の糧を心配しなくてもすむ程度に成功したことをほのめかしてあるし、そして、彼自身の口から言うくらいであるから、それはかなりの成功にちがいないのであるけれど、それがいったいどういう種類のものであるか、私には少しも想像することができないのだった。いやいや、それにも増して、彼が私に頒ち与えようという夢は、いったいどんなことであるか。――

しかしこの手紙全体から言うならば、これは十分私の胸をつくものであった。そうだ。私は今年三十二歳である。そして三十歳の少し前から書き出した小説が、どうやら世間に迎えられて、現在では、川越雄作と交際していた時分とはいくぶん違った生活を生活することができる状態にある。しかし、彼が賢くも指摘したとおり、現在の私が、あの当時の自分より幸福であるかと尋ねられたら、おそらく私はこの答えに窮することだろう。といって、いまの私を、あの当時に返してやろうという魔術師があったら、むろん私は、尻尾《しっぽ》を巻いて逃げ出すにちがいないのだが。

ではその当時、私はどんな生活をしていたのか、私はここでそのことをちょっと述べておこうと思う。これは川越雄作という人物を紹介するうえにも便利だし、それにこの物語全体にも関係を持っていることだから。

当時私は二十五歳だった。三界に家なしというのは、真にあの当時の私のことだったにちがいない。中学を出てまもなく勤め始めたさる会社が戦争後の不景気からつぶれてしまって、私はまったくの体一つでこの社会へ放り出されたのであった。もはや私は、二度とまじめな勤めをしようという意志は持たなかったし、よし持っていたところで、中学を終えたばかりの私を、しかも、それも学校を出て四、五年たっている私を雇ってくれる会社はどこにもなかった。さいわい当時下谷に、伯母《おば》の一家が住んでいたので、私はそこへ転がり込んで半年ほど糊塗《こと》していたが、まもなくそれも、伯父《おじ》の都合から地方へ転任することになったので、私はこの東京にまったくおっぽり出されたも同様だった。いま考えてみても、当時の私が、何をもって生活していたか、不思議に思うくらいである。

もっとも中学を出て、会社へ入るまでの間に慰みにやっていた探偵小説の翻訳が、一度売れたことがあるのを思い出して、あるとき古い外国雑誌の中から三、四篇、百三十枚ばかり翻訳して、それを同じ雑誌社へ送っておいたところが、それが全部採用されることになったうえに、ほかにおもしろいものがあったらもっと翻訳してくれというような注文であった。しかしこれとても、私がそれほど臆病《おくびょう》でなくて、そうした機会に雑誌社のその手紙をくれた人を訪問する勇気を持っていたら、細々ながら生活の足しにはなったにちがいない。しかし、私にはそれができないのだった。言われるままに、横浜あたりから古雑誌を見つけて来ては読みあさるのだけれど、それが十冊に一篇とか、十五冊に一篇とか翻訳するに足る読み物はないのだ。「ああ、外国人はどうしてこんなくだらないものをおもしろがって読んでいるのだろう」私自身が嘆息とともに雑誌を投げ出すくらいであったから、むろんそれはまれにしか仕事にならないのであった。

しかし、それにしても、私には全然仕事がないのではなかった。ところが一方川越雄作は？　私は当時彼が何をもってこの世に生きていたのか知らない。彼はいつでも私よりいっそう貧乏であった。私のまれの翻訳が売れると、彼はしばらく私と行動を共にしていた。そしてその金がなくなると、彼はどこへともなしに飄然《ひょうぜん》と行方をくらますのだった。そうだ。私はまだ、どうして彼と心やすくなったかを言っておかなかったようだ。

当時私は、伯母の家があった近所の筑陽館という下宿の一室を借りていたのだが、前にも言ったような乏しい収入の他に何物も持たなかった私であるから、いきおい毎月の下宿料が滞りなく払えることはまれであった。私はそういう下宿に、口でこそ言わないが、顔を合わせるたびに金のことを言い出しそうな宿の主婦や女中の顔を見るのがおそろしくて、毎日のように外出するのであった。しかし、外へ出たとて、友達というものを一人として持たない私に、どこに行くところがあろう。上野と浅草の他に。

だから私は、毎日かわるがわる上野公園と浅草とで、まるでばかのようにぼんやり日の暮れるのを待っていたのである。ところがある日のことだ。その日私は、いくらかの金を持っていたにちがいない。ただしいくらといっても、花屋敷へ入ったり、活動を見たり、あるいは一つ二十銭の天丼《てんどん》を食うにも足らぬ金だったのだが、私はふとそれで、一回五銭という回転木馬館へ飛び込んだのである。

「ホホウ、これはちょっといいぞ」

回転台の上の、さすがに木馬のほうには乗る勇気はなくて、自動車のほうを選んだのであるが、それがゴトンゴトンと動き出したとき私は思わずそう叫んだのである。そのとき私の他には見渡したところ四、五人ほどしか客はなかった。それでも、その客たちが思い思いに選んだ木馬なり、自動車なりに座を占めると同じく回転台の上に立って切符を売っている少女の一人が、ピリピリと銀の笛を吹くのである。すると中央にある台の上で四人の楽師たちが、「真白き富士の嶺《ね》、緑の江の島」とやり出すのであるが、それと同時に、私たちの乗っている回転台がゴトンゴトンと回りはじめたのだ。「真白きイ富士イの嶺か」と私もそれに調子を合わせながら口の中で歌っていると、私の乗っている自動車は、木馬館の裏のほうへ回って来たのであるが、そこには広い壁一面に富士山と三保の松原が書いてあるのだった。

それを最初に私はときどき木馬に乗りに行くことを覚えた。のちには二十五回分一円という回数券のあることを知った。それを買うと、五回でも六回でも好きなだけ乗っているのである。しまいには切符売りの少女と心やすくなって、あらかじめ彼女に頼んでおいては、自動車の上で居眠りをしたりしたものである。「空にイさえずる鳥の声か、峰から落つる滝の音か……」と私はそこで、一種悲哀を帯びた音楽の音を子守歌にしながら眠ることができたのである。

ところがある日のことだ。いつものように三、四回立て続けに乗っていた私は、私より以前から同じように自動車に乗っていながら、さて私がそろそろ飽いて降りようとしても、まだ泰然と腰を下ろしている一人の青年を発見して少なからず驚いた。「おやおや、世の中にはおれと同じような暇な人間があると見えるな」

そう思いながら立ちかけた腰を下ろして、もう一回乗っていることにきめた私は、それとなく相手の様子をながめていた。彼はちょうど私と同じ年ごろの二十五、六歳であろうか。向こうを向いているのでよくわからなかったが、がっしりとした体格をしていて、その肩幅なども、相撲の選手のように丸々と肉がついていた。「風と波とに送られて」という音楽で一回終わると、それでもう降りるかと思うと、どうしてどうして、彼は突然自動車の上から、楽師諸君の坐っている台の上を振り仰いで、

「おい君、君、今度は『ここは御国』をやってくれたまえ」

と元気な調子で声をかけたのである。

私は私自身、かなりなじみになっていながら、いままでそんなふうに注文をつけたことなど一度もなかったので、彼のことばに少なからず驚かされた。彼はそればかりでなく、切符を切りに来る少女たちともなじみになっているとみえて、ことばはわからなかったが、いろいろにからかっているらしかった。やがて楽師たちは彼の注文に応じて、「ここは御国を何百里」とやり出しそして木馬はゴトンゴトンと回り始めたのである。

その青年が川越雄作であった。そして私たちはまもなくことばを交わすようになった。ある時彼が言うのである。

「どうしてあなたは」ちょうどそのとき私たちは公園のベンチに腰を下ろしていた。五月ごろの暖かい日で、そうしてぼんやりと腰を下ろしていると、背中のほうがじんじんと焼けるように感じるのである。川越雄作は土の上に木切れで意味もない字を書いては消し、書いては消ししながら言うのであった。「どうしてあなたは毎日木馬ばかりに乗

っているのです」

「さあ」

と私が返辞に困っていると、彼は別にはっきりした返辞を期待していたわけでもなかったとみえて、

「浅草はいいですな、金がなくても退屈しなくて」

と言った。

「はア」

彼はたしかに私のことをある程度まで察しているらしかった。いや、彼でなくても、およそ同じ年ごろの青年で、同じような境遇の者なら同病相憐《あいあわ》れむ心持ちからでも、すぐにも相手の境遇を察することができるのだ。

「あなた、宅《うち》はどちらですか。この近所ですか」

彼のほうから切り出さないかぎり、私たちの間の会話はほぐれっこなかったので、しばらくするとまた彼はそんなことを聞き出した。

「下谷です。筑陽館という下宿にいるのです」

私はそう言ったが、すぐにしまった！　こんな男に居所など知らすのじゃなかったなと私は心の中で叫んだ。すると案の定《じよう》彼は、

「下谷ですか。そうですか。僕もときどきあの辺へ行くことがあるんですが、今度行ったらお寄りしてもいいですか」

と言った。

「ええ、どうぞ」

私は咽喉《のど》に魚の骨でもつかえたような声で答えたのである。

「僕はついこの近所にいるのです。畳屋の二階を借りているのですがね。毎日何もしないでいると退屈で退屈で……」

そう言って彼は、円い血色のいい顔に愛嬌《あいきよう》のある笑いを見せた。しかしあとになって知ったのであるが彼が畳屋の二階にいるというのはうそだった。彼は当時二十七歳で、本所には立派に呉服商をしている両親があるのだったが、中学を出る前の年に飛び出したきり、一度も家へは帰らないというのであった。では当時彼は、だれの家に住んでいたのか、私はそれについてこれからちょっと語ろうと思うのである。

前のように彼とことばを交わしてから、果たして彼はしばしば私の下宿へ訪ねて来るようになった。しかしあとから思えば、彼は決して私が心配したような人間ではなかったようである。

「あなたはいいですな。それでも仕事があるじゃありませんか」

「しかし、こんなこと、仕事のうちじゃありませんよ」

私は折りから机の上に拡げていた原稿と外国雑誌を、彼にそう言われてあわてて隠すようにしながら答えた。

「いいえ、そうじゃありませんよ。金になってもならなくても、何かしているということはいいことですよ。僕なんど……」

と彼は頭をかきながら、「中学を途中でよしたきり何もしないもんだから、だんだんばかになるばかりで……」

しかし、ほかのときには彼は昂然《こうぜん》として言うのである。

「僕も近々何か始めます。僕は金を儲けます。僕なんかどうせ何もできないんですから、少々ぐらい不正を働いてもいいから金をこしらえようと思っています」

そしてとうとうあるとき、彼は次のようなことを打ち明けたのである。

「実はいままで隠していましたがね。僕はほんとうは、木馬館におさよという娘がいるでしょう。ほら、いちばん年長《としかさ》の色の白い、ちょっとかわいい娘——、実はあの娘の家にやっかいになっているんですよ。あいつが僕にほれましてね」とそこで彼はちょっと首を縮めたのであるが、「それで、あいつの家へ転がり込むことになったんですが、あれの親爺《おやじ》というのが、やはり木馬館の楽師なんです。ほら、頭のはげた、五十ぐらいの学校の小使といったような爺《じい》さんがいるでしょう。あれなんです。僕は始終彼らに大きなことを言っているので、いまに何かやるだろうというので、僕が毎日、こうぶらぶらしているのに、娘はともかく、親爺のほうだっていやな顔ひとつしないんです。もうかれこれ一年にもなりますがね。僕もだんだんおそろしくなってきましたよ。だっていつまでもあんな親子をだましてもいられませんからね。だから僕は近々あの家を飛び出して、自分で何か仕事を見つけようと思うのです。そうです。僕金をもうけますよ」

と彼は言うのであった。

私はそれで初めて何もかも合点がいったような気がした。読者諸君もさだめし、浅草の木馬館で五度や六度一緒になったからといってそんなに親しくなった私たちに不審を抱かれたことであろう。当時私自身も同じ気持ちで、いや、それどころか、彼に対して私は絶えず一種の警戒を忘れなかったぐらいだ。しかし彼のその話を聞くに及んで私はたちまち了解することができたような気がした。彼は木馬館の客ではなくてむしろ関係者の一人だったのだ。だから、彼は、私が彼に気がつく以前から私に気がついていたのにちがいない。そして向こうでは、私もやはりもっと前から彼の存在に気がついていることと思っていたのであろう、まことに彼は、青年が青年を慕う気持ちから、私と話をする機会をねらっていたのかもしれないのだ。

そうした私たちの奇妙な交際はおよそ半年ほども続いていた。そして前に言った、「金をもうけますよ、僕は」と彼が打ち明けた日から三日目かに、彼はほんとうに私のもとからも、そして木馬館の親子のもとからも姿を消したのである。

さて、私は少しおしゃべりをしすぎたようである。たぶん私は、彼の突然の失踪《しっそう》後、いかに木馬館の父娘が嘆いたことか、そして、さよという娘はしかし、その嘆きのうちにも、いかなる確信の色をもって、きっとあの人は帰って来てくれると述べたかを、もう少し述べるべきであろうが、いまの私にはその暇がないのである。その後、私は、ずっと後になって、ふとした拍子から、今度は翻訳ではなく創作を書いたのだが、それでどうやらむかしほど困らない程度に生活していけるようになった。そしてもはや、浅草公園で日の暮れることの遅いのをかこつ必要もなくなったので、したがってあの木馬館がまだあるのかそれともなくなったのかそれすら最近では知らない状態であった。

　ところへ、突然の川越雄作の手紙から、私はふとあの当時を思い出したのである。さて彼から手紙をもらったのは六月の初めのことであったが、それから、五か月ほどたって、十月のある終わりに近い日のこと私は心待ちにしていた彼からの二度目の手紙を受け取ったのである。

　それは真っ白な四角い洋封で、表面には山名耕市殿、と彼の美しい筆跡で書いてあった。そして裏を返してみると、相州鎌倉稲村ヶ崎川越旅館、川越雄作と、丸ゴシックで印刷してあった。

「おや、旅館を始めたのか、では、彼の夢というのは旅館を経営することだったのかな」

　私はそれで、少々失望を感じながら、でもあわてて封を切って見た。

　拝啓、貴下益〻御繁栄之段奉賀候、扨《さて》私儀予《か》ネテ建築中ノ川越旅館此度落成仕リ、来ル十一月一日ヨリ営業ノ運ビニ相成候間《あいだ》、鎌倉ヘ御清遊ノ砌《みぎ》リハ是非御試ノ程伏シテ願上奉候。

敬白

それは右のような型にはまった開店通知にすぎなかった。ただ私の受け取った分には、殿と印刷した上に山名耕市と書いたと同じ筆跡で「十月二十八日（日曜日）の午後二時ごろまでに必ず来てくれたまえ。君だけをまず驚かしたいものだ。川越雄作」と書いてあるのだった。

彼の始めたことがいよいよ旅館の経営であることとわかると、私は淡い失望を感じないわけにはゆかなかった。

「何だ、あいつ、むかしの夢だの何だのと気を持たせながら、やはり商売じゃないか。つまらない」

そう言いながら、仮にもどんな旅館だかわからないが、鎌倉でホテルを経営するようになった彼のことを思うと「僕は金をもうけますよ。いまにもうけてみせますよ」とかつて言った彼のことばを思い出して、彼の成功ぶりを見るのも無駄《むだ》なことではないとは思った。それに彼が特別に書き加えた文句から考えるとそこに何らかの趣向がもうけられているような気もするのであった。どうせ忙しいという私の体ではなかった。私はそこで折り返し、今度は彼の居所もわかっていたので、必ずお訪《と》いするという返事を出しておいた。

そして十月二十八日、私は横須賀行きの汽車に乗ったのである。

鎌倉という町は、私はそのときが初めてであった。だから駅を出ると、すぐにタクシーをつかまえた。

「どちらへ？」

「稲村ケ崎までだがね」私は自動車の中に腰を下ろしながら「稲村ケ崎にこのごろ川越旅館というのができたろう。そこへ着けてくれたまえ」

「旦那《だんな》、川越旅館へいらっしゃるんですか？」

自動車が走り出してから、運転手は向こうを向いたままそう尋ねた。

「うん、そうだよ」

「何かお知り合いででも？」

運転手は尋ねた。

「ああ、ちょっと、どうして？」

「いいえね」運転手はカーブへかかったので、ちょっとことばを切ったが、「実は私たち不思議に思っていたんですよ。あんなところへ旅館を建ててどうするつもりかってね」

「ふうん。そんなところに建っているのかね」

私はちょっと好奇心を動かして尋ねた。

「ええ、そりゃもう……」とあいかわらず彼は向こうを向いたまま「最初あれが建ち始めた時分、いったいあんなところに何が建つのか、別荘にしては風変わりな建てかただしと思っていたんですよ。ところがこの間それが旅館だということを聞いていっそうびっくりしたんでさあ。あんな場所へ旅館を建てて、わざわざ行く客があるんですかねえ」

「あんな場所って、おれはまだどんなところに建っているのかちょっとも知らないのだよ」

「そうですか、いやなにしろ大変でさあ、いまにわかりますがね」

が、それからものの五分とたたないうちに突然彼が叫んだのである。

「旦那、あれがそうですよ、ホラ、左のほうの崖《がけ》の上に白い建物が一軒建っているでしょう。あれが川越旅館ですよ」

「どれどれ」

私はあわてて自動車の窓からのぞいてみた。そしてたちまちなるほど！　と驚いたのである。運転手が言うのは無理ではなかった。それは稲村ヶ崎のいちばん出っぱなに、まるでおとぎ話の城か何かのように建っているのであった。真っ白い円筒形の建物で、そして屋根は西洋の寺院にあるドームのように半円形をなしていて、それが血のように真っ赤な色に光っているのだった。それが稲村ヶ崎の青黒い崖の上に建っているところはいかにも一つの偉観にちがいなかったが、それにしても運転手の小ばかにしたようなことばも無理ではなかった。私の目から見ても、そんな辺鄙《へんぴ》なところまでわざわざ泊まりに行く好事家《ものずき》があろうとは思われないのである。

「なるほど、大変なところだね。しかし、自動車は入るのだろうね」

「どうしてどうして」

と運転手はその言葉を裏書きするかのようにそこでぴたりと自動車を止めてしまった

のである。

「これから先へは入れませんよ」

私はしかたなしに、それから五町ばかりのだらだら登りの狭い路を歩かねばならなかった。しかし、川越旅館の近くへ来れば来るほど、いっそう立派なものに私には見えてくるのであった。それはたしかに、近ごろはやる怪しげな西洋館とはその選を異にしていた。私にはよくわからなかったけれど、きっと何時代の何型というふうに、立派な由緒ある建てかたにちがいないと思われるのである。それにしても、これだけのものを建てる川越雄作はたしかに成功したにちがいない。彼のいわゆる、「金をもうける夢」は見事に成就《じょうじゅ》したのだ。それは私などの比ではないとすら思われるのだった。

さて私が、そんなことを考えながらいかめしい鉄の門を入って行くと、そこには三十前後の奥様ふうの女がにこにこ笑いながら私の近づいて行くのを待っていた。

「いらっしゃいまし、お待ちしておりました」

彼女はそう言って、しとやかに束髪の頭を下げたが、一瞬間、私はどこかで彼女を見たことがあるような気がした。

「いや、どうも……」

どこで見たのだろうか、そして、彼女はこの家のいったい何者だろうと思いながら、私があわててお辞儀を返したときである。

「やあ、来たね」

と、何とそのことばさえもはや金持ちらしく鷹揚《おうよう》に、川越雄作が奥のほうから出て来たのである。もし路上で彼に出会ったら私はおそらく相手から声をかけられても気がつかないでいるにちがいない。むかしから、そういえばがっしりとした体をした男であったが、いまやそれに立派な鰭《ひれ》がついたとでもいうのだろうか、その堂々とした押し出しは、私を面食らわせるのに十分だった。

「あ、君か。いや、その後は……」

「いいよいいよ。あいさつはあとのことだ。まあこっちへ入りたまえ」

彼はそう言って私を重いガラス戸の中へ導き入れた。中へ一足踏み入れると、私はいよいよこの建物が尋常でないことを悟った。それはなんというか、言ってみればどんな些細《ささい》な彫刻にも主人の趣味が入念に吹き込まれているらしく、そしてその趣味というのは、どうやらイタリアの中世紀時分のもののように思われるのである。これがもし川越雄作自身の趣味であるとしたなら、彼はわずか八年の間に、金をもうける一方、おそろしく自分自身を洗練したものだとも驚嘆されるのである。

「何をぼんやりしているのだ。まあこっちへ来たまえ」

そう言って彼が案内したのは、山のほうに面したLoungeといったふうな部屋だった。私たちがそこの大きな革椅子《かわいす》に向き会って腰を下ろすと、まもなく先ほどの女性が銀の盆の上に、二つのコップを載せて持って来た。

「紹介しておこう。これが僕の女房です」

私は彼にそう言われて、あわてて腰を上げると、

「や、失礼しました。初めまして、どうぞよろしく」

と言いながら頭を下げたが、すると二人ともくすりと笑った。そして細君は私たちのそばに二つのコップを置くと、そのまま静かに次の部屋へさがって行った。

「いつ結婚したのだい、君は？」

私は細君の足音が聞こえなくなるのを待ってそう尋ねると、

「何、だいぶ前だよ。君は？」

「僕はまだだよ」

「なにしろお盛んで結構」と彼はそれだけはまじめな顔で言ったが、すぐ彼一流の笑顔に戻って、

「どうだい、この旅館は」

と尋ねた。

「やはり旅館かい、これは？」

「そうだよ。どうして？」

「だって、ずいぶん変わった場所へ建てたものだね。ほかにいくらだって場所がありそうなものだのに」

「なあに、これでいいんだよ。君は表に書いてある看板を見なかった？」

彼はなぜかにやにやしながら尋ねた。

「いいや、何か書いてあるのかい？」

「フン」

と笑いながら、それをまぎらすように彼は下を向いてコップを手に取り上げた。

「いったい、君が僕を驚かすというのはどんなことなんだい」

私は相手がいっこうに悠々《ゆうゆう》としているのに、少々じれてきたのだ。そう尋ねると、

「君を驚かす。そうそう、そんな約束だったね。しかし、君はまだ驚かないかい？」

「驚かないよ。何に驚くのだ」

「この旅館《ホテル》にさ」

「この旅館《ホテル》？」と私は思わずそこでもう一度部屋の中を見回しながら、「なるほど、これは立派な部屋だよ。立派な旅館《ホテル》だよ。しかし僕は、この何十倍立派な旅館《ホテル》を君が建てたところで驚かないね。君の言った『昔の夢を取り返す』というのは、こんなつまらないことだったのかい？」

「まあまあいいよ。なんとでも言うさ」

そこへ先ほどの細君がまた入って来た。

「あなた、あちらのほうへお食事の用意ができました」

「ああ、そう」

川越雄作はそこで気軽に立ち上がったが、「おい」と細君を呼び止めて、「山名くんはせっかちで困るよ。早く驚かさないと承知しないんだって」

細君はそのことばに、私の顔をちらとながめたが、すぐ夫のほうへその目を返すと、

「承知いたしました」と言った。

食事の用意は別の部屋でできていた。

「君」と彼は私に声をかけると、「あれが鎌倉の町だよ。向こうに見えるのが逗子《ずし》——、どうだい、いい景色だろう」

なるほど、それはたしかにいい景色にちがいなかった。しかし私の期待して来たものはそんなことではなかった。そのときの私は、スイスの最もいい景色を持って来ても、慰められはしなかっただろう。

「君は景色——、自然というものに少しも興味を持たないようだね」

私が浮かぬ顔でフォークを動かしているのを見ると、川越雄作はテーブルの向こうからそう言った。

「まんざらそうでもないがね。しかし少なくとも今日だけは、興味を持つ気になれないかもしれないよ」

すると、彼は突然大声をあげて笑った。と、それが合図でもあったかのように、ふいにどこからか音楽の音が聞こえてきたのである。が、読者諸君よ、それはそうした旅館の中で期待する最後の音楽にちがいなかった。明らかにそれは「真白き富士の嶺、緑の江の島」と歌っているのである。しかもピアノだのヴァイオリンだの、オーケストラではなくて、もっと他の低級なものだった。手っ取り早く言えば、ひとむかし以前に私

が木馬館で聞いた、俗にジンタという音楽の一種だった！

「や！」

と私が思わず椅子から立ち上がりそうにすると、そこへふたたび川越雄作の細君が入って来た。しかしそれはもはや先ほどの細君ではなくて、あの木馬館の切符売りの娘なのだ。私はようやく彼女を思い出すことができた。彼女は川越雄作のむかしの女おさよだった。

「山名さん、切符を切らしていただきます」

彼女はにこにこしながら言った。

「え？　え？」

と私はしかし、まだはっきりとわからないで、目をぱちぱちさせながら彼女の顔を見ていると、

「おいおい、それは無理だよ。山名くんはまだ木馬が回っているのを知らないんだものの」と横から川越雄作がそう言って、それから私のほうへ「山名くん、窓の外を見たまえ」とつけ足した。

ああ、そのときの私の驚きを何に例えたらいいだろう。私は一瞬間石のように固くなった。いままで私たちの目の前にあった鎌倉の町はしだいしだいに左のほうへさがって行って、そのあとへは相模の海とそれに続いて江の島が芝居の迫出《せりだ》しのように静かに右のほうからやって来るのであった。いったい、私はどこにいるのだろう。船にでも乗っ

ているのか。それとも酒に酔っ払ったのだろうか。そのとき川越雄作が元気のいい声で言った。

「山名耕市くん、どうだ僕の回転旅館は?」

ああ、回転旅館!

私はしかしその意味をはっきりのみ込むまでにおよそ半時間もかかったことであろうか。この大きな旅館が回転するということが、どうしてそうやすやすと信じられようか。しかし、海が回転しないかぎり旅館が回っていることは確かだった。私の驚きのうちに旅館は一回転したとみえて、私たちの窓の下には、ふたたび江の島や七里ケ浜がそしてその向こうには富士の山が見え始めて来た。そしてそれはあの木馬館の壁のように絵ではなくてほんとうのものなのだ。

私は窓のそばに走り寄ると、急いでガラス戸を押しあけた。

そして叫んだのである。

「おお! 回転旅館!」

そのとき奥のほうではジンタがふたたび「真白き富士の嶺、緑の江の島」と鳴り出した。

これが私の友人川越雄作が新しく発明した回転旅館の紹介である。読者諸君よ、諸君がもし鎌倉に遊ぶことがあったら必ず稲村ケ崎の突端にある、世界で最初の、そしてただ一つの回転旅館へ一泊されんことを、経営者川越雄作に代わって、私からお願いする次第である。

双生児

A sequel to the story of same subject by Mr.Rampo Edogawa.

私はその日、ふと思い立って、赤坂溜池の付近にある、青柳博士の研究室を訪れた。私は新聞記者という職業上の必要からよりも、私自身の趣味から、以前にもかなりたびたび博士の研究室を訪問したことがある。博士は日本でも有名な法医学者であることは、諸君もすでに御存じのことであろうと思う。しかし博士の専門は精神病学にあるということで、その方面では日本的というよりも、むしろ世界的と言ったほうが当たっているとあるとき私は友人から聞かされたことがある。私はいままでにもかなりたびたび博士の研究室を訪問したことがあるが、いまだかつて、これは損をしたと思ったことがない。博士の研究室には、いつでも変わった話題の一つや二つ転がっていないことはない。それを博士のもの柔らかな口から聞くのが、私にとっては何よりの楽しみなのだ。

博士は私とは大きなテーブルを隔て向かい合って坐っていた。窓から差し込む秋の日差しが、テーブルの上にうずたかく積み上げられた、難しい外国の書物の背の金文字を、いぶしたように光らせている。いま出されたばかりのコーヒー茶碗《ぢゃわん》からは、かぐわしいモカの匂《にお》いが立ちのぼった。博士は静かにそれをかき回しながら、女性の犯罪という私のほうから持ち出した話題について話していた。

「婦人のいちばんおそろしいのは偏執狂《モノメニア》だよ。いったい女には大抵、大なり小なりその傾向があるものだが、これがひどくなると手がつけられない。むかしから有名な女性の犯罪者というやつを仔細に調べてみると、十中八、九までこの偏執狂にかかっている。もっともこれは大抵の精神病に伴う一種の付随病のようなものだが、しかし女にとってはこいつがいちばんおそろしい、マクベス夫人にしろ、フランスのブランヴィリェ侯爵夫人にしろみなこの顕著な一例さ」

「何かそれについて、最近の実例はありませんか?」

私はそろそろと水を向けていった。博士のほうからこうした一般論が出れば、もうこっちのものなのだ。そのあとには必ず珍しい事実談が出ることになっている。

「そうだね。最近といってはないが、二、三年前の話ならある」

「それをひとつお話し願えませんかね?」

「ウム、別に話しても差し支えないが……君は三年ほど以前に死んだ彫刻家の尾崎唯介《おざきただすけ》という男を知っているかね」

「ええ、名前だけなら覚えております。あの夫人はたしかその後しばらくして自殺したというじゃありませんか?」

「君はそれを知っているんだね。世間へは病死ということになっていたはずだが」

「そりゃ……」

と、私はちょっと笑って見せた。

「あの死因については、当時私たちもかなり骨を折って探し出そうとしたんですが、とうとうわからずじまいでした。先生がいまお話しくださろうというのはあの尾崎夫人のことなんですか?」

「ウム」

博士はちょっと憂鬱《ゆううつ》な目つきをした。私は思わずしまったと思った。私のほうからそう積極的に出るのではなかったのである。博士はしばらく目をつぶって考えていたが、ふたたびそれを開くとにっこりといたずらっ子らしい笑いを口もとに浮かべた。

「君がそこまで知っているのなら、かえって話したくないんだがしかたがない。君にかかっちゃかなわんからね」

博士はそういうと、私がそれに答える前に立ち上がって隣室へ入って行った。私はそれまで忘れていた、半ば冷えかかったコーヒーをすすりながら、楽しい期待に胸をふくらませて博士の帰って来るのを待っていた。博士はまもなく、手に分厚な原稿紙の綴りのようなものを持って入って来た。

「これが尾崎夫人の遺書だがね」

博士はふたたび椅子《いす》に腰を下ろすと、パラパラとその原稿を繰りながら楽しそうに言った。

「へえ、じゃ遺書があったんですか?」

「ウム、僕は夫人の主治医だったんだが、自殺する一週間ほど前に、僕にあてて書き残したものなんだ。発表して世間を騒がすにもあたるまいと思って、いままでだれにも見せずに保管しておいたのだが、まあ読んで見たまえ、僕が下手な話をするよりそのほうが手っ取り早くていいだろう」

博士はそう言いながら私のほうへその厚い原稿の束を差し出した。見れば第一ページに青柳先生へと大きく書いてあって、そのあとは、女らしい細い字でぎっしりと埋めてある。

いま私は博士の許可を得たので、その遺書を原文のまま次に掲げようと思う。もういまとなっては、これによって迷惑をこうむる人間はだれもいないはずである。ただその前に一言言っておくが諸君がこれを信じようと信じまいとそれはかってである。しかし私としては、死を覚悟して書かれた遺書にうそのあるべきはずがないと思っている。もっとも内容があまり奇怪なので、最初のうちは私自身も、いくぶん疑いを感じたことは確かであるけれど。

私がこれから申し上げますようなことが、果たして世の中にあるものでございましょうか、いまこれを書こうとするにあたりましていままで自分のしたこと、見たこと、感じたことを一応振り返って見ますとき、私でさえも、まあこんなことが……と疑われるくらいでございます。ましてや、何も御存じのないかたには、きっと私のうそかでためにちがいないとしかお思いになれますまい。そう思っていままでどなたにも打ち明けなかった私でございます。

しかし、先生。先生ならきっとおわかりくださるだろうと思います。先生にはずいぶん御厄介をおかけいたしましたわね。それにもかかわらず生きている間は、とうとう何事も打ち明けることのできなかったことをお許しくださいませ。しかし、いまこうして書き残しておく私の遺書が、いつか先生のお目に止まるとき、なるほど、これでは私がためらったのも無理はないと、先生もきっとおうなずきくださることと存じます。

先生、私が殺した男は、いったい私の夫なのでございましょうか、それとも夫の敵なのでございましょうか？　まあこんなことがわからないなんて……、しかしそれがほんとうなのですからいたしかたがありませんわ、私にはしばらく私と同棲《どうせい》しておりました男がほんとうの私の夫尾崎唯介だったのやら、それとも他の男だったのやら、それすらもわからなかったのでございますもの。その揚句の果てに、私はその男を殺してしまいました――ええ、私は殺したのです。世間体は病死ということに言い繕ってありますけれど、私が殺したのにちがいございません――しかし、そうしてその男を殺してしまってからも、私はやはり、同じ恐怖に悩まされなければならなかったのです。私が殺した男が夫だったのか、それとも夫の敵だったのか――と、いったいこんなことがあるものでしょうか。

最初から申し上げましょう。

私の夫尾崎唯介は双生児《ふたご》の一人だったのでございます。このことを知っているのは、夫の唯介と、唯介の双生児の兄弟山内徹《やまのうちとおる》と、そしてこの私の三人を除いてはそうたくさんはありません。世間では、もちろん、唯介に兄弟があるなど、夢にも知らないのでございます。どうしてこんなにうまく秘密が保たれていたかと申しますと、唯介の兄弟の山内徹は、生まれ落ちるとすぐに里子にやられたからでございます。ですからほんとうはあの人は山内徹ではなく、尾崎徹と言ったほうが血筋のうえからいって正しいのです。なぜこんなことをしたかと申しますと、尾崎家には当時、昔気質《むかしかたぎ》な頑固《がんこ》な祖母がいまして、双生児というものを、何か世にも不吉な忌まわしいもののように思っていられたからだということでございました。

徹が里子にやられた山内家というのは、埼玉在の豪農でございまして、尾崎とは遠い親類筋にあたっているのです。ちょうどその当主というのが、結婚してから七年もたつのに、まだ子供が生まれなくて日ごろから寂しさを感じておりました折りからとて、尾崎の祖母から話がありますと、一も二もなく、養子にもらいうけることになったのです。ところが世間でせらい子とよく申しますとおり、山内の家では、徹を養子にもらいうけると二年目に、したがって結婚してから九年目に初めて子供が生まれました。女の子で、よし子と名づけました。それが私なのでございます。

徹と私とは、ですから兄妹として長いこと何事も知らずに育てられてきました。徹が十九、私が十七になるまで、私たちはほんとうに何も知らなかったのです。あとで唯介から聞いたことでございますが、唯介は十九の年まで、自分に兄弟、しかも双生児の兄弟があるなどとは、夢にも知らなかったということです。それがどうして知れるようになったかと申しますと、一つには私たちの両親がふいにあいついで亡くなったうえに、家産がすっかりなくなっていたことと、一つには同じ年に尾崎の祖母がおめでたくなられたことからでございます。尾崎の御両親は、唯介と同じように徹のほうだってかわいかったにちがいありません。いえいえ、自家で何不自由なく暮らしている唯介のほうより、他家《よそ》へやった徹のほうが、何倍か気にかかっていたのは当然のことでございましょう。そこへ徹が孤児同様になったうえに、長い間、掣肘《せいちゅう》していらしたお祖母《ばあ》さまがお亡くなりになったのですから、もったいない話ですけれど、これをもっけの幸いとばかりに徹を呼び戻すことに決心されたのです。それと同時に私も一緒に尾崎家へ引き取られることになったのです。尾崎の御両親の気持ちからすれば、徹が長いこと世話になったお礼心からも、また徹と兄妹のようにむつみあっていた二人の愛情からしても、私をそのままに捨てておくわけにはいかなかったのにちがいございません。

徹と二人で、初めて尾崎家へ引き取られた日のことを、私はいまでもはっきり覚えております。それはほんとうに奇妙な光景でした。唯介はその当時通っておりました上野の美術学校の制服を身に着け、徹はその年卒業したばかりの田舎の中学の制服をまだ着ておりました。

「唯介、これがお前の弟の徹だよ、徹、これがお兄さんの唯介だ」

そう言って尾崎のお父さまが二人をお引き合わせになったとき、二人ともいまにも泣き出しそうなしかめつらをしたことを、私はいまでもよく覚えております。

そのとき、私はなんとなく思ったのですけれど、これは大変な御兄弟だ、こりゃきっと仲のよい御兄弟にはなれまいと、子供心にも考えたほどでございます。だって、だれだって自分と同じ姿を持ち、同じ顔を持ち、そしてあるいは同じ気質を持っているかもしれない人間を、愛する気持ちになれないのは当然でございますわ、唯介と徹とがちょうどそれでした。もっとも気質だけは、その後だんだん違っていることがわかってまいりましたが、顔つきといい、すがたかたちといい、双生児というものはあんなに似るものでございましょうか。

「徹とよし子は今日からこの家の子になるんだよ。徹はいままで田舎のほうに育ってきたのだから、わからないことがあったら、なんでもお兄さんに聞くがいい。唯介もできるだけ親切にしてやらにゃいかんぞ」

そうおっしゃいましたが、お父さまはそこでたまらなくなられたのでしょう。横を向いて、そっと洟《はな》をおかみになられました。しかしそうしたお父さまのお心遣いにもかかわらず、この二人は立ってじっと相手の顔を見詰めたまま、にこりともいたしません。先刻の泣き出しそうなしかめつらは、いつのまにやら影をひそめて、そこにありありと見えるのは、ただ憎悪と反抗だけでございました。子供心にも私は、あさましさにはらはらしたくらいでございます。

その日以来、徹が家出をするまでの七年間、私は一度だってこの二人が、二人きりで仲よく話していたのを見たことがありません。

徹が家出をしたのは二十六の年でございました。書き置きはなくても、私にはその動機はわかっておりました。その罪の一半――というよりも大部分は私にあったのでございますもの。でもそれはしかたのないことでございますわ。徹と私とは兄妹として、私が十七の年まで育てられてきたのですもの。どんなに徹を愛しようと思っても、それは兄妹の愛を出ないのはやむを得ないことと思います。それに尾崎家に引き取られてからは、すっかり陰気になって、絶えず何物かをねらっているように、おどおどと、そして著しく意地の悪くなった徹を妹として心配こそすれ、いままでの愛情を、兄妹でないほかのものに変えろというのは無理なことでございます。

それに引き換えて、小さいときからおぼっちゃん育ちの唯介のほうは、わがままで、いたずら好きで、明るくて、いつでも快活でした。もっとも兄弟は争われないもので、私たちが結婚して、それを動機にふいに徹が家出をしてからというものは、夫の唯介もだんだん徹に似てくるようでございましたが……。

考えてみますと二人の気質というのも、やはりそのすがたかたちも同じように、まったく同じものだったかもしれません。唯介においてはそれが陽に現われ、徹の場合には陰にこもっていたものでございましょう。唯介のほうが、

「なんだ、徹のやつ」

と一言で片づけてしまうのと、徹が何も言わずに、上目使いにじっと兄を見詰めてい

る気持ちと、そのお互いに持っている憎悪の度はまったく同じだったかもしれません。ただ、唯介のほうでは一言にそう言ってのけて、あとへ快活そうな笑いをつけ加えるのに反して、徹のほうでは始終黙って考え込んでいるのであとのほうがいっそう強く感じられたのでございましょう。それに御両親や周囲の者もいけなかったことは確かです。唯介のほうは両親の膝下で何不自由なく暮らしてきたのに、徹のほうは他家で苦労をなめてきている。徹がひがむのも無理はないといったふうに知らず識《し》らずのうちに徹の気持ちを承認したばかりか、いつのまにやらそれをいっそうあおりたてるような結果にもなっていたのです。

徹が家出をしましたのは前にも言ったとおり二十六の年でした。その前の年のことでございます。唯介のほうはすでに学校を卒業しまして、そのとき初めて出品しました「ある女の像」という胸像が、上野の展覧会ですばらしい評判を取ったことがございました。ところがその五日目かでございます。展覧会に悪者が忍び込んで、他のものには目もくれずに、唯介の「ある女の像」だけを打ちこわした者がございました。他の作品には手もつけてなく、唯介の製作だけをねらって来たらしいところから犯人はたぶん、唯介に個人的な怨恨《えんこん》を抱いているものだろうという評判がもっぱら高くなりましたが、しまいまでついにその犯人は挙がらずにしまいました。しかし私にはよくその犯人がわかっていました。なぜと言って、その「ある女の像」というのは私がモデルだったのですもの。当時すでに唯介と私との間はその程度まで進んでおりましたのですが、この制作品破壊問題以来、唯介の態度はいっそう積極的になったものでございます。唯介もきっとその犯人を知っていたのにちがいありません。そしてその男への面あてに、これ見よがしに私たちの関係を進めたかったにちがいございませんわ。

私はしかし、この制作品が破壊されたと聞いたその日からなんとなくそらおそろしい気持ちがしてまいりました。私の周囲には、世にもおそろしい、執拗《しつよう》な葛藤《かっとう》が演じられている。まるでカインとアベルのような兄弟が、私のために争っているのだ――いえいえ、私のためと思っているのは、あるいは私の自惚《うぬぼ》れで、かえって彼らの争いに最もいい武器として私が選ばれているのかもしれない。――私は日夜そんなふうに考えながら、何かしら目に見えぬものに咽喉《のど》を締めつけられるような苦しさを感じたものでした。

その翌年お父さまがお亡くなりになりまして――言い忘れましたが、私たちが引き取られたころ、すでに病気のために一室から離れられなかったお母さまは、その三年ほど以前にお亡くなりになっていました。――もはや、二人の争いを掣肘《せいちゅう》する者がいなくなったからたまりません。険悪な二人の空気はいっそう露骨になってまいりました。そして、その最も露骨な表現法として、唯介は私と結婚し、そして徹の家出となったのです。と、こう申しましたからといって、何も唯介が私を愛していなかったというのではございません。いえいえ、唯介は深く私を愛してくれておりましたし、私もまた唯介をこのうえもなく愛しておりました。もし、そこに徹というものさえなければ、――家出をしてしまった徹、家出をして、どこで何を考えているやらわからないだけに、私にはいっそう無気味でおそろしゅうございました。唯介だってそのことを気にかけていたにちがいございません。当座はときどき打ち沈んで悪いことをしたというような溜息《ためいき》をもらしておりました。しかし、唯介のほうは日が経るに従って、だんだんと忘れていくらしく、それに名声の上がっていくに従って社会的に忙しくもなりますので、まもなく表面だけはむかしのように快活にかえっていきました。私が、それと同じようについていかれたら幸福だったのでございましょう。ところが、私といったら、夫とは反対に、日がたつに従って、無気味さはますます募る一方でございました。せめて徹の居所でもわかれば、私は安心できたことでございましょう。どこに何をしているのやらいまごろはいったい何を考えているのやら、それさえもわからない徹、――ひょっとすると家出をしたとはいうもののどこか近くで私たちの行動を蛇《へび》のように覘《うかが》っているのではあるまいか――そんなふうに考えると、私はいつも肌《はだ》の粟立《あわだ》つような恐怖を覚えるのでございました。もし徹が、私に復讐《ふくしゅう》するために家出をしたのなら、それは予期以上の成功をみたといわねばなりません。

「もう、堪忍してくださいな、徹さん」

夜中など、一人で寝ているとき、私はよくそんなふうに叫んだものでございます。「私はもう立派に復讐をされましたわ。どうぞどうぞもう許してやってくださいな。そして、せめて姿だけでも見せてくださいまし」

私は暗い部屋の隅《すみ》に、いかにも徹がひそんでいるかのように叫んだものでした。

そんなふうでございましたから、私はまもなくすっかり体を悪くしてしまいました。絶えず頭を何物かに締めつけられているようで、そしてそのくせ、ときどきそれが空っぽになってしまったような空虚を感じるのです。医者に診てもらいますと、神経衰弱だとかいうことでして、その忠告でしばらく鎌倉へ静養に参ることになりました。夫の唯介のほうは、仕事の都合がそうはまいりませんので、やはり東京に住んでおりましたが、土曜日から日曜日へかけていつも私を見舞いに来てくれておりました。こうして私の鎌倉住まいも三か月ほどたちましたが、それでも私の具合はいっこうよくならないのでございました。ちょっとしたことにでも驚いたり、夜眠れなかったり、それだものですから一日頭の中に鉋屑《かんなくず》でも詰まっているような気持ちのすることは、以前と少しも変わりはありませんでした。

ああ！　なんという呪われた私たちの結婚だったでしょう。他人さまならいちばん楽しかるべき新婚時代というのに、私は始終何者かに追いかけられているような恐怖にさいなまれなければならないのです。これを故《ゆえ》のない恐怖とお笑いくださいますな、徹という人の性質をよくのみ込んでいらっしゃらない先生には、私のこの申し上げようが、たいへん大袈裟《おおげさ》にお聞こえになるでございましょう。しかし私はよく知っているのです。あの「ある女の像」を破壊した人が、どうして私たちをこのままに過ごしておくようなことがありますものか。いつかはきっと出て来る。そしてそのときこそは私たちはあのこわされた「ある女の像」のように木《こ》っ端微塵《ぱみじん》になってしまうのでございます。――

私のそうした恐怖は、ある晩、とうとう事実となって私の眼前に現われたのでございます。ああ、あのときのおそろしかったこと！　それはちょうど土曜日の晩で夫が東京から見舞いに来てくれておりました。そのころ少しずつ酒をたしなむようになった夫は、そのときも少しばかり酒気を帯びておりまして、私に向かってしきりに冗談を言っておりました。もし私が世の常の健康な妻だったら、それは喜びこそすれ、決していとわしいものではない程度の冗談でございましたが、すっかり体を痛めておりました私には、悩ましく煩《わずら》わしいもののほかには感じられないのでございます。夫は、しかし私の態度などには少しもおかまいなしに、しきりにひとりでしゃべっては笑っていました。

風の強い晩で、稲村ヶ崎のほうでは波の音がだんだん激しくなっていく嵐の前触れのように、騒がしく鳴っておりました。そのときのことでございます。私は突然、何ということなしに電気にでも打たれたような恐怖を身内いっぱいに感じました。それはどう説明していいやら、ちょうど草双紙などにある忍術使いが敵の城中に忍び込んで呪文《じゅもん》を唱えると、いままですやすやと眠っていた殿さまが急に苦しみ出す。——あんな気持かもしれません。ふと気がついて見ますと、夫もいつのまにやら冗談を止めてじっとある一点を凝視しているではございませんか。その顔は白い蠟《ろう》のように真っ白で、こわばった頬《ほお》から顎《あご》へかけて何の加減か深い皺《しわ》が刻み込まれております。私は夫のその視線をたどって、そろそろと、まるで膠《にかわ》でもくっつけられたような首を、非常な努力をもって窓のほうへ向けました。

それきりその夜のことは覚えておりません。私はそのまま気を失ってしまったのでございます。夫もそのときのことについては、後に至るまで一言も語ってはくれませんでした。私が気絶をしてからいったいどんなことがあったのやら、何があったのかそれとも何もなかったのか、私はそれですから何一つ知らないのです。

ただ、窓の外から額をガラスにすりつけるようにして中をのぞいていた徹の顔ばかりが、まるで写真の乾板に焼きつけられたように、いかにぬぐえどもぬぐえども消えないのです。私が振り返った途端、にやりと唇《くちびる》を反らして笑ったようでございましたが、それはあるいは私の思いすぎかもしれません。

とうとう帰って来た。やはり私の期待していたとおり帰ってまいりました。私はあんなに姿を見せてくれるようにとは願っておりましたけれど、あんなふうに姿を見せるくらいなら、むしろ、姿を見せてくれない前のほうがどんなによかったか。――私の恐怖はその日より以前に倍増しこそすれ、決して薄らぎはしなかったのでございます。

その翌日、いつもなら晩までいてくれる夫が何や彼と口実を設けて愴惶《そうこう》として東京へ帰ってしまいました。あとに残された私の不安、心配、頼りなさ。――いまにも徹が出て来て、私をどうかしようとしたら、私はいったいどうしたらいいのでしょう。そのときばかりは、夫の不人情らしいやりかたが、心の底から憎くてたまりませんでした。さいわいその日もその次の日も、そしてそれから、またあのおそろしい晩が来るまで、私の身辺には何事も起こりませんでした。

前のことがあって、さてその次の土曜日です。どうしたものか、夫はとうとう姿を見せないのでした。私が鎌倉へ来てからいままで一度だってそんなことはないのでございました。どんなに仕事の忙しいときでも、遅くなってからやって来るとか、土曜日には来られないまでも、日曜日には必ず来ると言って電話をかけて来るとか、まったく音沙汰《おとさた》のないということはありませんでした。私は前の土曜日のことがありますので、不安はしだいに高まってまいります。しまいにはとうとうたまらなくなって、こっちから電話をかけてみますと、どうでしょう、二、三日前から旅行したまままだお帰りにならないという話です。それを聞いたせつな、私は何かしら、暗闇《くらやみ》で物につまずいたような気持ちに打たれました。私に何の断わりなしに旅行に出る、——そんなことが考えられましょうか。いえいえ、何かあったにちがいございません。何か——、ああ、おそろしい。私は考えているうちに、ますます物事が悪くなっていくのに気がつきました。

そうしてその夜は一晩じゅうまんじりともせずに待っておりましたが、夫の姿はとうとう見えません。翌早朝、電話をかけてみましたが、やはりまだ帰らないという返事、とうとうその日曜日にも姿を見せずにしまいました。

私の病気にとっては、神経をとがらせることがいちばんいけないのだそうでございますが、どうしてこれが平気ですまされましょうか、私は自分でも自分の容態がだんだん悪いほうに向かっていくのがはっきりとわかっておりました。しかし、それをどうしようにもしようがないのでございます。まるで自分から蜘蛛《くも》の巣へ飛び込んで行った蝶々《ちょうちょう》のように、ただいたずらに身をもがくだけで、あのねばっこい蜘蛛の糸は、いよいよしつこく身にまつわりついてくるのでございました。

そうした二、三日を過ごして、さて木曜日の夜のことでございます。それまでにも日に五度も六度も東京へ電話をかけておりました私は、そのつど、まだお帰りになりません、というむなしい返事を聞くばかりでしたのに、その木曜日の夜、突然何の前触れもなしに、夫が訪ねて来てくれたのでございます。私はちょうどその半時間ばかり前にも電話をかけて、またしても失望しておりましたところなので、

「旦那《だんな》さまがお見えになりました」

という婆やのことばを聞いたとき、それこそ文字どおりに飛び立つような思いだったのは、まったくうそではございません。

しかし、そのときでございます。いま考えてみましても、私は心が氷のように冷たくなるのを感じるのでございます。

「あなた――?」

と言いながら玄関へ私が走って出ましたとき、夫は向こう向きに腰を下ろして靴《くつ》を脱いでおりました。旅行の帰りを東京へは寄らずに、真っ直ぐに訪ねて来てくれたと見えまして、傍には大きなスーツケースが置いてありました。その夫が靴を脱いで「よいしょ」と言いながら、こちら向きに玄関へ上がったときでございます。私は何かしら固いものを無理矢理にのみ込まされたような苦痛を感じまして「お帰り遊ばせ」と言いかけ

たことばを、そのまま口の中で凍らせてしまいました。その瞬間、夫の顔も、私と同じように、まるで仮面のように硬くなったのは決して私の思い過ごしではございません。いつもなら「いよう、どうだね、体具合は？」と言ってくれるはずの夫が、ものの一分間あまりも、じっと黙って私の顔を見ながら玄関に突っ立っているのです。そしてその揚句の果てには、なぜかおずおずと目を伏せると、口の中でぶつぶつと何か言いながら、自分でスーツケースをさげてずいと奥へ入って行きました。ああ、それはあの徹の癖をそのままではございませんか。

こういうことはあるいは夫婦でないものにはわかりかねることかも存じません。私がどんなに説明いたしましても、それはとうてい先生の御得心のいくようには申し上げかねるのでございます。これは夫婦という、目に見えぬ糸でつながれている者だけが感じうることでございましょう。一目夫の様子を見ましたせつなに、さっと意識しないうちに私の身内には何かしら危険を予感したのでございます。

一足遅れて部屋の中へ入ってまいりますと、夫はいつものように革椅子《かわいす》に腰を下ろして煙草をくゆらしておりました。それを見ると、私がたったいま感じたのは、まちがいではなかったかと思われるぐらいでございました。けれどもいったん投げられた暗い影はなかなかに消えるものではございません。それからよくよく気をつけて、夫の様子を観察しておりましたけれど、そこには日ごろと変わったところは少しも見当たらないのです。しかし、それで私の恐怖が少しでも減じることか、反対にいっそう募ってくるのでございます。いったいこんなことがありうることでしょうか？　いえいえ、これは自分の思い違いにちがいない。こんなことを考えるのはいけないことだ。――そういうふうに私は幾度か自分の心をしかりつけてみたけれど、そのあとからしてすぐにあのおそろしい疑念が頭をもたげてくるのです。

その夜以来私たちは、どんなにおそろしい夫婦の生活を営んだことでございましょう。それ以来というもの、私はぴったりと寝室のドアに鍵《かぎ》を下ろしてしまって、一歩たりといえども夫にその中へ踏み込むことを許しませんでした。よくむかしの話にありますけれど、いつの間にか怪猫《かいびょう》が老婆を食い殺して、自分がその老婆になりすましている、――――そんな話がありますけれど、私の場合がちょうどそれに似た恐怖でございました。私のそばにいるのは夫なのでしょうか。それとも別の男なのでしょうか。――私は気が違ったのではありますまいか。こんなおそろしいことを考えなければならない人妻が、私のほかにあることでございましょうか？

あるとき私は本宅のほうから小間使いを一人呼び寄せました。そしてそれとなく夫のことを聞いてみたのです。もちろん私の抱いている疑いについては一言も漏らしはせず、ちょうど嫉妬深い妻が夫の様子を探るような口調で尋ねてみたのでございます。

「さあ、別にお変わりになったようには存じませんけれど……」

と彼女は言うのでございます。

「以前のような冗談をおっしゃることが少なくおなりのように存じます。それに食物なんかのお好みがお変りのように思いますけれど」

「そして、それはいつごろからのことですの？」

「いつごろと申しまして、……そうそう、旅行からお帰りになったときでございます。いつも旦那さまが喜んでお召し上がりになります支那《しな》料理をこしらえておきましたところが、もっとあっさりとしたものに変えるようにとの仰せでございました。そのときからでございます。いままで、どちらかといいますと、油っこいものがお好きだったのが、その時分から、あっさりしたものとしょっちゅうおっしゃるようでございます」

私にはそれで十分でございました。食物の好みというものは、ときどき変るものではございますけれど、そう一時に、はっきりと変わるとは存じられません。やはりあのときからなのだ！

あの旅行と言ってしばらく姿を隠している間に何事かがあったのだ！　私は見究めなければならない。見究めてはっきりと態度をきめなければならない！

そうしているうちにまた二、三週間たちました。そしてある夜のことでございます。私はあるおそろしい決心を定めて、久し振りに夫に寝室へ入ることを許しました。夫は私のその突然の申しいでに、しばらくぼんやりとしておりましたが、むろんすぐにそれに同意いたしました。

ああ！　そこでどんなおそろしいことがあったか？　私はそれをはっきり申し上げることができません。ただこれだけ申し上げれば十分だろうと存じます。夫が寝入ったすきを見て、しげしげとその顔を見守っていたときでございます。私はふと奇妙なことを発見したのでございます。言い忘れましたが、夫は鼻下に美しい髭《ひげ》をたくわえておりましたが、いまつくづくとその髭を見ておりますと、それが、どうも普通の髭ではないらしいのでございます。私はそっとそれへ手を持ってまいりました。と、なんということでございましょう。その髭が、まるで木の葉のようにポロリと枕《まくら》の上に落ちたではございませんか！

これ以上何を言う必要がございましょうか。ほんとうの夫であるならば、何のために義髭《ぎし》などをする必要がございましょうか。この男はやはり夫ではないのだ。夫に変装しているにすぎないのだ！　私はそこで、旅行と称してしばらく姿をくらましている間のことを、考えてみたのでございます。いまから思えばそれは髭を伸ばすために必要な期間を得るためだったにちがいございません。しかし、髭というもの、ことに夫の唯介がたくわえていたような髭が、一週間や二週間でなかなか伸びるものでないことを悟ったその男は、義髭でごまかすことにして帰って来たのに相違ございません。なんというおそろしいことでしょう。私の夫はいったいどこへ行ったのでしょう。そしてこんなおそろしいことのできるのは、あの徹をおいてほかにありようがないではございませんか。

私はどうしてこのおそろしい立場から切り抜けたものでございましょう。私の夫はほんとうの夫ではございません。他の人が夫に化けているのです。と、そんなことを言ったとてだれが私のことばを信用するでしょうか。いえいえ、私が少しでも夫の正体に疑念を抱いているようなふりを見せたが最後、どんなおそろしい災難が私の身に降りかかってくるか知れたものではございません。夫を殺して――、ええ、ええ、きっと夫は殺されたのにちがいありませんわ、――まんまとその夫になりすましているほどおそろしい男ですもの、少しでも私に悟られたと知ったら、どんなおそろしいことをするかわからないのです。

ある日のことでございます。小一時間もだんまりのまま向かい合って坐っている私たち二人は――その時分夫がそばにいると私は、しょっちゅう心を緊張させておらねばなりませんので、たいへん体が疲れるのでした。――ふと目を上げたとたん、思わず視線がかっちりと合いました。するど、なんと思ったのか夫はいきなり立ち上がって、私の首に腕を巻きつけたのでございます。以前にはそんなことはたびたびあったのですけれど、旅行から帰ってからというものは、一度だってなかったことなので、私は思わず身を引いて唇《くちびる》をおおいました。

「どうしたのだ、お前――？」

その声はなぜかふるえを帯びてかすかに口の中で消えていきました。

「許してくださいまし、あたし、あたし……」

そのとたん咄嗟《とっさ》の間に、私はある一つの妙案を思い浮かべました。そしてさっそく言ったのです。私の愛していたのはあなたではなかった。あなたの弟の徹さんのほうだった。私があなたと結婚したのは生涯《しょうがい》の失敗だった。私は当然徹さんと結婚すべきだったということを、まるでうわごとのように早口でしゃべったのでございました。そのときの夫（？）の顔を生涯私は忘れることができません。それはなんと言っていいか、いまにも泣き出しそうな、それでいて、いまにも笑い出しそうな、変にゆがんだ、黒ずんだ表情でございました。もしあれがほんとうの夫だったら、もっとほかの態度がとれたはずでございます。あの曖昧《あいまい》な、わけのわからぬ表情は、たしかに徹のそれにちがいありませんでした。私はそのとき初めて、心の中で勝利を叫んだのでございます。

徹は私のそのことばで、まったく自縄自縛《じじようじばく》に陥ったのでございますもの。ふたたび徹の姿にかえらないかぎり、徹は二度と私に求愛することはできないのです。私のことばをほんとうに信じたが最後、彼はおそろしい後悔に責められなければなりません。兄の姿になって、うやむやのうちに、私を自分のものにしようとした男にとって、これほど小気味よい復讐がありうるでしょうか。苦しむがいい。煩悶《はんもん》するがいい、身から出た錆《さび》ではないか。――

先生はきっと、私が夫の身のうえについて少しも心配しないでいることに御不審をお持ちでございましょう。そうです。そのときの私には、だれに対する愛情も微塵《みじん》も残っておりませんでした。私のただおそれていたのは、私自身が浅ましい畜生のような身におちることでございました。夫がどうしたか、――それを心配する前に、私はまず私の身近にいるおそろしい悪魔を防がねばならなかったのでございます。

私のことばはたしかに徹の胸の中を鋭くついたにちがいありません。それ以来というものは、いつ会っても、彼はしょっちゅう考えがちで、たまに私のほうから何か話しかけても、いつもとんちんかんな返事ばかりするのでした。もちろん、制作のほうは全然よしてしまって、そのころから始終鎌倉に寝起きをするようになっていました。

私にはありありと、何かまた彼の胸の中でおそろしい計画が立てられていることがわかっておりました。それが徹のむかしからの癖で、何か深い考えに沈むと、他人とろくろく話もせずに、始終爪《つめ》をかんでいるのです。いま私はふたたびその癖を夫に見ることができるのでございました。

そうこうしているうちに、またしても一か月たってしまいました。鎌倉には夏が近づいてまいりましたので、避暑客がぼつぼつと姿を見せ始めたのでございます。そしてあるときのことでございます。ふと夫の留守の間に、夫の手文庫を開けてみたのでございます。と、驚いたことには、そこに、よし子殿へ、唯介よりと書いた一通の封筒があるではありませんか。私は思わず、おや！　と思いながらそれを手に取り上げますと、さいわいまだ封がしてございませんので、急いで中身を取り出しました。

よし子よ。

とそれはそんなふうに書き出してあるのでございました。

よし子よ。

私にはいまようやくお前の心がわかった。私はなんというばかだろう。お前のあのおそろしい告白を聞くまでは、お前が私を愛してくれているものとばかり信じていたのだ。私はもうだめだ。お前の愛しているのがこの私ではなくて、私の弟であったと聞いたとき、私はどんなに絶望したことだろう、私は苦しんだ。煩悶した。そしてとうとうある決心を定めたのだ。私は生きていて用がないばかりか、お前にとっては邪魔者にすぎないことを悟った。私は潔く身を引く。私の身にどんなことが起ころうともお前は決して驚いてはならない。そしてお前はお前の思うままにするがいい。私だの世間だのへ少しも気兼ねをする必要はないのだ。

この手紙をみたときの驚き、——これは一種の遺言状ではございませんか。いったいどういう意味なのでございましょうか。やはりあれは夫だったのでございましょうか。私のいままでの考えかたはみんなまちがっていたのでございましょうか。いえいえ、そんなはずがありません。あれが夫？　どうしてどうして、私はそのころになって、もはやはっきりと私の夫が夫でなくて、別人であることをいろんな理由から知っておりましたのですもの。

では、これは何を意味するものでしょう。

私はそのとき終わりのほうに書いてある文句をもう一度考え直してみました。そこには、自分の身を引いた後、世間などへなんの気兼ねもなく、私の思うままにせよと書いてあるではございませんか。私の思うまま——？　ああ、それは私のほんとうに愛している男と結婚しろという別の言いかたではございませんか。では、私の愛している男とはだれのことでしょう？　この遺言を書いた本人は、私が徹を愛しているとばかり信じているのです。――

なんという巧みなトリックでございましょう。この遺言はつまり、徹の身にとって最も都合のいいものにできているのです。そしてこれを書いた男は、私の夫の唯介として死ぬ一方、弟の徹としてふたたび生きて来ようとしているのではございませんか。いったいどんなふうにして行なうつもりか。それはとうてい私などの想像の及ぶところではございません。しかしそんなおそろしいことになるくらいなら、いっそ一思いに死んだほうがましだ――そのとき私はふと考えたのでございます。さいわい夫は書き置きを作っている。いま私が夫を殺したとて、だれがこの私を疑うものがありましょうか。

ああ、先生！

これはなんというおそろしい考えでございましょう。私はきっと気が狂うか、悪魔にでも魅入られていたにちがいございません。いうまでもなく私は、何度となくこのおそろしい考えを追い払うように努めました。しかし、そうすればするほど、なおしつこくこの考えは私の心の中にからみついてくるのです。

先生、私はもうこれ以上詳しく申し上げることはできません。それはあまりにもおそろしいことでございますもの。さいわい夫の書き置きを出すひまもなく、医者が誤診をしてくれましたので世間体は病死ということになりました。けれど、けれど、私が殺したのです。先生、私はおそろしい人殺しでございます。私はしかし、そのことについて何らの後悔も感じてはおりません。私のような場合、女の身を守るためには、どうしても採らなければならない唯一の手段として、先生も私をお許しくださるでしょう。私の申し上げたいことはこれで尽きました。私も、もう、長いことは生きていないつもりでございます。私が死んだのちに、これを御覧になった場合には、なにとぞ私をおあわれみくださいませ。

　ではこれで筆をおくことにいたします。

　私はほっと溜息をついた。なんというおそろしいことだろう。こんなことがこの世の中に果たしてありうることだろうか。

「どう思うね？　君は」

　青柳博士は私が読み終わるのを見て、口からパイプを離すと静かにそう促した。私はしかしそれについて何と答えていいのやら見当がつかないくらいだった。

「さっき言った女性の偏執狂《モノメニア》のおそろしいというのはこのことだよ」

　博士は私の顔を真正面から見詰めながら沈んだ声でそう言った。

「偏執狂ですって？　いったいどういう意味です？　それは――」

「君にわからないのかね。じゃ君はこの遺書を全部信じているのかい？」

「じゃ何か――」

「もちろんさ」博士は断固として言った。「こんなばかばかしいことがあるものじゃない。これはみんな尾崎夫人の幻覚なんだよ」

「それでは、あなたは、尾崎唯介は死ぬ間際までほんとうの尾崎唯介だったとおっしゃるのですか」

「もちろんそうさ」

「しかし——？」

「君は、食物のことだの、義髭のことだの、その他尾崎夫人の感じたのをそのまま受け入れているのだろう。だからいけないのだよ。偏執狂というものは、なんでもかんでも自分の感じたところが事実に相違ないという信念を抱いている。そしてすべてがそれから出発するのだ。尾崎夫人はあらかじめ、徹の出現ということに少なからず頭を悩ましていたのだろう。そしていつのまにやら、小説みたいな筋を、自分で組み立てていたのだ。義髭だって？——あれはこの悲劇と喜劇のクライマックスなんだよ。尾崎唯介というのはどんな男だかよく知らないが、おそらく芝居気たっぷりな男だったのだろう。彼は始終妻が兄弟のことをおそれているのを見て、妙な気持ちを起こしたのだ。そして妻を驚かすためか、それとも他に理由があってか、自分でわざと徹という弟のまねをしていたのにちがいないよ」

　私はそれに対してなんと答えていいかわからなかった。博士は私の疑念がまだ去りやらぬのを見ると、ポケットから一通の封筒を取り出して私に見せた。それは台湾の役場から来たもので、お尋ねの山内徹は大正××年マラリヤ熱のため、当地において死亡したという報告書であった。その日付を見ると尾崎唯介の死よりも約一年先立っている。

「唯介ももちろん弟の死んだことはよく知っていたのだろう。しかし、それが妻の心を動揺させるのをおそれて、わざと黙っていたのだ。万事は唯介のたくらんだ喜劇なのだ。ただそこへ偏執狂がからんだために、おそろしい悲劇に終わったのだ。ついでだから言っておくが、唯介と徹とは尾崎夫人の書いているのとは全然反対に、非常に仲のいい兄弟だったというよ――」

私はしかし黙っていた。

そして頭の中でひそかに考えたのである。

博士のことばがほんとうか、尾崎夫人の遺言が事実か、それはいまとなっては神のみが知りたもうところである。

犯罪を猟《あさ》る男

一寸一ぱい
酒
さかな

筆太にそんな文字を染め抜いた、紺——と、言いたいが、薄鼠色《うすねずみいろ》に色のあせた暖簾《のれん》を、頭で左右にかき分けて中をのぞき込むと、さすがに真夜中に近いころのことである、土間にだれ一人いなかった。

八燭光《しょっこう》の電灯を一つだけ残して、あとはすっかり消してしまった、その薄暗い土間には、主のないテーブルが三つばかり、それも古道具屋か何かで、別々の機会に買ってきたものにちがいない、めいめいちがった形をしているのであるが、中には載っかっている品物の重みで、十度ばかり斜めに傾いているのさえある。昼間見れば、さぞかし煮こぼしのあとだの、あぶら光りだので、あまりぞっとしない光景にちがいないが、それでも、さすがに、アスパラガスか何か、ちょっと気の利いた植木鉢《うえきばち》が、それぞれに置いてある。

壁はと見れば、

小鉢物　十五銭

お銚子　二十銭

——なんどと書いた短冊が、隙間《すきま》なきまでに張られた中に、アサヒビールの広告ビラが一枚と、御祝儀の大入り袋が二つ三つぶら下がっている。

しかしこれは、何もこんな詳しく書くにはあたらなかったかもしれない。見ようと思えば、どこの場末ででも見られる、あの下等なめし屋の、きまりきった一つの型にすぎないのだから。

戸田五郎は、暖簾の合間から、首だけ出して、さてはいったものか、よしたものか、しばらく思案をしていた。ふだんの彼ならば、身分からいっても、むろんそんな所へはいるべきではないが、そこは酔っ払いの大胆さで、とうとう思い切って、中へはいってしまった。

「だれもいないのかい、おい」

声もろともに杖《つえ》の先で、ゴトゴトと土間を二つ三つたたくと、

「はアい」

と、調子っ外れのしたねぼけ声がして、さてそれからまただいぶ待たせた後、ようやく眠そうな顔をした小女《こおんな》が、奥の仕切りの影からひょっこりと現われた。

「いいのかい？　構わないのかい？」

その顔を見ると、いかにこちらは客であるとはいえ、とうてい遠慮せずにいられないのだ。杖をトントン突いているうちに、どうしたはずみか、よろよろとよろめいて、そ

のよろめいた腰をそのままに、そこにあり合わせた椅子《いす》に落ち着いた戸田は、小女の顔を見上げながら、思わずそうきいた。

相手はぼんやりと突っ立っている。

戸田はすぐと、自分の質問のばからしさ加減を悟った。われとわれに照れた気持ちになった。で、ギーチ、ギーチ、と、鳴る椅子を、わざと手荒く直しながら、

「お銚子——できる？」

と、姐《ねえ》やの顔を見直して、さて、げえっぷと酒臭いおくびを吐き出した。

「へえ、——おさかなは？」

姐やは眠い一方だが、でもさすがに商売は忘れないとみえる。

「さあ」

と、杖の頭に両手を重ねて、その上に顎《あご》を載せていた戸田はそう言われると、目だけを動かして、壁に張ってある献立を見たが、はてな、こんなにたくさん、何でもできるのかしらと、つまらないことを考えた。

「何でもいいから、うまそうなところを見つくろって持って来てくんな。それから銚子はなるたけ熱くしておくれよ」

姐やは、へえ、とも何とも言わずに、暗い奥のほうへ引っ込んだ。板前もやっぱり居眠りをしているとみえて、しきりに呼び起こしている姐やの声が聞こえた。

戸田はかぶっていた帽子をかなぐり捨てるようにテーブルの上に投げ出すと、じっと

り汗ばんだ額を、ハンケチでごしごしこすった。そうしながら、とんだところへ飛び込んだなあと自分で自分にあきれるような気持ちで、じろじろと土間の中を見回した。でもほんとうを言うと、それはそんなに不愉快な気持ちではなく、むしろその反対だった。

「たまにはいいさ、こういうのも」

ちょっとそうしたいたずらめいた気分が動いているのだった。

それは年に一度ずつある、同窓会といったようなものの帰りだった。さんざん羽目を外して騒いだ揚句が、お定まりのごとく、二次会、三次会と崩れて行って、でもさすがに、みんな相当の年輩である、泊まろうというほどの者もなく、程よく切り上げたのが、既に一時を過ぎていた。

それから近回りの者ばかり誘い合わして四、五人、俥《くるま》なんかよりいっそぶらぶら歩こうじゃないかということになって、みちみち、あちらで一人、こちらで一人、と、いうふうに落として行って、ついに一番最後の一人に別れたのが、ついその向こうの横町だった。

その前から戸田は、何かしら頭ががんがん鳴るのを、黙って耐えていた。

彼はその夜の当番幹事だ。会計からすべていっさいのことを受け持たされていたので、いくら飲んでも酔えない気持ちだった。そいつが頭に来たのにちがいない。いつになく悪酔いをしてしまった。

「もう一度どこかで、熱いやつをひとつきゅうとやると直るんだがな」

と、そんなことを考えながら歩いているやさき、目についたのが、

（一寸一ぱい）のその暖簾だった。

「へえ、お待ち遠さま」

たっぷりと十分は待たせたろう、でもさすがに持って来たものを見ると、芋《いも》の煮ころがしに湯豆腐、まぐろのさしみに、浅草海苔《のり》がついている。これなら案外飲めそうだ、と、思いながら、

「姐さん、お銚子のお代わりを頼むよ」

と、戸田は元気よく言った。

それからどのくらい時間がたったか。

そうなると底知らずに、いくらでも飲める口の戸田であった。テーブルの上には、およそ十本あまりもの銚子が並んでいた。

時計はだいぶ前に三時を打った。戸田はそれも知らないではなかったが、

「なあに、いけなかったら、明日一日骨休めするばかりさ」

戸田はビルの四階に、婦人服の専門店を持っている。彼はちょっと世間に知られた、婦人服専門のデザイナーなのである。

と、そこは自分の持ち店だけに、だれに遠慮も要らない身分であって、もっとも女房のこうるさい小言《こごと》は覚悟していなければならないが、それとても、酔っ払ったいまの場合、そうも大して強く感じられないのだ。

とにかく戸田は、すっかりきげんよく酔っていた。

「戸田さんじゃありませんか。あなた——」

そのときふいにそう呼びかけられたのである。聞き覚えのない声だったがまさしく自分の名を呼ばれたので、戸田はとろんこになった目をその声のほうへとさし向けた。焦点の乱れた彼の網膜に、ぼんやりと映ったのは、二十三、四の色の抜けたほどに白い——髪の黒い、——それだけしか彼の目には映らなかったのだ。

——とにかく美男子とも言うべき青年だった。少し薄すぎるのが難だなと思われる、二つの唇《くちびる》の間から、真っ白な歯並みを見せて、その男はニヤニヤと笑いながら彼のほうを見ていた。

「エエ?——エ?」

呂律《ろれつ》の回りかねる舌の先で、そう返辞ともつかぬ、嘆声ともつかぬ声を吐き出しながら、戸田はしかし思い出した。

彼がそこへはいって来てからまもなく、彼のあとを追っかけるようにして、そのめし屋へはいって来たのが、その男だった。

「おや、まるで子供じゃないか、あれでやっぱり、へえ、こんな場所へ出入りするんだなあ」

と、そのとき戸田はちらりとそんな疑念を起こしたのを覚えている。

その青年は戸田と同じように熱燗《あつかん》を注文していたが、いま見ると、彼は年齢にも似合わず飲める口と見えるのだ、ほとんど戸田のそれと同じくらいに、銚子の数をならべている。

「だれ？――だれでしたかなあ、君あ？」

戸田はギューと椅子をきしらせて、重い体をその男のほうへさし向けると、見透かすように首を前へ突き出して、二つ三つ、まだるっこくまばたきをして見せた。

男はしかし、意地悪くすぐには返辞をしないで、両肱《りょうひじ》をテーブルの上に突いて、杯をなめながら、飲むと青くなる性と見える、いささかすごみを帯びた頰《ほお》に、でも、彼のほうを見返しているその目だけは、かすかに笑っているのだ。

その目に会うと、何がなしに戸田は、たじろぎぎみに目をしょぼつかせた。

「あなたのほうじゃたぶん御存じじゃありますまいよ。僕はただ、ひょんな動機からあなたを知っているんですがね」

その男は落ち着いた、酔っ払いらしからぬ、しっかりした口調でそう言った。

「と、いうのは」

「ええ」

と、相手はしかし、変にじらせるように、うつむいて皿《さら》のものをつつきながら、軽く返辞をしたがそのまま顔も挙げないで、低い声で言った。

「――ほら、Dビルディングの事件――。ね、あの事件に関連してあなたを知ってるんですよ」

Dビルディングの事件？

戸田は突然たたきのめされたように、手にしていた杯をポロリと取り落とした。

「大変な事件でしたねえ、あいつあ――。あなたは巻き添いを食って、さぞ御迷惑なことでしたろう」

相手は戸田の、そんな態度に気がついているのかいないのか、さりげない様子でそんなことを言った。

そして憎らしいくらい落ち着いているのだ。手をたたいて小女を呼ぶと、

「これ」

と、軽くなった銚子を指先でつまんで振って見せた。

戸田はその間に、しかし平静を取り戻すことができた。ハンケチを取り出して、手早く額の汗をぬぐうと、冷たくなった杯を一息にぐっと飲み干した。実際こんな場所で、あの事件のことを耳にしようとは夢にも思っていなかった。それだけに全身が激しいおどろきに揺すぶられたわけだ。

「ばかな、何というやつだろう、この男は！」

せっかくの酔いが、揮発したように、体から抜けていった。そんな不愉快な話題を持ち出した男を彼は心の底からのろった。

相手はしかし、それをまた追っかけるように、

「でも、今日の夕刊を見れば、宜《い》い具合に犯人は決定したらしいじゃありませんか」

「え？」

戸田は思わず釣り込まれて振り返った。

同窓会の集合が、四時過ぎからだったので、彼はまだその日の夕刊を見ていなかった。

「決まりましたか、だれに？」

「やはりエレベーター係りの、須崎という男だそうですよ。あなたはまだ御存じじゃありませんか」

「いや、——しかし、そうか、やっぱりあの男でしたか。僕はまだ今日の夕刊を見ていないのだが」

「だが、戸田さん、あなたはいったいどうお考えになっているのです。やはり須崎を犯人だと考えていらっしゃるんですか」

「僕？——さあ、大して確信もないが、しかし警察がそうと決めたのなら、まあ、それを信用するよりほかに、われわれとしてはしようがないじゃないか」

「そりゃあ、それもありますがね」

そこへ小女が、その男のほうへ、あつらえた銚子を持って来た。

「いかがです、おひとつ」

男はその徳利を持って立ちあがり、自分の杯を戸田のほうへ差し出した。

「…………」

戸田はちょっとためらった。無言で、自分のテーブルの前に立ちはだかったその男の顔を見上げたが、しかたなしに杯を受け取った。

「そういえばそうですがね、しかし僕にしてみれば、なぜかしら、どうも腑《ふ》に落ちないところがあるんですよ」

その男はとうとう、戸田がいやな顔をするのも、いっこうお構いなしに、彼の向かいへ腰を下ろした。そしてさっきしていたように、両肱をテーブルに突いて、その片手に、戸田から返された杯を支えながら、まじまじと、真正面から、無遠慮な凝視を投げかけるのだ。

戸田は何となしに不安ないらだたしさを、身内に感じた。

「どうして？　しかしそんなことを自分たちが言ったところではじまらんじゃないか」

「それもそうですがね。しかし、僕は為《ため》にするところがあって、こんなことを言ってるのじゃなく、ただ自分一人の興味から、この事件を探求しているのですが、ねえ、戸田さん、もし須崎が無辜《むこ》の罪に陥っているのだとすると、あなたにも確かに責任の一半はあるわけですよ」

戸田は黙って鼻の穴をふくらませると、ぐっと力強く息を吸い込んだ。

いったいどうしようというのだろう？　何のためにこんな話を持ち出したのだろう？　彼の言うようにただ単なる好奇心からであろうか？　それとも、何か為にするところがあるのだろうか。

「そんな事あないよ。なるほど、僕の証言のうちには、あの男にとって不利な点もあったろうさ、しかしそりゃあしかたがないじゃないか。僕は何も、あの男のため悪《あ》しかれと、故意に事実を曲げた覚えは毛頭ないんだからな」

「それはわかっていますよ。しかし」

「しかしも何もないよ」

戸田は怒ったように激しくテーブルをたたいた。

「いったい君は何のためにそんないらない詮索《せんぎ》だてをするんだ。僕は事実を話した。それだけじゃないか、それをどういうふうに解釈しようと、それは警官たちの勝手さ」

「ま、ま、そう言えばそれまでですがね、しかし人間にはいろんな錯覚だの、過信からくる、錯誤だのがありますから、あなたが、……まあ、そう怒らないでください、事実だと信じてお申し立てになった事柄のうちにも、あるいはとんでもないまちがいがひそんでいるのかもしれませんよ」

戸田はしばらく、黙って相手の顔を見守っていた。普通の者ならとても受け止められそうにない、焼けつくような凝視だのに、相手の男は少しも感じないかのごとく、そ知らぬ顔で、杯をなめていた。

戸田は改めて、その顔をつくづくと見直した。すんなりとした癖のない鼻、柔らかみのある眉《まゆ》の曲線、潤いを帯びた瞳《ひとみ》、見れば見るほど、女のようにも美しい青年だった。ただ一つ、唇が少し薄すぎて、それが心持ち反り加減なのが、著しくその顔全体に冷酷な印象を与えていて、そこに何かしら、その青年のふてぶてしい魂を思わせるようなものがひそんでいるのだ。

「いったい君は――」

戸田は一種の威圧を感じながら、「いまごろこんな話を持ち出して、どうしようというのだ」

「どうしようってわけでもありませんがね、ただいい具合にこんな場所でお目にかかれたものだから、つい持ち出してみたまでですよ。僕自身この事件にかなり興味を持っているのですし、それにちょうど、あなたはこの事件について、最も詳しい人だから、あるいは警察で知らない事実まであなたは御存じじゃないかと思うのです」

「じゃ何か、僕が隠してでもいると思うのかね」

「さあ――」

「よろしい。では何なりと聞きたまえ。お望みどおりお答えするよ」

戸田は懐中時計を取り出してながめた。もうわずかで四時になりそうな時刻だった。

小女はまたどこかで居眠りでもしているとみえて、そこらあたりには姿を見せなかった。

薄暗い土間には、ただ彼ら二人の姿があるだけだった。

「何でしたね。最初にあの女の死体を見つけたのは、戸田さん、あなたでしたね」

「いや、僕じゃない。しかしまあ、僕もその一人みたいなものだ。僕んとこの給仕が最初に発見して、一番に僕んとこへ知らせに来たものだから」

「そうそう、それより前に、何でもエレベーター係りの男が不審の挙動を見せた、と、いうような申し立てがありましたが」

「それはこうだ。順序立てて話すことにしよう。あの日、六月十二日だったね、僕はいつものように、少し早めに地下室の食堂へ降りて行った。君も知っているだろうがなにしろ昼食時間になると、あの食堂はむやみと混むものだから、僕はいつもその前に昼飯を食うことにしているのだ。さて昼飯をすませて、さあちょうど十二時十分前ごろだったろう、地下室から一階まで上がって来て、——これも君はたぶん知っているだろうが、あのビルディングでは、エレベーターが地下室までは行かないのだ。で、エレベーターの前まで来ると、そこに、三階に事務室を持っている、遠藤という男が立っていた。見ると、彼は額に青筋を立ててしきりにエレベーターの呼鈴《ベル》を押しているんだ。

『どうなすったんです、遠藤さん』

と、僕がこう言うと、

『エレベーターの野郎、また、サボっていやがるんですよ。僕、もうものの半時間もこうして呼鈴を押しているのに、やつ、なかなか降りて来ようとしないんです』

見るとエレベーターの指針《はり》は、四階のところに止まっている。

『機械に故障でもできたんじゃありませんか』

『それなら、しかし階段のほうからでも降りて来て、そう報告しそうなものじゃありませんか。なにしろひとを馬鹿にしている』

　そう言って彼はプンプン怒っているんだ。僕も彼に代わって呼鈴を押してみたが、なるほどなかなか降りて来るようなけはいは見えない。

『しかたがないから、階段のほうから行こうじゃありませんか』

　と、僕が言うと、

『ばかばかしいがしようがない。どこかで見つけたら、こっぴどくどなりつけてやらなくちゃ』

　しかし、僕たちはさいわい、大変な思いをして階段を昇る必要はなかった。と、いうのは、遠藤がそう言っているところへエレベーターの指針が動き出して、ようやくエレベーターは下へ降りて来たのだ。

『何をしていたのだ、ばか、さんざっぱらひとを待たせやがって』

　遠藤が口汚くそうどなりつけると、相手は黙って首を下げたんだが、その態度には、あとから考えると、隠しきれないほどの狼狽《ろうばい》の様が見えていた」

「そのエレベーター係りの男がつまり須崎なんですね」

「そうだ、僕もそのときにはしかしまだ名前なんか知らなかった。ちょうど一か月ほど前に新しく雇われて来たばかりのところだったから。

　とにかく変なやつだと思いながら、でも僕は、遠藤ほど待たされたわけでもなかったから別に口汚くどなりもしなかった。そのうち遠藤は三階で降りる。そして僕の事務所はもう一層上の四階だからそこで降りた。そして自分の事務所へ帰ると、まもなくそんなことなんかすっかり忘れてしまっていたんだ」

「そこへまもなく、あの女の死体が発見されたというわけなんですね」

青年はなかなか要領よく質問を切り出していく。戸田はいやいやながらも、その調子に引きずられないでいられなかった。

「そうだ。それは昼休みの間だったがね。僕がそうして事務室へ帰って、一服吸っていると、ちょうど十二時半ごろのことだった。昼休みだ。僕はそうして早めに飯を食うが、店員や給仕たちにはやはり普通の時間に食事をさせることにしているんだ。その日はちょうど店員が休んでいて僕と給仕二人だけだった。給仕は持って来た弁当を食い終わると、口笛を吹きながら部屋を出て行ったが、すぐ顔色を変えてあわただしく帰って来た。

『どうしたんだ、静かにしないか』

僕がそうきめつけると、給仕は、声をふるわせて言うのだ。

『大変です、大変です』

大変とばかりで、あとはろくすっぽ口も利けない有様じゃないか。それも無理もないさ。あんな事件に出会《でく》わしたら大人だって肝をつぶすにちがいないよ。

『大変だとばかりじゃわからないじゃないか。どうしたのだい、はっきりものを言えよ。ばか』

癇癪《かんしゃく》を立てて僕がそうどなると、給仕はようやく、

『女の人が、……女の人が死んでいるんです』

　と、言うんだ。

『女が死んでいる?』

『そ、そうです』

『どこだ、それは?』

『便所の中で——』

『便所?』

　僕は半信半疑だったが、まさか人が死んでいると言うのに放ってもおけないから、その給仕を引き立てるようにして便所のほうへ行った。ビルディングの便所というものは、どこも似たり寄ったりのものだから、説明するまでもあるまいが、まずすりガラスの扉《とびら》がついて、それに〝御手洗室〟の日本字で、TOILET ROOM と横文字でそこだけは、普通のガラスで書き抜いてある。こいつがあとになって必要になってくるんだから、よく覚えておいてくれたまえ。で、その扉を押し開くと、中は日本の畳に換算すれば、まあ六畳敷きの部屋を、縦に二つぐらいつないだほどの広さになっていて、その一方には大便所が六つばかり、その反対の側には小便所が、これもやはり同じくらいの数だけ並んでいるのだ。さて、僕が給仕を引っ張って行って、その扉を押し開くと、いちばん奥まった大便所の前に、若い、洋装の女が、あおむけになって倒れているのだ。見ると、ちょうどその前の大便所だけ扉が開いている。

『や、どうしたのだ、こいつあ』

さすがに僕も思わずその頓狂《とんきょう》な声を挙げた。

『私がその扉を開いたのです。すると中からその女の人が転げ出したのです』と、いう給仕の答えだ。なるほどこいつは肝をつぶすのも無理からぬ話だ。僕は大急ぎで女のそばへ走り寄ろうとしたがそばへ寄って見るまでもなく、女は既に事切れているのがわかったものだから思い直して、いやがる給仕を無理に番人にしておいて警察へ電話をかけたのだ」

「なるほど、そこであの大騒ぎが持ち上がったというわけなのですね」

「そうだ。実際僕にしても驚いたよ。そのときにゃまだ何かのまちがいだろうぐらいにしか考えていなかったのだ。ところが検事だの検視官だの、僕はあんまり警察方面の事あ知らないから、どういう厳めしい肩書きを持っている人たちかわからないが、とにかくそういう人たちが続々やって来る。そして警察署がいろいろと手を尽くしてしらべた結果が、結局、他殺だと決まってしまったのだ。そうなると僕と、給仕とが第一の証人だから、盛んにいろいろなことを尋ねられる。とてもいちいちそれをここで繰り返すわけにはいかないが、とにかく、仕事もできないし、うるさいことを尋ねられるし、すっかり弱ってしまったことだった」

戸田はそこでことばを切ると、傍の銚子を取り上げた。が、あいにく酒はもうすっかり冷たくなっている。

「チェッ……」

と、舌打ちをするのを見て、相手の青年は、奥のほうへ振り返って小女を呼んだ。ししかしさすがにもう時間である。彼らが話しているうちに、とうとう眠り込んでしまったものと見えて、いくら呼んでも起きて来るけはいはなかった。

酒が来ないとなると、戸田は急に寒さが身にしむのを覚えた。そこへ持ってきて、夜明けに近い空気は、雨気を含んでいっそう冷え冷えと膚を打ったのだ。彼は雨外套《あまがいとう》の襟《えり》を立てて肩をすぼめるようにした。

しかし相手の男は、戸田のそうした態度すらいっこう意に介しない態で、

「………」

と、あとを促すように彼の顔を見る。

戸田はもういいようのない憤懣《ふんまん》を、むらむらと胸のうちに燃やしながら、そうした態度を露骨に相手の前に示したが、しかも、どう抵抗することもできない、ある一種の力に引きずられて、またもやぼつぼつとあの話を続けるのだった。

「被害者というのは、二十四、五の、どちらかというと、洋装をしているというのでもわかるとおり、妖艶《ようえん》な美しさを持った女だった。もっとも洋装といっても、薄紫色の、軽そうなドレスみたいなものを引っかけているだけで、外套も着ていなければ、帽子もかぶっていない。頭は近ごろ流行の断髪——、それも非常に思い切った断髪でちょうど

日本の子供の、おかっぱぐらいしかない長さにそろえて切ってあるのだ。もっともその女にはそれがよく似合っていた。さて致命傷というのは、後頭部に受けた打撲傷――何か、鈍器で強く殴られているというのだ。僕には医学的のことはあまりわからないが、とにかく、それは皮下出血を起こしているとか、脳震盪《のうしんとう》を起こしているというような医師の診断だった。

さあ、そこでビルディングの中は、一種非常警戒というようなものが張られて、少しでも怪しそうな人物は、片っ端から尋問を受ける。

ところがここに不思議なことには、その女が、どうして四階まで上がったかということが問題になってきたのだ。というのは、そのビルディングの中にいる者で、一人としてその女を見た者がないのだ。もっとも、めいめい忙しい仕事を持っている人たちばかりだから、そう他人さまのことに気をつけているわけにもいくまいが、それにしてもあれだけ大勢の人間がいて、その女をだれ一人見た者がないとは、ちょっと考えられないことじゃないか。例えばエレベーターの運転手さえ、その女は前言ったとおり洋装しているのだから、したがって靴《くつ》をはいている。しかもそれが、とても踵《かかと》の高い靴なのだ。とうていそれで、エッチラ、オッチラ、一つ一つ階段を昇って行くなんて、考えられないじゃないか。当然エレベーターの力を借りたのにちがいないんだ。それだのに運転手の須崎は、知らぬ存ぜぬとどこまでも言い張るんだ。彼が言うのに、

『四階から、上には、現在のところ女の人は一人もいません。したがって一人でも女が、

そこへ下りたら、私はきっと覚えていなければならぬはずです。ましてや、こんな服装をしてる女なら、いっそう忘れることはないはずです。しかし今日のところ、この女はもちろんのこと、女というものは、一人だって四階から上へは案内しませんでした』

――とまあ、危うく事件は変なふうにこんがらかりそうになってきたのだ」

「そこへあの証人が現われたわけですね。ほら、大森とかいいましたね、あの人は……？」

「知っているんだね君は？」

「ええ、新聞で伝えている程度には。しかし、実際に当たっていないのだから、ほんの表面的なことだけしか知らないのです。だから、やっぱり一応お聞きしたほうが宜《い》いようです。で、その大森という人が？」

「大森というのは、僕と同じ四階に事務所を持っている男なんだがね。いったいあのビルディングは、一階に三十ずつの部屋があるんだが、なにしろこのごろの不景気で、四階五階ときたら、空いている部屋のほうが、ふさがっている部屋の三倍もあるくらいなんだ。大森はその四階のいちばんすみっこに事務所を持っているんだが、昼少し前に彼は外出したのだ。なにしろ、いままでだれ一人手がかりを与える者はいなかったんだから、刑事たちは大喜びだ。大森の話によると、その日の午前十一時過ぎ、正確な時刻はむろんわからないが、かれはふと用足しに、事務室を出て、その手洗い室の前まで来たんだそうだ。ところが中へはいろうとすると、そこに話し声がする。それがどうやら男と女とであるらしく、しかも、いやにひそひそ語っているのだ。こいつあいけないと彼は思った。いらぬところへ飛び込んで、あとで恨まれちゃつまらないと思ったものだから、気を利かして、三階まで降りて用を足したというのだ。ところがそら、彼が気を利かしてそこを離れるとき、やっぱりだれだって好奇心はあるもんだ。ちょっと中をのぞいてみたんだそうだ。ところが前にも言ったろう。その扉というのは全部がすりガラスで、文字のところだけが普通のガラスになっている。つまり彼はそこからのぞいたわけなんだが、したがってごく制限された、ほんのわずかな部分しか見えなかったわけだ。その中に、彼はたしかにその女の顔を見たと言うのだ。ところが残念なことには、そのとき一緒にいた男、時間から何からいって、それがたぶん犯人にちがいないのだが、そのほうには大して興味も感じなかったかして、少しも気がつかなかったというのだ。ただ一つ、でも、これがのちのち有力な証拠になったんだが、その男の手にしていた雑誌の表紙を、彼は見覚えていたんだ」

「問題になった、キネマ雑誌ですね」

「そうだ。ところがこいつもなかなかあやふやなんだ。刑事たちに、何かその男について、覚えているものはないかと、さんざん尋ねられた末、やっと思い出したぐらいのことなんだからね。しかしそれも無理はないさ。そんな大事件が起ころうとは夢にも思っていなかったんだから、だれだって、そんな些細《ささい》なことまで覚えているはずはないからね。それにさっきも言ったように、ごくわずかの隙間《すきま》から、透き見しただけのことなんだから、雑誌の表題が辛うじて、それもほんの一部分だけしか読めなかったというのも無理ではないよ。だがこいつはあなどりがたい証拠になった。彼が読んだ、『キネマ』の三字、これがまあ今度のこの事件の要《かなめ》をなしたようなものだ」

「そうですね、そこでキネマ雑誌の大捜索が行なわれたというわけですからね」

戸田はなぜだかちょっといやな顔をしたが、でも、別に言葉を切るでもなく、あとを続けた。

「そうそう、このビルディングの中で、キネマ雑誌を持っている者は、それを持って全部集まれというわけさ。驚いたね、キネマ雑誌というやつはずいぶん読まれるものだね。三十あまりもあったからね。ところが、さてどれがあの犯人が持っていたものであるか、その点、証人がいたってあやふやなものだから、とてもわかりそうにないのだ。なにしろただ『キネマ』という字の印象が、ぼやっと頭の中に残っているだけで、それが赤で書いてあったか、黒で書いてあったか、それすらはっきり覚えていないという始末なんだから、集まった三十何冊の中から、それを選べと言ったところで、とうていできることじゃないんだ。たとえできたとしても、同じ雑誌を持っている人間はたくさんあるわけだから、結局だめになったろうが、そこはよくしたものだ。意外の方面から簡単にそいつが片づいた。というのは、それらの雑誌の持ち主の中の一人が言うのに、エレベーター係りの須崎も、たしかにキネマの雑誌を持っているはずだのに、どうしてここへ出さないのだろうというのだ。ところがこれを聞くと須崎は、さっと顔色を変えた。そしてなるほど自分もキネマ雑誌を持っているが、今日は持って来なかったと言うのだ。ところがこいつがまたすぐに尻《しり》が割れてしまった。というのは、僕自身もこの目で見たことなんだが、たしかにその朝も、彼は洋服のポケットの中に、その雑誌を持っていたんだ。これは僕以外に証言するものがかなりたくさんあったからまちがいない事実なんだ。ところがそれを、彼は違う違うと飽くまで言い張るんだ。なるほどしらべてみると、彼の身の回りにはどこにも雑誌らしいものはない。別に部屋といって持っていない彼だから、持っているとすれば、身につけていなければならぬはずなんだ。ところがそんな取り調べをしているところへ門衛の爺《じい》さんが、ひょっこりとやって来た。そして彼が言うのに、『その雑誌ならおれが知っている』と言うのだ。

『昼休み少し前のことだが須崎さんがその雑誌を紙で巻いて、表の郵便箱の中へ放り込んでいる』とこう言うのだ。

これを聞いたときには、須崎はまるで紙のように真っ白になった。

『うそです——うそです——そんな事あ——』

しかし彼がそんなふうに抗弁すればするほど、かえって人々の疑惑を増すということを彼は知らないのだ。そこでさっそく、最寄りの郵便局へ刑事が走って取り調べたのだが、うまい具合に、その郵便物はまだそこの局にあった。そしてその中には果たして、須崎の雑誌というのも混じっていた。見るとそのあて名は彼自身になっているんだ。なぜまたそんなことをしたのか、しかしすぐにその疑問は解けたというのは、刑事がその封を破っていると、中からコロリと落ちたものがあるんだ。それは首飾りなどの垂れによくついている、一種のペンダントなんだ。須崎はそれを雑誌の中に封じ込んで自分の家へ送ろうとしたんだが、これが彼にかかる疑惑を抜き差しならぬものにしてしまった。と、いうのは、被害者の女というのが、やはり細い金の首飾りをしていたんだが、そのペンダントが切れてなくなっているんだ。それを持って行くと、ぴったりとその二つは一致するんだ。こういうわけだから、須崎に疑いがかかるのも無理ではないじゃないか」

相手の男は黙って聞いていた。戸田は続ける。

「もっとも須崎はこんなふうに弁解している。彼が四階の手洗い室へはいって手を洗おうとしてふと見ると、洗面所の水のはけ口の穴に、なんだかピカピカ光るものが詰まっている。おや、何だろうと思って取り出してみると、それが蛋白石《たんぱくせき》をはめこんだその首飾りだったというんだ。だれかが誤って落として、そのまま気づかずに行ったのにちがいないと彼は考えた。そこでついちょっとした出来心から、そいつを着服しようと思って、さてこそ、うっかり身につけていてばれちゃ大変だから、雑誌の間に封じ込んで家へ送っておこうと思ったというんだ。彼の言うのに、

『だいいちその女を殺そうにも何にも、私はいままで一度もそんな女を見たことがありません』

しかし、そういう彼のことばには少なからず曖昧《あいまい》な節があって、どうも信用なりかねる。そこへもってきて、ほら、さっきも言ったように、四階で何だか長いことやってい

たという証言も出てきたろう。おまけに彼は、その女を一度も見たことがないと頑として言い張るんだ。見たことがないといって、さっきも言ったように、その事件に関係あるなしは別としても、その女が階段から上がったりするはずはないんだから、エレベーター係りの彼としてその女を見たことがないなんてはずはないんだ。それをまた彼が飽くまで隠すもんだから、いよいよ嫌疑《けんぎ》は深くなっていくという始末なんだよ」

戸田はそこでことばを打ち切った。

時計はもう五時近くを示している。まもなく夜は明けるだろう。そういえば、何となく表のほうがうすぼんやりとほの白くなってゆくのが感じられるようだった。

「僕の知っているのは、あらましそれぐらいのことだ。それ以後また何か新しい発見でもあっただろうか、僕はその事件については、新聞もなるべく読まないことにしているからあまり知らないんだ」

「ところで、凶器は発見されたのでしょうか。何だかそれがわからないので困っているというような風評でしたが」

「そうそう、そういえば、僕の知っているかぎり、凶器はついに見つからなかったらしいよ。ずいぶん綿密に捜していたようだったが」

「それはしかし変じゃありませんか？　須崎が犯人としたら、彼は凶器を捨てる暇なんてなかったでしょう。そういえばあなたがたが、エレベーターにお乗りになったとき彼は凶器らしいものを持っていたでしょうか」

「そいつは警察でもきかれたが、あいにくそこまでは気がつかなかったよ」

「とにかくこれは計画された犯罪じゃありませんね。何かのはずみを食って、つい女を殺してしまったものだから、びっくりして、それで便所の中へ隠した――、と、いうぐらいのところなんじゃありますまいか」

「警察でもそう言ってるね。しかしそれだと、いよいよ須崎らしくなってくるのじゃないかな」

「そうですね――」

その男は何かの影を追うような目つきで、ぼんやりと空間を見詰めていた。戸田は疲れきった面持ちで、相手のその様子をながめた。さっきのいらだたしさはもう感じなかったが、その代わり一種譬えようのない不愉快さ、――それはだれしもが徹夜したあとの朝に感じるあの不愉快さに、幾倍もの輪をかけたような感じだった。

しばらくするとその男はふとわれに返ったように、戸田の顔を見るとニヤリと笑った。

「実はね、戸田さん、僕は変な男でしてね、こうした一事件を土台として、いろんな空想を築いてみるのが大好きなんです。この事件も、だからその例にもれず、僕の頭の中ではちゃんとまとまった事件としての空想が成り立っているんですよ。いまあなたにお話をしていただいたお礼にどうです、今夜はひとつ、僕自身の空想的解決というのをお聞かせいたしましょうか」

「いいでしょう、じゃひとつ聞かせてもらおうかな」

戸田は大して興味もなかったけれど、いきおいそう言わなければならなかった。白けた張りのない声だった。

「むろんこれは全部空想ですよ。だから、実際とはまったく正反対の解決に到達するかもしれませんがね、しかし、話としてはそのほうがおもしろいわけでしょう」

その男は、でも、さすがに夜明けの寒さを感じ始めたのか、襟をかき合わせながら、要領のいい調子で話し始めた。

「空想というやつはね、得てして奇抜を第一に喜ぶもんなのです。したがって僕の空想的解決においては、理屈はどうであろうと、須崎は犯人にあらずというところから出発するんですよ」

戸田はちらりと相手の顔を盗み見た。相手はしかしそんなことにはいっさいお構いなしに、ずんずんと彼の話を進めていく。

「そうするにはしかし、須崎の受けている誤解を、片っ端から打ち壊していかなければならないのですが、そこが事実に接しない空想のありがたさですね。とらわれるところがないものだから、そんな事あ朝飯前なんです。まず第一に、彼が四階で、何をしていたか、そのことからお話しいたしましょう。僕の思うのに、彼は四階にそんなに長くはいなかった。彼が言っているように、洗面所で手を洗おうとして、ふと、その蛋白石のペンダントを発見する、それを、取り出そうと努力していた時間以上には、四階にとどまってはいなかったと思うのです。彼が四階にそんなに長くいたという証拠がどこにありますか。それはただ、あなたと遠藤という人の証言があるばかりでしょう？　なるほど遠藤という人は半時間あまりも待たされたと証言しています。しかしこいつははなはだ曖昧だと思いますよ。待たされる時間というものは特に長く感じられるものですし、ことにいらいらしているときには、わざと誇張して言いたがるものですからね。だから、遠藤という人の証言なんか一文の価値もないと思うんです。それに、そのとき須崎がたいへん狼狽していたということだって、何も女を殺したためでなくてもいいでしょう？　そうとう高価な物をこっそり着服しようとしているところだから、突然どなりつけられたら、だれだって狼狽するのは当然じゃないでしょうか。それから、もう一つ、須崎がその女を一度も見たことがないと言い張るのが、彼の立場をかえって不利にしているようですが、これだって無理もないですよ。と、いうのは、こいつあむしろだれも気がつかないのが、僕としては不思議なくらいですが、ほら、女は薄いドレスみたいなものを一枚着ているだけで、外套も帽子もかぶっていなかったというでしょう？　ところであの日はといえば、雨こそ降っていなかったが変に薄曇りのした日で、いまにもバラバラと来そうなお天気だったんじゃありませんか。あんな日に女が、外套を着ずに外出するものでしょうか。いやいやそんなはずはありません、何かきっと身につけていたにちがいないのです。ところで警察官たちは、『あんなケバケバしい服装をした女を見忘れるというはずがない』と、いうところに、彼の嫌疑《けんぎ》を深めているのですが、もし彼女がそのドレスの上に、何か非常に目立たないものを着ていたらどうでしょう。例えば、ほら、このごろ、女たちが着るようになった、カーキ色の雨がっぱのようなものを……。須崎はあの日、四階から上へは一人の女も案内しなかったと言っていますが、なるほど、このカーキ色の雨がっぱの頭巾《ずきん》のついているやつを、すっぽりと頭からかぶっていると、ちょっと男か女かわからないものですよ。ことにそれが曇り日の、しかもそうでなくてさえ薄暗いエレベーターの中のことでしょう、気がつかずに過ごすのも、ありえないことじゃないと思うのです」

「なるほど、しかし、その外套はその後どうなったのだね」

「さあ、それですね。むろん犯人がどこかへ隠したことになるのですが、咄嗟《とっさ》の場合、ああしたビルディングの中でどんなところへ隠したでしょう。僕は大いに空想を働かせてみたんですが、ふと気がついたときに、あのビルディングには地下室に洗濯屋がありますね。僕の空想的犯人が、雨がっぱを隠す場所として、その洗濯屋を選んだのにちがいないと決めてしまったのです。あそこだと、隠すというよりも、むしろおおぴらに置いて来られるでしょう？　しかも凶器なんかを捜される場合、なまなかなところへ隠しておくと、それに連れて発見される憂いがありますが、洗濯屋だとかえって安心ですからね。ところで、これは僕としてはむしろ少し出過ぎたと思うのですが、ちょっとしたおせっかいから、その洗濯屋のざるの中に、雨がっぱを放り込んで行った者があると言うんです。別にそれを彼らは少しも怪しんでやしませんでしたがね」

この話の半ばごろから、戸田はどうしたものか、隠しきれない焦燥を示し始めた。彼の目の中にはあらわな不安が宿り、その息は何かしら尋常でない感じだった。しかもそこから腰を上げようとせずに、熱心に相手の話を傾聴している。一種の電気にかかったような体つきだった。

「ところで、今度は方面を変えて、凶器について僕の空想をお話しましょうか。これは外国の探偵小説にあることなんですがね、凶器が、あまりに大きすぎて目につかないというのです。というのはつまり大地に落ちて死んだ男——だから凶器は大地だが、あまりに大きすぎるから気がつかぬというのです。この言い方を借りるなればこの場合僕は、凶器があまりに目の前にありすぎて、だれも気がつかないのだと言いたいのです。僕の空想は、こういう場合を、僕に見せてくれます。男と女とが手洗い室の中でひそひそ話をしている。女というのは、あまり潔白な職業をしているのでなくて、男とはそういう方面からの知り合いである。で、二人がそのビルディングの手洗い室で人目を避ける——というほどでもないが、とにかく、あまり目立たない場所で話をしている。そうしているうちに、ふと二人の間にはいさかい——と、いうほどのものではないが、例えば、男のほうがちょっとしたいたずら気から、女に接吻《せっぷん》を要求する、女のほうでもいやではないが、行きがかり上応じないというふうを見せる——と、そういった程度のいさかいが起こる。男はそうなるといっそう追って来る。女は逃げる。——ところで、ここに気をつけなければならぬのは、手洗い室の床というやつは、装飾煉瓦《れんが》で敷きつめてあって、とてもすべすべとしています。そして女はといえば、踵の高い靴をはいている。そこへもってきてそのいさかい、どうしたはずみにか女はつるりと滑って、運悪く洗面台の端で頭を打った——、と、いうことは、まんざら考えられないではないじゃありませんか」

戸田は黙っていた。彼の体は石のように固く、しかもその膝頭《ひざがしら》はガタガタと打ちふるえている。

「男はびっくりした。だれだってびっくりしますよ、そりゃね。どうしようかと思ったが、咄嗟《とっさ》の場合、もしそんなことが知れたら、名誉に関することだから、逃れられるものなら逃れたいと思う。さいわいだれも見ていた者もなかったようだからと、とりあえず女の体を便所に隠し、自分は女の脱ぎ捨てていた外套を持って出る。そしてエレベーターの呼鈴《ベル》を押したが、ふと気がついて階段のほうから下りて行く。そしてちょうど時間だったものだから、人々の不審を買わぬようにと地下室の食堂へ下りて行く。するとおあつらえ向きなことにはそこに洗濯屋のざるが出ていた。彼は投げ捨てるようにして手にしていた外套をザルの中に放り込んで行くのです。一方エレベーターのほうでは、だれか四階から呼んだようだがと思って上がってみるとだれもいない。不審に思いながら、便所へでもはいっているのじゃなかろうかとちょっとのぞいてみる。いない。そのついでに手を洗う気になって……、あとはあなたも御存じのとおりです」

しばらく、ぎこちない沈黙がそこに流れた。戸田は何かしら逃げ道を求めるようにあたりを見回していたがふと反噬《はんぜい》するように言った。

「しかし、あのキネマ、……あれは？　あれは？」

「ああ、あれですか」

相手はさも事もなげに、

「あれはとんだまちがいなんですよ。が考えてみると、まあ、無理からぬまちがいでもありましょうね。なにしろ大森という人は、咄嗟の場合、しかもごくわずかの隙間からのぞいたのですから、そう丁寧に一つ一つ、キ、ネ、マ、と拾い読みする暇はなかったろうと思うのです。漠然《ばくぜん》と網膜に映じたその印象から、キネマと早がてんしてしまったのです。というのは、それはキネマということばではなく、ネマキということばだったろうと思うのですよ。いったいこれが日本の仮名文字の欠点ですが、全体の形から一つ一つのことばになじみがあるのじゃなくて、一つ一つ文字を拾い読みしなければならない。ところがこの場合、キという字、ネという字、マという字、この三字からできていることばのうちでは、現在われわれにとっては、キネマということばが最も親しみ深い、したがって、ネマキであろうが、マネキであろうが、咄嗟の場合これをキネマと読んでしまうことはごくありがちなことなんです。ところで戸田さん、あなたは婦人服専門家ですから、あなたのところへ来る雑誌の中には、さぞや近ごろ流行の、新型ネマキの広告などもあることでしょうね」

戸田はむっくりと椅子から立ち上がって、何か言おうとして激しく、息遣いをしたが、ふいにガラガラと咽喉《のど》の奥のほうで笑った。

夜はすっかり明けている。ミルク色の朝霧が街から街へと流れていた。その中を、忙しそうな足どりで人々の行き交うのが見えた。

不思議な男も椅子から立ち上がった。そして大儀そうに生欠伸《なまあくび》をかみ殺していたが、やがて低い声で、

「ああ、つまらないことで、とうとう夜明かしをしてしまった」

そうつぶやくと、呆然《ぼうぜん》としている戸田を尻目にかけて、ブラブラと表のほうへと出て行った。

まもなく、朝霧の中にその姿は見えなくなった。

妖説血屋敷

菱川流家元

ああ、思い出してもぞっとする。世のなかになにが恐ろしいといって、人殺しほど恐ろしい出来事がまたとあろうか。あの血みどろな得体《えたい》の知れぬ人殺し。しかもひとりならずふたりまで。——いやいや、恐ろしいのはそればかりではない。この殺人事件にからまる因縁の恐ろしさ。お染様の呪《のろ》いだの、血屋敷だのとそれはもう薄気味の悪いことばっかり。

ああ、わたしはなぜこんな恐ろしいお話をしなければならないのだろう。元来わたしのような教育のない女に、物を書くなんてことは柄《がら》にもないのだ。自分でもそれはよく承知している。しかしわたしはいま、どうしてもこの物語を書いておかなければならぬ。そのわけは終わりまでお話しすればわかっていただけることと思う。

さて、読者のなかには菱川《ひしかわ》とらという名を御存じのかたもあるだろう。菱川流の踊りの家元、七代目とらというのがわたしの母なのだ。母といっても血をわけた親子ではない。わたしは養女なのだ。しかし養女とはいえ幼いときからもらわれてきたわたしたちは、まったくほんとうの親子も同然、すくなくともわたしのほうではそう思っていた。

養母の肚《はら》ではみっちりわたしを仕込んで、ゆくゆくは八代目を継がせるつもりだったのだろうし、わたしもその気で、二十五になるこの年まで一生懸命に励んできたおかげで、将来は母まさりになるだろうとひとからもいわれ、自分としても、それが母に対するなによりの孝養と思い、八代目を名乗る日を一日千秋の思いで待ちこがれていたのに、無残にもそののぞみをふみにじられたときのわたしの口惜《くや》しさ。

その時分、中風の気味で離れ屋敷に寝たきりだった母のとらが、ある日わたしを枕《まくら》もとに呼びよせると、

「おまえにはもうこの家は譲れぬ、いままで面倒を見てきたが、この先は勝手にするがよい」

と藪《やぶ》から棒のお言葉。あまりだしぬけの挨拶《あいさつ》なので、わたしは自分の耳を疑ったくらいだ。

「おっかさん、わたしに悪いことがあればお詫《わ》びいたします。どうぞ御機嫌《ごきげん》をなおして……」

わたしは泣いてかき口説いた。しかしわたしが詫びれば詫びるほど、母はますます冷ややかになり、

「お銀、おまえ口ではそういっても、腹のなかではまた、毎度のことだろうとたかをくくっておいでだろう。しかしこんどばかりはそうはいかぬ。おまえさんがいなくてもわ

たしはちっとも困りゃしない。わたしの名はお千《せん》に譲るつもりだから、そう思っていておくれ」

わたしはハッとした。いまから思えばそのときわたしはずいぶん怖い顔をしたのにちがいない。母はそれを見ると急に大げさに身を震わせ、

「おや、お銀、それはなんという顔だえ。かりそめにもそれが親と名のつくわたしを見る眼付きかえ。ああ、いやだいやだ。そういう根性だからわたしゃおまえに愛想がつきたのだ。それに比べるとお千のほうがどれだけ優しくしてくれるか知れやしない。ゆくゆくはあれと鮎三《あゆぞう》を夫婦にして、ふたりにこの家を譲るつもりだ」

その言葉にわたしは初めて、母の怒りの原因がわかった。母はこのあいだ、鮎三さんとの縁談を、わたしが断わったのを根に持っていらっしゃるのだ。

その時分うちは、わたしたち親子のほかに、母の甥《おい》にあたる鮎三さんと、内弟子のお千ちゃん、ほかに女中のお鶴《つる》と都合五人暮らしだった。

鮎三さんというのは母のお妹さんの忘れがたみで、幼い時分両親を失ってからというもの、母の手元でわたしといっしょに大きくなったひと、わたしより六つ年少の市松人形のように可愛い少年だったが、母は決してこのひとに優しかったとはいえない。わたしの口からこんなことをいうのもなんだが、生涯《しょうがい》独身で通してきた母は、ずいぶん気むずかしい人で、わたしなどもどれくらい泣かされてきたかわからぬが、鮎三さんに対してもずいぶん邪険な仕打ちが多かったものだ。

それが近ごろ体が不自由になってくると、結局血は水より濃いの譬《たと》えのとおり、急にこの甥のことが気になってきたのであろうか。

「お銀や、おまえ鮎三と夫婦になって、この家を継いでおくれでないか」

というような話が、すこし以前にあったのをわたしはお断わりしたのである。

わたしはなにも鮎三さんがきらいというわけではない。どうしてどうして前にもいったとおり、母の邪険な仕打ちにどうかするとぼんやり涙ぐんでいるようなこの人を、いつも弟のようにかばってやったのはこのわたしだ。しかしそれとこれとは話がちがう。第一年齢からしてわたしのほうが六つも上だ。いや、気持ちの上からいえば十も十五もちがうような気がする。弟としてはいいけれど、夫にするには頼りないような気がしてならないのだ。

母はそれを根に持っていられるのだ。そこへ持ってきて、近ごろわたしの評判が、とかく母を凌《しの》ぎそうなので、病人の僻《ひが》み根性からわたしが憎くてたまらないのにちがいない。

「お銀、あとで坂崎さんに電話をかけて、お暇の節に来ていただくようにいっておくれ」

その言葉がわたしには死刑の宣告のように思えた。坂崎さんというのは弁護士で、しかも母のいちばん有力な後援者、母はかねてからこの人に遺言状を預けていられるのだが、きっとそれを書き替えるつもりなのだろう。

「おっかさん」

と、わたしはそういったが、急にハラハラと涙がこぼれてきた。しかし母はいうだけのことをいってしまうと、ジロリと意地の悪い眼でわたしの顔を見たきり、くるりと向こうを向いて、貸本屋が持ってきたばかりの草双紙を開いた。旧弊《きゅうへい》な母は現代式な活字がきらいで、いつも昔の本ばかり読んでいられるのだ。

わたしはもう取りつく島もない。しばらくぼんやりと母の開いている本の挿《さ》し絵《え》をながめていたが、なんといっても無駄《むだ》だと観念した。腹のなかは煮えくり返るようだが、母を相手に喧嘩《けんか》するわけにもいかぬ。わたしはふらふらするような気持ちをおさえながら縁側へ出たが、するとその意外にも、廊下の端に立ってじっと庭のほうを見ている鮎三さんにぶつかったのだ。

お染様

鮎三さんは立ち聴きしていたのにちがいない。そう思うとわたしはカッとして、無言のまま行き過ぎようとすると、鮎三さんがうしろから、

「姉さん」と呼びとめたが、急に顔を赤らめるとおどおどしながら、

「あれ!」

と薄暗い庭を指しながら、さっとおびえたような色を眼に浮かべる。わたしは釣りこまれて、その場に立ち止まると、

「なによ、どうしたの？」

「なんだか妙な影が……」

「妙な影って？」

「髪を振り乱した女の影が。……あれ、お染様じゃなかったかしら」

と鮎三さんは急にガクガクと震えだす。

「しっ、およしよ。そんなことというもんじゃないわ。そうでなくてもおっかさんの神経が立っているときじゃないか。縁起でもない」

とはいうもののやはり気にかかる。

「鮎三さん、それほんとう？」

「いや、ハッキリとはいえないけれど、なんだかね、影のようなものがじっと離れのほうを見ていたような気がしたの」

と、鮎三さんは妙な手付きをする。わたしはゾッとして襟《えり》をかき合わせながら、

「お千ちゃんじゃなかったのかい？」

「いいえ。ほら向こうの車井戸のそばに八手《やつで》の葉がかぶさっているでしょう。あの陰にこう……」

と、鮎三さんがまたもや妙な手付きをしかけたとき、軽い足音とともに、枝折戸《しおりど》の陰から現われたのはお千ちゃんの眼も覚めるばかりの鮮やかな姿。お千ちゃんは首をかしげて、

「おや、兄さん、姉さん、そんなところでなにをしていらっしゃるの？」

と花簪《はなかんざし》のビラビラを震わせながら尋ねる。

「お千ちゃん、おまえさんいま、向こうの車井戸のほうへ行きはしなかった？」

「いいえ、どうして？」

「いや、なんでもないけれど」

「変ね、ずいぶん、――なにかあったの？」

お千ちゃんはあどけない眼をしてわたしたちの顔を見比べている。結いあげたばかりの鴛鴦髷《おしどりまげ》の水々しさ。草色友禅の鮮やかさ。お千ちゃんは今年十八、ねたましいほどの美しさだが、それだけに鮎三さんがいま見た幻からは、およそかけはなれた存在だった。それにしてもなぜわたしたちが、このようにとりとめもない白昼の幻におびえるのか、またお染様とはなんのことか。その子細をひととおりお話ししておこう。それはあなたがたにはじつに馬鹿馬鹿しい迷信であるかもしれぬが、その迷信がこの物語に大関係があるのだから、どうしても一応お話ししておかねばならぬ。

初代菱川とらという人は文化年間に一派を立てた名人だが、この人は男だった。この初代にお染様という愛妾《あいしょう》があったが、このお染様が役者と密通したというので、初代はこれを嬲《なぶ》り殺《ごろ》しにしたあげく、土蔵の壁に塗りこめたという話がある。その怨霊《おんりょう》が代々菱川流の家元にたたるというのだ。なんでもお染様が嬲り殺しにされるとき、焼き鏝《ごて》で左眼をつぶされたとかで、以来菱川流の家元は代々左の眼を患うなんてことがまことしやかにいわれている。

いまはもうなくなったが、震災前まで本所にあった初代の屋敷は、昔から血屋敷と呼ばれたもので、土蔵の壁をいくら塗りかえても、ボーッと黒い人の形が浮き出してくる。お染様を塗りこめた跡だというのである。

むしろ真偽のほどはわたしの知ったことではない。しかし血屋敷だのお染様だのという名が、昔から菱川流にとってなにより禁物であったことは事実で、ことに養母が昨年中風を患って以来、どうかすると左の眼が霞《かす》むなどといい出してからというものは、お弟子さんのなかには気味悪がって近寄らぬようになった人もあるくらいだ。

そういう折りからだけに、鮎三さんの見た幻というのが、なにか凶《わる》い前兆のように思えてならなかったが、あとから思えばやっぱりそうだったのだ。思い出してもゾッとする、あの恐ろしい数々の出来事――ああ、やっぱりお染様の呪《のろ》いに嘘《うそ》はなかったのだ。

第一の殺人

その晩わたしは怖い夢を見た。まっくらな、広い、荒れはてたお屋敷のなかだった。ふと壁を見ると、なにやらボーッと黒いしみが見える。お染様の血だ、とそう気がついたとたん、そのしみが見る見る恐ろしい人の形となった。その形相《ぎょうそう》の物すごさ。わたしは思わずギャッと叫んだが、その声にふと眼をさました。そのとたん、どこやらで魂消《たまげ》るような悲鳴。はて、わたしはまだ夢を見ているのだろうか。夢なら早くさめておくれ。しかしそれは夢ではなかった。二階にある舞台のほうから、トントンと軽い足拍子の音が聞こえてくる。この真夜中に、だれだろう。

わたしは急に恐ろしくなった。寝床のなかで体が石のように固くなった。しかし怖いからといって放っておくわけにはいかぬ。母が寝ている以上、すべての責任はわたしにあるのだ。そこでわたしは怖々《こわごわ》ながら女中のお鶴を起こしにいったが、お鶴の寝床は空っぽだ。

足拍子の音はまだ続いている。トン、トンと弱いながらも格にはまった足拍子だ。わたしはもう怖くてたまらないのだが、それでも勇をふるって登っていくと、階段の上にはお鶴が寝間着のまま倒れている。気絶しているのだ。

わたしは思わずドキリとして、

「お鶴、お鶴」

といいながら、ひょいと舞台のほうへ眼をやったが、いやそのときの恐ろしさ。

だれが開いたのか雨戸の隙《すき》から、朧《おぼろ》なる薄明かりが一筋、斜めにさっと舞台の上へ落ちたなかに音もなく踊っている朦朧《もうろう》たる人の影。いま思い出してもゾッとする。あのとき、よくまあ腰を抜かさなんだこと！　うす紫の小袖《こそで》に振り乱したサンバラ髪。そして顔半面はぐちゃぐちゃに崩れていて、ただひとつ、ギラギラ光っている眼の物すごさ。ああ、ちがいない。話にきくお染様だ。わたしは全身の血が一時にさっと凍ってしまうような恐怖に打たれた。

お染様はジロリとわたしのほうを尻目《しりめ》にかけると、スルスルと音もなく雨戸のほうへ寄り、そのまま外の闇《やみ》へ消えてしまった。と思うまもなく、下のほうからアレッという女の悲鳴。お千ちゃんだ。わたしはそれを聞くと不思議に勇気が出てきた。お鶴をうっちゃらかしたまま、下へ降りてみると、まっくらな廊下にお千ちゃんが寝間着のまま震えている。

「お千ちゃん。どうして？」

「あ、姉さん、なんだか怖いものが上のほうから。……」

「そして、それどこへ行ったの」

「あちら。……お師匠さんの居間のほうへ。――」

とお千ちゃんが震えながら指さすかなたから、鮎三さんが寝間着のまま飛び出してきた。

「どうしたのさ。いったいなんの騒ぎだね」

「鮎さん、ちょっとお母さんを見てあげて」

「え？　伯母《おば》さんどうかしたの」

「なんでもいいから見てあげてよ」

鮎三さんは廊下を渡って離れの前へ行くと、

「伯母さん、伯母さん」

と声をかけたが返事はない。障子を開くと暗闇《くらやみ》のなかからプーンと異様な匂《にお》い。

「姉さん。灯《ひ》をつけましょうか」

「ええ、そうしてちょうだい」

鮎三さんが手探りに、行燈《あんどん》のなかに仕掛けてある電球をひねったが、そのときの恐ろしさ。

座敷のなかは血の海だった。

そしてその血潮の海のなかに、無残にも咽喉《のど》をえぐられた養母、七代目の菱川とらが、掻巻《かいまき》のなかから半身乗り出すようにして、虚空《こくう》をつかんで死んでいるのだった。ああ、その形相の物すごさ。あたりには煙草盆《たばこぼん》や、うがい茶碗《ぢゃわん》や、草双紙本が血潮にまみれて散乱している。

初七日の夜

それからのちのごたごたは今さらここに繰り返すまでもあるまい。お巡りさんが来る、刑事が来る、新聞記者が来る、大騒ぎのうちに鵜沢《うざわ》さんという警部がいられたが、この方がこんどの事件の主任だったらしい。四十ぐらいのキビキビしたうちに愛嬌《あいきょう》があって、物をお尋ねになるにもたいへん優しく訊《き》いてくださる。

わたしはひととおり昨夜の出来事を話したが、警部さんはお染様の幽霊というのに、

たいへん興味をお持ちになった模様で、

「それで、あなたのお考えはどうです。やはり幽霊の仕業だと思いますか」

まさか。――わたしは幽霊なんて信じやしない。これはきっとだれかこの家にからまる伝説を知っている者が、人の眼をくらますために、お染様に化《ば》けてやった仕事にちがいないのだ。わたしがそういうと、警部さんは感心されて、

「なるほど、そうかもしれません。ところでそれがだれだか心当たりはありませんか」

「さあ。――」

「だれか、お母さんに怨恨《えんこん》を抱いているというような人物に心当たりはありませんか」

「さあ――」

わたしが答え渋っているのを見ると、警部さんはいいかげんに打ちきって、刑事を指揮しながら家じゅう隈《くま》なく捜索していたようだが、はたしてなにか証拠をとらえられたかどうか疑わしい。

しかし、その晩の夕刊を見ると、だれか裏の堀から、塀《へい》を越えて忍び込んだ跡があるというようなことがのっていた。いい忘れたが家の裏はすぐ大きな堀に面しているのだ。

その当時のいやな思いをわたしはいまだに忘れることができぬ。毎日のように警察へ呼びだされる。無遠慮な新聞記者の襲撃をうける。近所の人の変な眼付き、そこへ持ってきて、鮎三さんやお千ちゃんの妙な素振りだ。

あれ以来鮎三さんたら、わたしの顔を見ると、おびえたようにすぐ眼をそらすのだ。

それでいてなにか話したいことがあるらしいのは、ハッキリとその素振りでわかっている。そこでわたしが言葉をかけると、ピクッと飛び上がったりするのだ。お千ちゃんはお千ちゃんでまた、頭痛がするといって碌《ろく》に口も利かない。なにかというと溜息《ためいき》ばかり吐いていて、ときどき、訴えるような眼で、じっと鮎三さんの顔を見ているのだ。そういう煮え切らぬ気分のうちに、早くも日がたって初七日の晩のこと。

　事件が事件だけに、その晩お集まり願ったのはごく内輪だけだったが、なかでいちばん主立った人はといえば、例の坂崎弁護士、前にもいったとおりこの人は、いちばん有力な後援者で母の遺言状まで預かっている人だ。

「さて、師匠もひょんなことになったもんだが、いつまでもこうして跡を放っておくわけにもいかぬ。早く跡を立てて立派にやってもらわねばならぬが、その跡目について……」

　と、坂崎さんはジロリと一座を見渡すと、わたしの顔をチラと見て、

「これは当然お銀さんというのが順序だろうが、じつは故人が死ぬ間際にわしのもとへ手紙をよこしてね、八代目はお千さんに継がせたい、そしてお千さんと鮎さんを夫婦にして、跡を立ててもらいたいというのが故人の意志なんだ」

　わたしは急に体じゅうがシーンとしびれて、握り拳《こぶし》がガクガクと震えるのを感じた。

「わしは意外な申し分なので、そのうち師匠に会ってよく意向を質《ただ》そうと思っているうちにこんなことになって。……これもまあなにかの因縁だろうが、故人の意志は尊重し

なければならぬ。お銀さんに気の毒だが、ここは辛抱してひとつお千さんに譲ってもらいたいのだが……」

わたしは体じゅうが怒りと絶望のために震えた。

「それでわたしはどうなりますの」

「それはおまえさん次第だね、おまえさんが快くお千さんを助けて働いてくれるならそれにこしたことはないが、いやだというならよんどころない。故人の意志にそむくわけにはゆかぬから……」

「わたしを義絶するというのですか、わたしを……いやです、いやです。この家を出るのもいや、八代目を譲るのもいや、だれがなんといっても八代目はわたしがもらいます。はい、もらいますとも。あんまりです、あんまりです。みんなぐるになってわたしを追い出そうというんでしょう。みんな酷《ひど》い、お千ちゃんも酷い、鮎さんも酷い、おっかさんも酷い」

と夢中になってそんなことをしゃべっているうちに、あたりがまっくらになったと思うと、急に耳のなかがガアーンと鳴り出した。わたしはそのまま、気を失ってしまったのである。

謎《なぞ》の血屋敷

わたしはまた広い原っぱを歩いていた。するといきなりお染様の姿が眼前に現われた。わたしはゾッとしたが、急に憎らしさがむらむらとこみあげてくると、持っていた簪《かんざし》でグサッとお染様の咽喉《のど》を突き刺してやった。するといままでお染様だったのが急にお千ちゃんになって、お染様は向こうのほうで、

「ひひひひひひ!」

と物すごい笑い声、そのとたんハッと眼をさましたわたしは、気がつくといつのまにやら奥の八畳に寝かされているのだ。

会議の席で気が遠くなったところまで覚えているがその先はいっさい夢中だ。たぶんみんなでこの部屋へ担ぎ込んだのだろうが、それにしても何時ごろかしら。夜もだいぶ更けているようだが……と、そんなことを考えていると、ふいに、

「ひひひひひひひ!」

と低い笑声とともに、どこやらでバッタリ障子を締める音。わたしは思わず跳《は》ね起きた。夢——? いや、そんなはずはない。と、思っているとそのときふたたび、キャッという女の悲鳴。

すわ! とばかりに寝間着のまま縁側へ飛び出すと、そのとたん、スーッと廊下の向

こうへ消えていく影。お染様なのだ。振り乱した髪、薄紫の小袖《こそで》、ギロリとこちらを向いた形相の物すごさ、わたしは思わずその場に立ちすくんだが、すぐ気を取り直して追っかけようとすると、足元につきあたったものがある。お鶴《つる》だ。

「お鶴、お鶴！」

と呼ぶと、お鶴はいきなりしがみついて、

「お染様が……」

「馬鹿をお言いでない」

「いいえ、たしかにお染様です。雨戸のところへスーッと立って」

「そんなことがあるものかね。怖い怖いと思っているから、おまえさんの気の迷いだよ。ほら御覧な、なにもありゃしないじゃないか」

そういいながら縁側の端をのぞいていると、そこへ鮎三さんがまた、このあいだのように寝間着の帯をしめながら現われた。

「どうかしたのですか」

「なんでもないのよ。夢でも見たのでしょう」

「そうですか、それならいいがびっくりしましたよ。おや、姉さん、あれはなんでしょう」

わたしはふいにゾッと冷水を浴びせられるような気がした。どこかで呻《うめ》き声が聞こえる。背筋も凍るような物すごい呻き声が。……

「お千ちゃんじゃないでしょうか」

お鶴の言葉にハッとしたわたしたち、がらりとお千ちゃんの部屋の障子を開くと、まっくらななかからまたもやプーンと鼻をつく異様な匂いだ。

「鮎三さん、電気をつけて、早く、早く」

「よしっ」

とパッとついた電気の光に見ると、お千ちゃんは蒲団《ふとん》から乗り出して、がっくりと首うなだれている。鮎三さんが駆けよって、

「お千ちゃん」

と抱き起こすと、そのとたん、一時にドッと胸先からあふれてきた血潮の恐ろしさ。お千ちゃんはまだ死にきってはいなかった。生と死との最後の階段を彷徨《ほうこう》しているのだ。

「お千ちゃん、しっかりしろ、鮎三だよ。姉さんもここにいる」

その声が通じたのか、眼を開いて鮎三さんの顔を見たお千ちゃん、ニッコリと微笑を浮かべると、いかにもなにかいいたげな様子だ。

「お千ちゃん、だれがこんなことをしたの。さあ、いってごらん、だれの仕業だえ」

お千ちゃんはなにかいおうとしたが、舌がもつれて言葉の出ぬもどかしさ、焦立《いらだ》って、なにか書こうとする。

「ああ、なにか書き残すことがあるのだね。お鶴、その枕屏風《まくらびょうぶ》をこちらへ持っておいで」

お鶴がおどおどしながら屏風をそばへ持ってくると、お千ちゃんは胸の血を長襦袢《じゅばん》の袖にタップリにじませて、震える手で書いたのは、

血屋敷

と、いう三文字。お千ちゃんはそれきり、ガックリと首うなだれた。鴛鴦髷《おしどりまげ》のガクガクと灯の下に揺れているのも悲しげに。

疑　惑

わたしはもう気が狂いそうだ。

お千ちゃんはまたなんだって選《よ》りに選って血屋敷だなんて、あんな気味の悪い文字を書き残したんだろう。この文字になにかわたしたちの知っている以外の、もっと現実的な意味でもあるのだろうか。わたしにはわからない。なにもかもが恐ろしい謎《なぞ》なのだ。

正午前また鶉沢警部がやってこられた。

「また、妙なことが起こりましたな」警部さんはひととおり事情をききとったうえで、「ところでこの血屋敷という文字だが、なにか思い当たることはありませんか」

「はあ」

「菱川流には昔から、血屋敷という不思議な言い伝えがあるそうですな」

「それについてわたし考えるのですが、お千ちゃんはきっと、自分を殺した者の名を書

こうとしたのにちがいございませんわ。鮎三さんが繰り返し、繰り返し尋ねたときに、これを書いたのですから」

「しかし、それが血屋敷というのじゃ、およそ意味がないじゃありませんか」

「それはこうだと思うんですけれど。……つまりお千ちゃんはお染様の幻を見たのにちがいありません、それで犯人はお染様だというつもりで、血屋敷と書いたのではないでしょうか。お染様と血屋敷のあいだには、切っても切れぬ深い関係があるのですから」

「するとなんですな。犯人はやはりお染様に化《ば》けていたというわけですな」

警部さんはしばらくじっと考えていられたが、急に思い出したように、

「ときにお鶴の話によると、昨夜は少々ごたごたがあったそうじゃありませんか」

わたしは思わずドキリとして、

「はい、皆様の仕打ちがあまり酷《ひど》いので、わたくしはカッとしたのでございます。でもそのこととお千ちゃんの死とのあいだには、なにも関係はあるまいと思いますけれど……」

「それはそうでしょう。しかし妙ですな。おとらさんが殺されたときも、あなたとひどく口論した直後だといいますし……」

「まあ、それではわたしの仕業だとおっしゃるのでございますか、あの、わたしの……」

「まあ、まあ、そう興奮なさらんで、だれもあなたの仕業だなんていやアしない。しか

しだれが犯人にしろ、いつもその行動があなたの利害と一致しているのは不思議ですな。お千ちゃんが死ねば家元は当然あなたでしょう」

「さあ、それはよくわかりませんが、ほかに適当な人もありませんし、まあそうなるのじゃないかと思っております」

「不思議ですな。犯人はまるであなたのために働いているようだ」

そういって警部さんはじっとわたしの顔を見つめるのだ。あんまりだ、警部さんの疑いはあんまり酷い。――わたしは思わずわっとその場に泣き伏したのだった。

それからのち、どんなにいやな日が続いたことだろう。家のまわりにはいつも刑事さんが彷徨《うろつ》いている。お弟子さんはバッタリ来なくなったし、近所の人もいい顔はしない。そのうちにお鶴まで逃げ出してあとには鮎三さんとふたりきり。――そしてある晩のことである。

夕飯ののち、わたしたちは久しぶりで沁み沁《しじ》みと話をした。苦しんでいるのはわたしだけでない証拠に、鮎三さんもすっかりやつれはてて、もとより白い顔が近ごろでは蒼《あお》味《み》さえおびて、いっそ物すごいくらいなのだ。

「姉さん、明日は堀を渫《さら》えるんだってね」

「堀を渫えるんだって？　なんのためだろう」

「なんのためって、証拠を探すんでしょう」

「証拠？　だっておまえさん、家のなかで人殺しがあったのに、どぶんなかに証拠なんかありっこないじゃないか」

「そうでもありませんよ。犯人がなにか捨てていってるかもしれませんからね。ほら、伯母さんときもお千ちゃんときも、二度とも刃物が見つからなかったでしょう。そういう物がひょっと出てくるかもしれませんよ」

「ああ、そうね。なんでもいいから早く犯人がつかまってくれればいい」

「姉さん、おまえさんほんとうにそう思う？」

「そりゃそうさ。だれだってそうだろうじゃないか。それとも鮎三さんはそう思わないの」

「そ、そんなことはないけれど……」

と、鮎三さんはあわてて打ち消すと、

「そりゃ、わたしだってそう思うけど」

と、なんとなく沈んだ調子でそういったが、急にきっと面をあげると、

「姉さん、わたしにだけほんとうのことをいっておくれでないか」

「ほんとうのことってなにさ」

「伯母さんや、お千ちゃんをあのように。……」

「なんだって、鮎三さん、おまえさんそれはなにをいうのだい？」

「なにをって、姉さん知ってるくせに」

「わたしがなにを知ってるというの。え、鮎三さん、これは聞きすてにならない。お前

さんの口吻《くちぶり》によると、わたしがおっかさんやお千ちゃんを殺した人を知ってるように聞こえるじゃないか」

「だって。……だって。……」

「だって？　なんだい、ハッキリいってよ。こんなことがお巡りさんの耳に入ろうものなら、ただではすまないからね。おまえさんいいたいことがあるなら隠さずにいっておくれよ」

「姉さん」

鮎三さんは涙ぐんだ眼でじっとわたしの顔を見つめていたが、プイと横を向くと、

「大丈夫だ、姉さん、だれもおまえさんを疑ってる人間なんてありゃしない」

と吐きだすようにいう。

「疑られてたまるもんかね」

わたしたちはそれきり黙り込んでしまったが、しばらくして鮎三さんはまたわたしのほうを向くと、

「しかしねえ、姉さん、この事件もそう長いことはないと思うよ。明日裏の堀を渫えば、きっと証拠が出てくると思うんだ」

「けっこうだね。なんでもいいからわたしゃ一刻も早く、その憎い犯人の顔が見たいよ」

「姉さん、わたしゃ恐ろしい」

「なにが恐ろしいのさ。犯人がわかるのが恐ろしいのかい？」

「ううん、それも恐ろしいが、お染様の呪《のろ》いというのが恐ろしい」

「なにを馬鹿なことを、男のくせに」

「さいや、古い言い伝えはやはり馬鹿にならないものだ。最初が伯母さん、それからお千ちゃん、この次ぎはきっとわたしだろう」

「馬鹿だねえ、鮎さん、おまえさん今日はよっぽどどうかしてるね」

「そうかしら」

鮎三さんは淋《さび》しげに笑ったが、急に声を震わせると、

「姉さん、ひと言でいいからわたしを可哀そうなやつといっておくれ」

といったかと思うと、いきなり猿臂《えんぴ》を伸ばしてわたしの体を抱きすくめようとする。

「あれ、鮎さん、なにをするのだね」

驚いて跳び退《の》こうとしたが、日ごろの鮎三さんとも思えない、恐ろしい力でのしかかってくる。むっとするような男の体臭が、めちゃめちゃにわたしの鼻や口をふさぐのだ。

「あれ、おまえさん、気でも狂いやしないかい。あれ、だれか来ておくれ」

そのとたんスーッと電燈が消えた。停電はほんの二、三分のあいだだったが、ふたたび灯のついたときには鮎三さんの姿はすでになく、灼《や》けつくような唇《くちびる》の感触がわたしの額《ひたい》に残ったのである。

血屋敷の秘密

　その翌日、朝早くから大勢の人夫がやってきて、裏の堀を渫《さら》っているようであったが、わたしは気分が悪かったのでのぞきにも行かなかった。鮎三さんは昨夜飛び出したきり帰らないいし、わたしはもうくさくさすることばっかり、寝床を離れるのも大儀だったが、すると正午過ぎ、また刑事さんがやってきて、鮎三さんの部屋からお千ちゃんの居間まで、残る隈《くま》なく捜索してひきあげた。

　刑事さんはなにか発見したのだろうか。わたしには見当もつかなんだが、するとその日の夕方わたしはまたもや警察へ呼び出された。養母の死以来、馴《な》れっこになっていることとて、別に驚きもせず、取調室へ入っていくと、お馴《な》染《じ》みの鵜《う》沢《ざわ》警部が、気のせいかいつもとはちがった緊張の面持ちで控えている。

「やあ、たびたび御苦労ですな」

　警部さんは上機嫌《きげん》で、しばらくとりとめのない話をしていたが、ふと思い出したように、

「ときに妙なことを尋ねますが、お千さんが死ぬ間際に書いた血屋敷という文字ですがね」

「はあ」

「昨日、お鶴を取り調べていると、お千さんはあの血屋敷と書くとき、最初、皿屋敷《さらやしき》と書いたそうじゃありませんか」

「そうでございましたかしら」

「そうだそうですよ。いったん、皿屋敷と書いて、あとから人差指に血をつけて、それを皿屋敷という字の上に、べったりと捺《お》したというのですが、御記憶ではありませんか」

なるほど、そういわれればたしかにそうであったような気がする。

「そのことを、なぜ、最初からいってくださらなかったのですか」

「まあ、あとから点を打ったということが、そんなにたいせつなことなんでしょうか」

「そうなんです。これがじつに、非常に重大な意味を持っているのですよ。ときにあなたはこの本に見覚えがあるでしょうね」

警部《まみ》が取り出したのは五、六冊の草双紙、手にとって見るまでもなく、べっとりと血に塗れているところより見て、母の枕《まくら》もとにあった本であることはあきらかである。

「この本は、あの日の夕方貸本屋が持ってきたものだそうですが、そのとき、何冊あったか覚えていませんか」

「はい、よく覚えています。貸本屋さんから受け取ったのはわたしでしたから。たしか全部で七冊あったと覚えていますが。……」

「ところがここには六冊しかないのです。これはわれわれが出張すると同時に押収したものですから、だれかその前に一冊隠したものがあるのです。ところがそのなくなった一冊ですが、どういう本だったか覚えていませんか」

「さあ」

考えてみたが、いちいち調べたわけではないから、サッパリ思い出せない。

「これではありませんか」

警部さんはまた、いきなり別の抽斗《ひきだし》から一冊の本を取り出した。わたしはそのページをくっているうちにハッとした。あの日の夕方母が開いていた挿《さ》し絵《え》をそこに見いだしたからだ。それは腰元が皿を数えている場面で、その草双紙というのは、「播州《ばんしゆう》皿屋敷」なのだ。

「あ、これです、これです。だけどこれどこにありましたの」

「お千さんの居間の天井裏にあったのを、今日ようやく発見したのです。御覧なさい、血のついているところを見ると、おとらさんが殺されたとき、この本もやはり枕《い》もとにあったのを、お千さんがとっさのまに隠したのでしょう」

「お千ちゃんが、まあ、どうしてでしょうか」

「それはね、こういうわけですよ」

と、警部さんが開いてみせたのは、腰元お菊が井戸に釣《つ》るし斬《ぎ》りにされている凄惨《せいさん》な場面で、しかもその上には絵の具ならぬほんとうの血がべっとりとついているのだ。警部さんはその挿し絵を指しながら、

「ほら、この指の跡を御覧なさい」

といわれてわたしはハッとした。なるほど、その挿し絵の上方に、血に染まった指の跡が、ちょうどスタンプを捺したようにくっきりと、色鮮やかについているではないか。これはのちに知ったことだけれど、人間のこの指にある細い筋は、これを指紋といって十人が十人、百人が百人、ことごとくちがっていて、同じ指紋を持った人間は絶対にないのだそうな。そのときわたしはそんなむずかしい理屈は知らなかったが、ひとめ見てそれがだれの指紋であるか覚《さと》った。見覚えのある三日月型の傷の痕！

「あっ、これは鮎三さんの指の痕ですね」

「そうでしょう。つまりお千さんもあの晩、ひと眼でそれと覚ったものだから、とっさのまに、これを隠したのですよ」

「まあ、どうしてでしょう」

「どうしてってわかっているじゃありませんか。犯人――つまり鮎三君をかばうためでしょう」

「まあ！　鮎三さんが犯人ですって！」

そのときのわたしの仰天！　天地が一時にひっくり返ったとてそれほどわたしを驚かせはしなかっただろう。あのおとなしい、気の弱い鮎三さんが、現在の伯母を殺すなんてどうしてそんなことが信じられようか。わたしには信じられぬ。どうしても信じられないのだ。

「だって、だって、それじゃお千ちゃんを殺したのはだれですの？」

「それもやはり鮎三君ですよ。むろんお千さんはそれを知っていたのでしょう。知っていながら、なおかつ鮎三君をかばおうとしたのですね。そこでほら、この血屋敷という文字だが、これはね、つまり皿屋敷の本の上にあなたの指紋が残っているということを教えるために、皿屋敷と書いて、その上に指の跡をつけてみせたのです。それが偶然、血屋敷と誤り読まれたというわけでしょうね」

ああ、聞けば聞くほど意外な話。しかしそう聞けばたしかにそうであったように思えるのだ。お千ちゃんはこの字を書いたのち、何度も何度も念をおすように鮎三さんの顔を見、それからたしかに一度天井を指したようであったが、あれは、そこに証拠の品が隠してあるということを教えるためであったのだろう。

「そうすると、あのお染様の亡霊というのもやはり鮎三さんだったのでしょうか」

「そうですとも、それについてあなたに見てもらいたいものがあるのですが」

と、警部さんが床の上からとりあげたのは、ひとつの風呂敷《ふろしき》包み、開くとなかから出てきたのはグッショリ水に濡《ぬ》れた薄紫の小袖《こそで》に、サンバラ髪の鬘《かつら》、それから血のついた短刀がひとふりと、ほかにびんつけ油の瓶《びん》。

「これは今日裏の堀から見つけたんだが、この小袖や鬘に記憶があるでしょうね」

それはたしかにお染様の亡霊の衣装にちがいなかった。しかしなお念を入れて調べているうちに、わたしは思わずドキッとした。

ああ、いままでなぜそれに気づかなんだのだろう。この衣装は家に伝わっている「七変化《へんげ》」の踊りのうちの、狂女の振りに使うもので、家宝のようにいつも長持の奥深くしまってあるものなのだ。長いあいだ使わなかったとはいえ、いままで忘れているなんて、わたしもよっぽどどうかしていたにちがいない。警部さんはそれを聞くとたいへんお喜びになって、

「なるほど、それじゃいよいよ鮎三君が犯人だということに間違いありませんね。この衣装を着て、このびんつけ油で片眼を塗りつぶすと、薄暗い場所ではちょうど、顔半分焼けただれているように見えるのですよ」

「しかし、鮎三さんはなんだってまた、そんな恐ろしいことをしたのでしょう」

「それはね。これはわたしの考えだけれど、鮎三君は深くあなたを想い込んでいたのですよ。だからこそ、あなたの邪魔になる人間を次ぎ次ぎと殺していたのじゃありませんか」

「まあ、わたしのために！」

あまりの恐ろしさに思わず絶叫した。ああ、ちがいない。そういえば昨夜のあの奇妙な素振りといい、怪しい言葉の節々といい、そんならこの恐ろしい出来事の原因は、みんなこのわたしにあったのか。

わたしはしばらく、夢に夢みる心地であったが、そのとき慌《あわただ》しくひとりの刑事さんが飛び込んできて、なにやら早口に、警部さんに報告していたが、聞いているうちに警部さんの顔は見る見る真っ赤になってきた。わたしはいまにも大声でどなりつけるのでは

ないかと、ハラハラしていたが、さすがに怒りをおさえつけると、わたしのほうへ振り返って、

「お銀さん、死んだそうですよ」

だれが――？　と訊《き》き返すまでもない。わたしはさっと真っ蒼《まさお》になった。

「告白を得ることができなかったのは残念だが、自殺はもっとも雄弁な告白ですからな」

鮎三さんが死んだのだ。鮎三さんが。……

そう繰り返しているうちに、わたしは急に気分が悪くなっていまにも吐きそうな気がした。

恐ろしき発見

鮎三さんが犯人だなんて、そんな恐ろしいことが信じられるだろうか。幼いときからお互いに気性を知りすぎているほど知っているわたしには、まるで夢のようである。

しかし、警部さんがいちいちわたしに示してくださった証拠に間違いのあろうはずがなく、それに鮎三さんの非業《ひごう》の最期が、なによりも雄弁に、その有罪を語っているのだ。

新聞の伝えるところによると神田の友人のところに潜伏中、刑事に捕らえられた鮎三さんは、護送の途中新大橋の上から身を躍らせて川のなかへ飛び込んだところ、ちょう

どその下を通りかかっていただるま船の舳先《へさき》で脾腹《ひばら》をうってそのまま絶息したのである。死体はまもなく、佃島《つくだじま》の近所で発見された。

こうして、さしも世間を騒がせた血屋敷事件も、表面一段落ついた形だったが、ああ、なんたることぞ、実際はまだまだ、恐ろしい、意外な秘密がそこに隠されていたのだ。わたしがここにお話ししようとするのも、じつにその点にあるのだから、皆さん、もう少し辛抱してお聞きください。

鮎三さんが死んでから一か月ほどのちのことです。なにかの拍子にふと手文庫を開いたわたしは、意外にもそこに鮎三さんの遺書を発見したのである。わたしは思わずハッとして、慌しく封を切って読んでみると、それは次ぎのような簡単な文面だった。

姉さん。

わたしは死にます。伯母とお千ちゃんを殺したという恐ろしい罪を背負ったままわたしは死にます。どうぞ、わたしを可哀そうなやつと思って、たまには御線香の一本も立ててください。それぐらいのことを要求する権利がわたしにあると思うのです。そのかわり、姉さんの秘密は永久に保たれるでしょう。

御機嫌よくお暮らしください。

鮎三

追伸、血のついた姉さんのハンケチをここに入れておきます。これは恐ろしい証拠物件ですから、一刻も早く焼き捨てなさい。それから姉さんの紛失された指輪、あれもきっと離れ座敷にあるにちがいないと思って、ずいぶん探しましたが見当たりませんでした。そのうちにお探しになっておくようお勧めします。そんなものから足がついてはつまりませんからねえ。

わたしはこの遺書の妙な文句を、二度も三度も読み返してみたが、どうしてもその意味がわからなかった。

ハンケチだの、指輪だのと、これはいったいなんのことだろう。これはいままで、事件に関係ないと思ったので語らずにいたが、養母が殺されたのと前後して、わたしは自分のハンケチと指輪がなくなっているのに気がついた。指輪はルビーの入ったもので、いつも左の薬指にはめていたのが、近ごろめっきり痩《や》せて、どうかすると知らぬ間に抜け落ちることがあった。それが養母の殺されたのと前後して、まったく見えなくなってしまったのだ。

しかし、それとこれといったいどういう関係があるのだろう。第一わたしはあのとりこみにまぎれて、だれにもそのことをいった覚えはないのに、どうして鮎三さんがそれを知っているのだろう。おまけに証拠になるの足がつくのと、まるでわたしが悪いことでもしたような言いかたではないか。

「いやだわ、ほんとうに、人を馬鹿にしているわ」

わたしは血のついたハンケチを見ると、なぜかゾーッと寒気を感じたが、いわれるまでもない。こんな気味の悪い、血のついたハンケチなんか持っていられるものではないから、さっそく、風呂場《ふろば》へもっていって焼き捨てた。

ところがその晩のことである。

わたしはまた夢を見た。お染様の夢である。

広い野原でお染様がおいでおいでしている。フラフラとそのあとについていくと、お染様がここを掘れというので、一生懸命に掘っていると、土のなかからなくなった指輪が出てきたのである。

「まあ、こんな場所に指輪があったわ」

と呟《つぶや》いた拍子に、ハッと眼がさめたが、ああ、そのときのわたしの驚き！

あのときのなんともいえない変梃《へんてこ》な気持ちを、わたしはいまだに忘れることができない。いつのまにやらわたしは、自分の寝床を抜けだして、養母が殺された離れ座敷に来ているのだ。

しかも灰まみれになったわたしの手には、夢でみたと同じように、なくなった指輪を握っているのだ。わたしの膝《ひざ》の前には、養母が殺されたとき枕もとにあった煙草盆があって、そのなかから指輪を掘りだしたらしい証拠は、そこらじゅうが灰だらけになっていることでも知れるのである。

いったいこれはどういうわけだ。どうしてこんなところに指輪があるのだろう。いや いや、それよりももっと大きな疑問は、どうしてわたしがそれを知っているのだろうということだ。

わたしはしばらく呆然《ぼうぜん》として考えていた。考えて考えて、しまいには頭が痛くなるほど考えた。

そうしているうちに、暁の雲を破ってしだいに朝の光がさしてくるように、恐ろしいことのいきさつがだんだんハッキリわかってきた。

ああ、わたしは夢遊病者だったのだ！

幼い時分わたしは、ひどく心配するとか腹を立てるとかすると、夜中にどうかするとフラフラと夢中で起きだす癖《くせ》があった。自分ではもちろん、ちっとも知らないのだが、はたから見ると、正気のときと少しも変わらないので、養母などがずいぶん気味悪がったことを覚えている。

その癖が今夜また出てきたのだ。

いやいや、今夜初めてこの癖が出てきたのだろうか、いままで自分では気づかなかったけれど、もっと以前からときどきこういうことがあったのではなかろうか。たとえば養母が殺された晩だとか、お千ちゃんが殺された晩など。……

そう考えてきてわたしはゾッとした。

ああ、恐ろしい、神様！

養母が殺された晩も、お千ちゃんが殺された晩も、わたしは今夜と同じようにお染様の夢を見た。そして寝床のなかで眼がさめたとき、手足が氷のように冷えきっていて、しかも非常にはげしい運動をしたあとのように、節々が抜けるようにだるかったことをよく覚えている。

自分では少しも気がつかなかったけれど、ひょっとするとわたしは、夜中にフラフラと起きだして、憎い、憎いと思いつづけて眠った養母やお千ちゃんを殺したのではなかろうか。

そうだ、きっとそうにちがいない。

そして養母を殺したとき、指輪が抜け落ちてこの煙草盆のなかへ落ちたのをわたしは夢のなかでハッキリと覚えていながら、眼がさめるとそのまま忘れてしまったのにちがいない。ところが今日鮎三さんの手紙を読んでから、そのことが妙に気にかかり、それと同時に、いままで心の底に押しこめられていた記憶が、夢のなかでふたたび頭を持ちあげ、さてこそまた、フラフラとそれを取り返しにきたのだろう。

子供のときにもこういうことはたびたびあった。夢中でやったことを、眼がさめると忘れていながら、こんどまた発作を起こしたときハッキリと思いだす。そういうことがたびたびあった。

ああ、恐ろしい。それでは養母やお千ちゃんを殺したのは、わたし自身だったのか。

しかし、それでは鮎三さんのあの行動はなんといって説明したらいいのだろう。お染様に扮装《ふんそう》して、他人の眼をくらまそうとするあの奇怪な行動は。――いや、それもいまになってみると、まんざらわからないこともない。

鮎三さんはきっとわたしが母を殺すところを見たのにちがいない。そしてまさかわたしが夢遊病者だとは知らなかったものだから、わたしをかばうつもりで、お染様の亡霊に化けて、お千ちゃんやお鶴さんの前に姿を現わし、疑いをほかへそらそうとしたのだろう。

あの日の夕方、鮎三さんが庭で見たというお染様の幻、あれはむろん鮎三さんのでたらめだったにちがいない。あのとき鮎三さんは、養母とわたしの話を立ち聴きしていたのを、わたしに見つけられたものだから、ついドギマギして、あんなでたらめをいったのにちがいないが、それから思いついてああいうお芝居を打つ気になったのであろう。

そうだ、あの皿屋敷の上についていた指紋だって、わたしが落としていった血染めのハンケチを拾ってくれたとき、ついたものであったろう。

お千ちゃんはお千ちゃんでまた、お染様の亡霊というのが鮎三さんであることを、最初から感づいていたのにちがいない。だから養母を殺したのは鮎三さんだと一途《いちず》に思いこみ、自分がふいに、暗闇《くらやみ》のなかで刺されたときも、それをわたしの仕業だとは知らず、恋しい鮎三さんだとばかり信じて、喜んで死んでいったのだ。

ああ、なんということだ。お互いに疑いあっていると思ったのは、じつにその反対にお互いにかばい合っていたのだった。お千ちゃんは鮎三さんを、鮎三さんはわたしを、お互いに生命をかけてかばっていたのだった。……

ああ、ああ、ああ、ああ！

わたしは少しでもこの考えに、不条理なところや、不自然なところはないかと考えてみた。しかし、考えれば考えるほど、そうとしか思えなくなってくる。

わたしは寝間着のまま、朝までそうして考え続けていた。やがて夜が明けて、輝かしい太陽が出てきた。しかし、わたしの頭には依然として、あの恐ろしい、まっくろな疑惑が、煙突の煤《すす》のようにこびりついているのだ。

やがて日が暮れ、ふたたび夜が明けた。しかしわたしは依然として同じことを考え続けている。三日たった。一週間たった。しかしわたしの考えることは依然としてかわらない。

ああ、皆さん、世のなかにわたしのように恐ろしい疑惑に責められた人間が、ほかにあるだろうか。語るによしなく、解くによしなき、この恐ろしい、絶望的な疑惑。

十日たった。

そしてわたしはもう骨と皮ばかりになってしまった。しかし、その時分からわたしの心にはしだいに、明るい黎明《れいめい》の光がさしてきたのだ。

わたしのような人間のとるべきただひとつの途《みち》、それがようやくわたしにハッキリとわかってきたからだ。死。――これよりほかにわたしのような人間のとるべき方法があろうはずがない。

少し前にわたしはとうとう毒を嚥《の》んでしまった。

しかし、わたしはいま少しもそのことを後悔などしてやしない。わたしはもうなにもかもお話ししてしまった。この上は筆をおいて静かに死の訪れを待つばかり。

ああ、しだいにあたりが暗くなってくる。体が深い谷底へ引きずりこまれるようだ。

さあ、眼をつむろう。眼を閉じればありありと浮かんでくるのは、身をもってわたしをかばってくれた、あの優しい鮎三さんの顔。

鮎三さん、鮎三さん！

わたしもすぐにおそばへまいります。ま——い——り——ま——す。

面《マスク》

私はその時、ある洋画展覧会の会場にいたのである。

陰気な花曇りの、なんとなくうすら寒さを覚えるような午後のことで、そういうお天気のせいか、会場にはごくまばらにしか、人影を見ることができなかった。

絵を見るということはひどく疲れるものである。傑作が多ければ多いように愚作が多ければ多いようにちがった意味で、それぞれ疲労を感ずるものである。

目録を片手に、かなり丹念《たんねん》に一室一室を見て回った私は、まだ半分も見終わらないうちにぐったりと疲れを感じた。傑作が多すぎたせいであったか、それともその反対の場合であったか、いま私はよく思い出すことができないが、とにかく私はその時、疲労した体をとある画廊のベンチの上に憩《やす》めていたのである。

前にもいったように、その日はひどく入《い》りが少なかった。私はおよそ半時間あまりもそうしてぼんやりとベンチに腰をおろしていたのであるが、そのあいだに、私の前を通り過ぎていった人々の数は、ほんのわずかしかなかった。みんな黙々として、足音を偸《ぬす》むように私の前を通り過ぎてゆく。それが、その日の鬱陶《うっとう》しいお天気とともに、妙に物《もの》憂《う》い印象を与えるのだった。

私はそのとき、なんの気もなく、ベンチの真正面にかかっている絵をながめていた。

それはこの展覧会における呼び物の一つで『起請《きしょう》』という題がついているちょっと変わった絵なのである。

非常に美しい散切《ざんぎ》りの少年が遊女と取り交わす起請を書きあげて、その上に血に染まった小指の痕《あと》を捺《お》しているところだった。画題からいえばひどく古風な、むしろ浮世絵風なものなのである。画家はそれを、おそらく故意にそうしたのであろうが、ひどくクラシックなタッチで描いていた。そして、セピアのかった色彩の配合が、そういう頽廃《たいはい》的な画題によく調和して、妙にしらじらとした、侘《わ》びしい印象をかたちづくっている。

暗く塗りつぶした画布の上に、ほんのりと浮きあがっている少年の顔の妖《あや》しいまでの美しさ、起請誓紙《せいし》の上にくっきりと色鮮やかに捺された、紅《くれない》の小指の痕を見ながら、にっと艶《あで》やかに微笑《わら》っているその頰《ほお》の、寒気を誘うような妖しい麗しさは、必ずしもその日の、妙に遣瀬《やるせ》ないお天気のせいばかりではなかったであろう。

「あなたはあの絵をどうお感じになりますか」ふと耳もとにそうささやく声に、驚いて振り返ってみると、いつの間にか、私の腰をおろしているベンチのそばに、一人のひどく醜い老人が立っていて、その絵の上をじっとながめているのである。

実際その老人のあまりにひどい醜さは、私に嫌悪《けんお》の情を起こさせる前に、私の心をヒヤリと冷たくおびえさせたくらいだった。黄色くかさかさにしなびた皮膚の色、無数の細かい縮緬皺《ちりめんじわ》、平たい鼻、大きな口、そういう顔が私と並んで、薄暗い廊下の片隅《かたすみ》に浮いているのを見たとき、私は心臓に冷たい刃物を当てられたような、無気味さを感じたものである。

「妙な絵だとはお思いになりませんか、なんだか、気味の悪くなるような絵だとはお思いになりませんか」

老人はそういって、はじめて真正面から私の顔をながめた。そのとき、私はなぜかハッとしたのを覚えている。というのは、その老人の眼を、私は前に、どこかで一度見たことがあるような気がしたからである。それは顔のほかの部分に似げなく、妙に若々しい、ぬれたような眼差《まなざ》しだった。

いつ、どこで私は、この眼を見たのだろう。それは私の頭に、非常に鮮やかな印象となって残っていながら、それでいて、どこで見たのであったか、思い出すことのできない眼つきだった。

老人はそういう私の気持ちなどに頓着《とんちゃく》なく、並んで腰をおろすと、なんとなく悲しげに、しかしまた、どこか昂然《こうぜん》とした様子で、この不可思議な絵の面《おもて》を凝視しているのだった。

「あなたも、この絵をかいた人物についてご存じでしょうね」

「ええ、新聞で読みましたけれど……」

だれだって、およそこの展覧会に足を踏みいれるくらいの人間で、この『起請』をかいた画家の名を知らぬものはなかったであろう。それは画家としてはまったく素人《しろうと》であったが、社会的にかなり有名な婦人だった。いや、その婦人が有名であるというよりも、婦人の夫という人が有名だったのである。

綱島博士《つなしまはくし》は整形外科の一大権威である。そして、その若く美しい夫人の朱実《あけみ》というのが、この問題の絵の作者だった。

「世間では、綱島博士を魔術師とよんでいますが、あなたはその理由をご存じですか」

この話好きな老人は、そういって横から私の顔をのぞきこむようにするのである。

「いいえ」

私はこの、少しばかり狎《な》れ狎《な》れしすぎる老人に向かって、できるだけ言葉少なに答えた。

私は別に、その老人に対して不愉快を感じていたわけではないが、その日の妙に物憂い天候と、この妖しい絵の印象が、いくらか私を瞑想的《めいそう》にしていたのにちがいない。なるべくなら私はそのまま、そっとしておいてもらいたかったのであるが、さりとて、この老人の物語を聞くのがいやでもなかった。

「あの男は、ほんとうに魔術師ですよ。いや、世間が信じているよりも、はるかにすばらしい魔術師なんですよ。幸いここは静かだし、そしてこの調子なら、もうあまりたくさんの人もやってきますまい。ひとつ、綱島博士の魔術師ぶりというのを話してあげましょうか。それはまた、同時にこの絵の由来にもなるのですから」

老人はそういって、私の気持ちなんかにお構いなしに、次ぎのような奇怪な話をはじめたのである。

老人がいったように、この陰鬱《いんうつ》な黄昏《たそがれ》の、乏しい光線は、絵を鑑賞するのに不適当なせいだったのであろう、ついに一人の人間も、老人の物語を妨げることはなかったのである。

鱗三《りんぞう》はふと、くらがりの中で眼をさました。からだじゅうがシーンとしびれて、なんともいいようのないほどの不快さが、腹の底から、ジ、ジーンとこみあげてくるのだ。いったい、ここはどこだろう。どうして自分はこんなところにいるのだろう。

鱗三はかすかに身動きをしようとしたが、その拍子に、手足がバラバラに抜けてしまいそうな、気《け》だるさを感じた。こめかみがズキズキと鳴って、体じゅうが燃えるように熱いのである。

「おや、おれはどうしたのだろう。病気にでもなったのかしら」

鱗三はぼんやりと、そんなことをつぶやきながら、もう一度、子細にあたりを見回したが、黒の一色に塗りつぶされた闇《やみ》の中からは、何を発見することもできない。耳を澄ますと底知れぬ静けさが、胸をかきむしるように迫ってくるのである。

鱗三はふいにドキリとした。心臓が激しい湿気に遭《あ》ったように鳴りだした。

自分は死んでしまったんじゃないかしら。そしてここは墓の中ではないだろうか。

その考えは、鱗三を恐怖に導くに十分であった。しばらく彼は麻痺《まひ》したように、じっと息をひそめていたが、突然、非常な勢いで、自分がいま横たわっているところから起き直ろうとしたが、そのはずみに、ガチャガチャと、鎖の触れあうような音がしたと思うと、彼の体はドシンと、もとのところに投げだされてしまったのである。

鱗三はハッとした。しばらく、茫然《ぼうぜん》として闇《やみ》の中を凝視しつづけていた。心臓が咽喉《のど》のところまでふくれあがって、ハアハアという激しい息使いが、我ながら小うるさいまでに耳についてくる。やがて彼は、おそるおそる体を起こすと、手を伸ばして足首を触《さわ》ってみた。彼の指は冷たい鉄の環《わ》に触れた。足首には太い鎖がはまっているのである。

彼は鎖につながれているのだ！

鱗三は突然、頭髪の逆立《さかだ》つような恐怖にうたれた。

いったい、どうしてこんなことになったのだろう。だれがこのようなことをしたのだろう。

鱗三は忙しく自分の周囲を触ってみた。すると、彼がいま横になっているのは、冷たい革張りの寝台であるらしいことがわかった。虚空《こくう》をかき回してみたが、どこにも彼の手をさえぎる障害物はない。つまり彼はかなり広い部屋の中の、革張りの寝台の上に、鎖でつながれているらしいのである。

棺桶《かんおけ》の中にいるのでなかったらしいことが、それでもいくぶん、鱗三を安心させるのに役立った。それで彼は、できるだけ落ち着いて、いままでのことを考えてみようと試みた。頭が乱れて、なかなか思うように考えがまとまらなかったけれど、それでも彼は次第に、意識を失う直前のことを思い出すことができた。

まず第一に、彼の意識によみがえってきたのは、眼を射るばかりの、パッと明るい緑色だった。それは陽当《ひあ》たりのいい、温い部屋の中で、彼はそこで、美しい婦人と差し向かいになっていた。

「だめ、動いちゃだめ、もう少しですから辛抱していてちょうだいよ」

「だって、ぼく、すっかりお腹《なか》がすいちゃったんだもの」

「いい子だからね、もう少し辛抱してちょうだいよ。そうすれば、あとで御褒美《ごほうび》に、うんと御馳走《ごちそう》してあげますわ」

女はそういいながら、自分の前に立てかけてあるカンバスの上に、せっせとブラシを走らせている。

早春の柔らかい陽差《ひざ》しに縁取《ふちど》りをされたその横顔を、モデル台の上から偸《ぬす》み見しながら、なんという不思議な女だろうと鱗三は考えていた。

女は鱗三より三つ四つ年上の、二十五、六という年ごろであった。黒い瞳《ひとみ》の中に、譬《たと》えようもないほどの知恵と、愛情と、残忍さを秘めた、ちょっとその魂をとらえかねるような、不思議な性格をもった女なのである。

どうしてこんな美しい、利口な女が、あのような年老いた、よぼよぼの夫を持っているのだろうと思うと、鱗三はいかにも不思議でならないのである。たとい、相手がいかに有名な偉い学者であろうとも、そういうことに惑わされそうな女とも思えないのに。

「まあ、何を考えていらっしゃるの？」

気がつくと、女は三脚から離れて、遠くから、カンバスの上をしげしげとながめている。それからまだ意に満たないところを発見したのであろう。絵の具をまぜ合わせながら、二、三度首をかしげかしげ、ブラシを走らせていたが、それでやっと満足したように、パレットと筆を、床の上に投げだした。

「できた？」

「ええ、やっと」

「じゃ、もうここを離れてもいいね」

「ええ、いいわ、無罪放免よ」

「その絵、見てもいいのかい？」

「ええ、どうぞ。だけど、ほんとうをいうとまだすっかりできあがったというわけじゃあないの。でも、後はあなたに手伝っていただかなくっちゃあ……」

鱗三は女のそばによってカンバスの上をのぞきこんだ。正直のところ、鱗三はその絵を見るのは、その時がはじめてだった。女がすっかりできあがるまで見ちゃいけないと、彼の見ることを禁じていたのである。

鱗三がその絵を見た瞬間の印象を率直に述べるならば、それはある恐ろしい戦慄《せんりつ》的な気持ちだった。なんのために戦慄したのか知らない。が、ともかく、彼はぎゅっと心臓をしめつけられるような、不安な戦慄を感じたのである。

「ほほう、こりゃ、妙な絵だね。いったい、何をしているところなの」

「これ起請《きしよう》を書いてるところなのよ。愛人と取り交わす起請誓紙を書いてるところなのよ」

「起請――？　だって、その愛人というのはいないじゃないか」

「ええ、絵の中にはいなくてもいいの。ちゃんと、ここにいるから」

女は自分の鼻を指さしてみせると、悪戯《いたずら》っ児《こ》らしくにっと微笑《わら》ってみせるのである。

「ふうん」

鱗三は子細らしく、鼻の頭に皺《しわ》を寄せると、

「うまく、いってらあ」

と、女の美しい髪の毛を見おろしながらいった。

鱗三がこの女と懇意になってから、もう三月《つき》も経っていた。彼はかなり性《たち》の悪い不良だったから、知り合ってから三月も一人の女を完全に手に入れることなしに過ごすということは、いままで、ほとんど類例のないことだった。

彼はこのあいだから、なんともいえないほどのいらだたしさを感じている。女のほうもちゃんとそのことを知っているのだ。知っていながら、不思議な手管《てくだ》で、彼の指の間から巧みにすり抜けてゆくのである。

「絵ができあがったら！」

それが鱗三の唯一の希望だった。そして今日という今日は、待望の絵ができあがった

のである。

「ね、いいだろう」

鱗三がすり寄って、腰を抱こうとするのを女はするりとすり抜けると、

「まだよ」

そういって、女は細い針を手にとりあげた。

「あなたの血を少しちょうだいな」

「血を……」

「ええ、そうよ。起請には血判を捺《お》すものなのよ。ここんとこに余白がとってあるでしょう。その上へ、あなたの血で、小指の痕《あと》を捺してちょうだいな。そうすれば、この絵はできあがったことになるのだわ」

「だって」

「恐ろしいの、何も恐ろしいことはありゃしないわよ。さあ、右手を出してちょうだい」

「ほんとうに血を出すのかい」

鱗三がおずおずと差し出した手をとらえると、女は容赦なく、チクリと小指を針でさした。

「あ、痛ッ！」

「痛かった？　もういいのよ。さあ、それでここんとこへ指の痕を捺してちょうだいな」

薔薇《ばら》色をした鱗三の小指の先から、南京玉《なんきんだま》ほどの、紅《あか》い血が美しく盛りあがっている。

女はその血を小指の先全体に塗ってやりながら、

「さあ、それをここんとこに一捺してちょうだい」

そういって、鱗三の小指をつかむと、カンバスの上の、起請誓紙の端へ持っていった。

「これでいいかい」

「ああ、けっこうだわ。とうとうできたのね」

カンバスの上に残った薄紅《うすくれない》の小指の痕をながめながら、女は恍惚《こうこつ》としたようにつぶやいた。それから、急に眼を輝かすと、

「ね、あなたどうお思いになって、私、これを展覧会に出すつもりなのよ。私たちのこの恋のしるしを、人々の眼の前に公開してやろうと思うの。この絵の上にある起請は決して絵空事《えそらごと》じゃないのよ。これこそ、あなたと私との間に取り交わした恋の誓紙なのよ。だけど、こうして絵にしておくと、だれだってそうとは気がつかないでしょう。あの陰険で、疑いぶかい夫だって、こうしておけば、おそらく何も気がつかないで済むにちがいないわ。ああ、なんというられしいことでしょう。あの人といっしょになって以来、はじめて私はあの人を馬鹿にしてやることができるのだわ。しかもあの人の鼻先に、この絵がぶら下がっているのに、あの人はそれを知ることができないのだわ」

鱗三はいささか激しすぎる女の情熱に、圧倒されたような形だった。鱗三といえども、この女が夫である綱島博士を憎んでいることはとっくより承知していた。しかしそれがこのように、病的で、熱烈なものだとは夢にも気がつかなかった。鱗三はいくらか気味

が悪くなったのである。

「まあ、何をしていらっしゃるの、いまさらになって、あなたは尻《しり》ごみをなさるの。さあ、いまこそお約束を果たしましょう。ここへ来て、私の体を抱いてちょうだい……」

――鱗三はいま、くらやみの一室の中でそこまで思い出すことができた。

さて、それから、どういうことになったろう。……そうだ、自分は女を抱こうとした。すると、その時、綱島博士が帰ってきたのである。女はそれを知ると、極度に狼狽《ろうばい》して、無理矢理に自分をかたわらの洋服箪笥《たんす》の中へ押しこんだ。

そこまでは覚えている。

が、それから先が朦朧《もうろう》として、意識のほかにはみだしてしまっているのである。洋服箪笥の中はとても窮屈で、息苦しかった。声をあげようかと思ったが、もし、博士に見つけられたらどうなるだろうと思って、苦しいのを我慢して、じっと辛抱しているうちに、とうとう気を失ってしまったらしいのである。

鱗三はふいにぎょっとして、固い革製のベッドの上で体をかたくした。

まっくらな部屋の外から、軽い足音が聞こえてきたからである。足音は部屋の前で止まったらしい。カチッと鍵《かぎ》を回す音がした。と、思うと、扉《ドア》が静かにひらいて、鈍い鉛色の光がさっと部屋の中へ流れこんできた。その四角な光の枠《わく》の中に浮きあがった人物の姿を見たとき、予期しないことではなかったが、鱗三はやはりドキリとした。綱島博士であることが、ハッキリわかったからだ。

「おや」

博士は扉のそばにある電燈のスイッチをひねると同時に、軽い叫び声をあげた。それから髯《ひげ》だらけの顔を、微笑に崩しながら、

「気がつきましたな」

と、意外に狎《な》れ狎《な》れしい言葉である。

鱗三はそのときはじめて、部屋の中を見回した。そこは綱島博士の手術室なのである。

「どうしたのです。私はどうしてこんなところにいるのです。なぜ、鎖でなんかつながれているのです」

「いや、なんでもないのです。きみはちょっと病気だったんですよ。しばらく安静にしていなければならぬ必要があったのに、あばれ回って困ったもんだから、そうして鎖でつなぎとめておいたんです。でも、いいぐあいに早くよくなってよござんしたね。さあ、鎖をといてあげましょう」

博士は無造作《むぞうさ》に鍵をとりだして鎖をとくと、

「気分はどうですか」

「ありがとうございます。大したことはありません」

「それはけっこうです。起きてごらんなさい」

鱗三は革製のベッドから起きあがったが、なんとなく手足がけだるいような感じのほか、別に変わったところもなかった。

「まあ、そこへお掛けなさい。ちょっと話をしようじゃありませんか」

鱗三はドキリとした。

話というのはなんだろう。朱実《あけみ》夫人とのことであろうか。それにしてもいったい夫人はどうしたのだろう。なぜ、ここへ姿を見せないのだろうか。

「ええ」

鱗三はなんとなく不安を感じながら、しかし逆らうと何かしら、もっとよくないことが起こりそうで、おずおずと示された椅子《いす》に腰をおろした。

妙な部屋で、真っ黄な壁紙を張った壁際には大きな長方形のガラス戸棚《とだな》が置いてあって、その中には石膏《せっこう》で作った人の首が、たくさん並べてあった。

鱗三はその、妙に白々《しらじら》としたおびただしい石膏の首を見た刹那《せつな》、なんとなく、背筋が冷たくなるような気味悪さを感ずるのだった。首の中には、女もあれば、男もあった。

「お話というのはほかでもありません、朱実のことですがね」

綱島博士は髯《ひげ》だらけの顔から、ちらと真っ白な歯をのぞかせながら、

「きみは、あれをどう思っているのですか」

「どう思うって？」

鱗三は博士の冷たい、鋼鉄のような眼を見ると、あわてて視線をそらしながら、

「別に、どうといって……」

「いやいや、隠さなくてもよござんすよ。私は何もかも知っているのです。朱実がかい

たきみの肖像画のことも、それからあの不思議な恋の起請《きしょう》のことも。——で、きみは朱実をどういうふうに考えているのですか」

「そうですか、そういうふうに何もかも御存じなら、隠したってしようがありませんね」

鱗三は大胆に、博士の顔を真正面からながめながら、

「それじゃ、万事率直に申しあげましょう。私は奥さんを愛しています。そして奥さんも……」

「妻も？」

「奥さんも、私を愛していてくださると信じます」

ちらと、残忍な薄ら笑いが博士の唇《くちびる》の端に浮かんだ。

「きみは、自信をもってそういいきることができますか。彼女《あれ》がきみを愛しているということを。……………」

「むろんですとも……」

「なるほど、しかし、きみは果たして彼女《あれ》のことをよく御存じですかねえ。彼女《あれ》はねえ、鱗三君、あの女は一種の化け物《ばけもの》ですよ。きみはそのことを御存じですか」

「化け物ですって、奥さんが。……それはいったいどういう意味なのですか」

「きみはあの女の素性をご存じかね。私と結婚する以前、何をしていた女だか知っていますか。知らないでしょう。いや、知らないのはきみばかりじゃないのです。世の中にそれを知っている者は一人だっていないのですからね」

「どういう意味ですか、それは……もっとハッキリおっしゃっていただけませんか」

「つまりね、あの女は私と結婚するまで、この世に存在しなかった人間なんです。いいかえれば、あの女はかくいう私が創造《つく》りだした人間なんですよ」

さっきから意気込んで聴いていた鱗三は、ここに至って茫然《ぼうぜん》たらざるを得なかった。

朱実の身辺にまつわる一種不可思議な空気については、鱗三もとっくより気がついていた。スフィンクスのように、深い謎《なぞ》を秘めた女なのである。

女というものはとかく身の上ばなしをしたがるものだ。だから、女の過去を知るくらい容易なことはないと信じている鱗三は、朱実の泥のようにかたくなに閉ざしている唇を見るとなんともいえない焦燥を感じることがあった。その謎をいま、博士の口より解いてもらえるのだと、きおいこんでいたのに、話があまり途方もないので、呆気《あっけ》にとられた形だった。鱗三はしばらく、相手の正気《しょうき》を疑うように、じっと沈黙をまもっていた。

「いや、きみが疑うのも無理はない。あるいは私の言いかたがまずかったかもしれないが、きみは魔術ということを信じますか」

「………」

「私はその魔術師ですよ。いやいや、まあもう少し黙って聴いていてください。私のいう魔術というのは、神話にあるような、荒唐無稽《こうとうむけい》なものじゃない。立派に科学的根拠のある魔術なんです。きみは私の、整形外科における偉大な名声を知っているでしょう」

「知っています」

鱗三は一種の恐怖を眼に浮かべながら答えた。

「私は主として、顔面整形外科ですが、私のメスにかかると、低い鼻を高くしたり、一《ひと》重瞼《えまぶた》を二重瞼にしたり、眼尻《めじり》を切れ長にしたり、顔面に、体のほかの部分の皮膚を移植して色を白くしたり、そういうことは朝飯前なんです。いやいや、もっとすばらしい、お話ししても信じられないような手術だって平気でできます。ところが、これらの手術を全部やってくれという人間はほとんどない。たいてい鼻の低い人間は、それを高くしてくれとか、一重瞼の人間はそれを二重にしてとか、そういう部分的な依頼しかない。それにもかかわらず世間では私のことを魔術師と呼び、私を目《もく》して醜《しゅう》より美を生むミラクルマンだといっています。そういう私が、もし、蘊蓄《うんちく》を傾けて、一人の人間の顔面に、あらゆる手術を施したとしたら、どういう結果になると思いますか。いままでとはまったく変わった、別人が新しく生まれてくるとは思いませんか」

綱島博士はそこで立ち上がると、壁際にあるガラス張りの戸棚の中に並んだ、さまざまな石膏の胸像《トルソー》を指した。

「御覧なさい。ここにある石膏像が私の魔術をよく説明してくれます。ここにいる人々は、それぞれ秘密の理由から全然新しく生まれ変わろうと決心して私のもとへやってきた人たちです。私はこうして、記念のために手術前の面《マスク》と手術後の面《マスク》とを胸像《トルソー》として残してあるのですが、今まで一度だってこれらの被手術者から、その前身を看破されたという苦情を受けたことはありません。この中には、殺人犯人として官憲から、厳重な追跡を受けている人物もありますが、しかも彼は、私の手術のおかげで、平然と大手を振って街頭を闊歩《かっぽ》しているんですよ」

博士は髯《ひげ》だらけの顔の奥から、無気味に皓《しろ》い歯をのぞかせて、チラリと微笑《わら》った。それは聴く者をゾッとさせるような、冷たい、惨酷な動物的なともいうべき微笑だった。

鱗三は、次第に博士のいおうとするところがわかってきた。彼は思わず、ギョッとしたように息をのんで、

「それじゃ、もしや朱実さんも……」

「そうですよ。やっと合点《がてん》がいったようですね。あの女も、私の手術によって新しく生まれ変わった人間なんです。ほら、ここに二つの胸像《トルソー》がありますが、これが朱実の手術の前と後におけるそれぞれの面《マスク》です。手術の後の面《マスク》はむろんご存じでしょうが、ひょっとすると手術前の顔もご存じかもしれませんね」

博士はガラス張りの戸棚の中から二つの胸像《トルソー》を出して並べた。その一つはいうまでもなく、この日ごろ馴染《なじ》んできた朱実夫人の顔である。が、他のもう一つの顔をみているうちに、鱗三は突如、激しい惑乱を感じた。彼は思わず、ガラス戸棚に身を支えながら、ゴクリと大きく唾《つば》をのみこんだ。

彼はこの女を知っていたのである。いやいや、だれだってこの女を知らぬものはないはずだ。

それは、二、三年前まで、非常な人気を持っていた、さる高名な映画女優だった。そ

してこの女はある愛の葛藤《かっとう》のために、これまた有名だった男優を殺して、三原山で身投げ自殺を遂げたと信ぜられている女なのである。

「ああ、それじゃ。これが朱実さんの……」

「さよう、これであの女が、どうして私のような老人の妻になっているかわかるでしょう。好むと好まざるとにかかわらず、あの女は私から独立して生活することのできない女なのです。もし、私を怒らせたら、どういう恐ろしい結果になるか、賢明な女のことだから、それはよく知っているのですよ」

鱗三はしばらく憑《つ》かれたような顔をして、じっと、二つの石膏の面《マスク》をながめていたが、ふいにゲラゲラと笑いだした。一種気違いじみた笑いだった。

「冗談でしょう。先生、たぶん私をからかっていらっしゃるのでしょう」

「そう、お思いになるかね」

「だって、話があまり突飛なんですもの。私はこの映画女優をよく知っていましたがね、朱実さんとはあまり違いすぎますよ。あの二人が同じ人間だなんて、私にはとても信じられませんねえ」

「それじゃ、きみは、私の手術を疑うのかね」

「先生の名声はよく承知しています。しかし、これぱかりは話があまり奇抜ですからね。朱実さんが、あの殺人犯の映画女優ですって。いや、どうも、冗談もここまでくると傑作ですね」

「よろしい」

突然、博士がきびしい声で、

「きみがそれほど疑うなら、私のすばらしい魔術の実証をいま、眼《ま》のあたり見せてあげることにしよう。醜より美を生むばかりが、私の仕事の全部じゃない。美より醜を作りあげることも、私の仕事の一つなんです。しかも、そこに、なんらの破壊のあとをとどめずに、生まれながらの醜い容貌《ようぼう》に作りあげるのが、私の自慢なんでね」

綱島博士は、そういいながら、突然鋼鉄のような手で、しっかりと鱗三の腕をとらえた。

「さあ、この鏡の中をのぞいてごらん。きみのその、自慢の容貌が、どのように変化しているか、私の手術がどのようにすばらしいものであるか、きみにも納得《なっとく》がいくことだろう」

鱗三は、博士の眼の中に燃えあがっている恐ろしい火を見た。それから彼は、おそるおそる突きつけられた鏡の中をのぞきこんだ。

後になって鱗三は、なぜあの時自分は、あのまま、石になってしまわなんだろうと、どれだけ口惜《くや》しく思ったか知れないのである。薄暗い鏡の中に、朦朧《もうろう》と浮かびあがった顔――それはなんという、呪《のろ》わしい、忌まわしい化け物であったろうか。皺《しわ》だらけの、しなびたような、カサカサとした黄色い皮膚。平たい鼻、大きな厚い唇《くちびる》。――ああ、これが自分の顔なのか！

そう思った刹那《せつな》、鱗三は突然、黄色い壁紙がくるくると回転するような気がした。意識がめちゃめちゃに乱れて、眼の前に五彩の花火が乱れとんだかと思うと、そのまま、彼の意識は朦朧としてぼやけていったのである。

「このような馬鹿馬鹿しい話を、あなたはとてもお信じにならないでしょうね」

話し終わってから、醜い老人は私の顔をのぞきこむようにしてつぶやいた。

私はゾッと全身に鳥肌《とりはだ》の立つような恐怖を感じた。老人の年に似合わぬ若々しい、ぬれたような瞳《ひとみ》を、その時、ハッキリと思い出すことができたからである。それは、あの壁にかかっている美少年の眼と同じだったのだ。

画廊はすでに、すっかりたそがれの色につつまれて、窓にかぶさった鬱陶《うっとう》しい青葉のあいだから、鈍い鉛色の空の一部分がのぞかれた。

「いやいや、あなたが信ずることのできないのも、決して無理じゃありません。だれだってあそこにかかっている、あの美しい少年と、私のような醜い老人が同じ人間だといって、それをそのまま信じることができましょうか？　しかし、私の話はまったく偽りのない、正真正銘の事実なんです。私はいまその証拠をあなたにお見せすることができます」

老人はそういって、懐中からナイフをとりだすと、それで腕を傷つけ、そしてその血を小指の先につけると、ペッタリと鼻紙の上に押しつけた。

「さあ、この指紋と、あの絵の上の指紋とよく見比べてください。あなたも、同じ指紋を持った二人の人間が、絶対にありっこないことをご存じでしょう」

　私は興奮と恐怖のためにわなわなと震えながら、いわれるままに絵のそばへ寄って、老人に渡された鼻紙の上の指紋と、あの美しい少年が、起請の上に捺《お》した指紋とを見比べてみた。そして、逢魔《おうま》ケ《が》時《とき》の乏しい光線の下であったけれど、二つの指紋に一分《ぶ》一厘《りん》の狂いもないことを、ハッキリと認めることは、そう大して困難なことではなかったのである。

舌

人通りも少ない薄暗い横町だった。

どうしてわたしはそんなところを通りかかったものか、また、それがどこであったのか、どうも記憶がぼやけていて、ハッキリと思い出すことができないのである。梅雨《つゆ》あけの、暗い空気のムッとするような、そういう蒸し暑い陰気な夜のことで、それは浅草だとか千日前だとか、そういう毒々しいほどにぎやかな、盛り場のすぐ裏通りではなかったかと思う。

古風なジンタの音を、どこか間近に聞きながら、ふとその横町を通りかかったわたしはおやと思ってそこに足を止めたのである。この人通りの少ない薄暗い横町にアセチリンの炎もわびしく、不思議な店をひらいている露店をそこに認めたからである。

それは不思議にも恐ろしい品々を並べた珍しい露店だった。最初、わたしの眼をとらえたのは、店の正面に下がっていた、毒々しい色彩の絵だった。ほの白いアセチリンの炎の中で、それが真っ赤に浮きだしているのである。

何気なく、そばへ寄って見たわたしは、それが見るも恐ろしい、凄惨《せいさん》な人体解剖図であることに気がついた。

「旦那《だんな》、何か買ってくださいな。せいぜいお安くしておきますよ」

陰気な顔をした主人は、わたしの顔に好奇心の色を見ると薄暗いところからそういって勧めるのである。

「ふむ」

わたしはそう生返事《なまへんじ》をしながら、店の前にしゃがむと、そこに並べられた不思議な品々を一つ一つ、手に取ってみた。手ずれのした、グロテスクな格好の仏像がある。どうやらそれは歓喜天らしいのだ。非常に生々《なまなま》しい表情をした、十字架上のキリスト像がある。どうもそれは敬虔《けいけん》だとか、崇高だとかいう感じからは、はなはだ縁の遠い、一種の無残人形なのである。地獄変相図がある。八か月ぐらいの胎児のアルコール漬《づ》けがある。奇怪な、オプシーンな浮世絵を描いた、青黒い鞣皮《なめしがわ》はどうやら、刺青《いれずみ》をされた人間の皮らしいのだ。淫《いや》らしい腫《は》れ物《もの》が花のように盛りあがった蠟《ろう》人形もある。

そのほか、ちょっと大きな声で言うをはばかるようなさまざまな、珍奇な器具が、いっぱいに並べてあるのだ。

わたしはそれらの一つ一つを手に取ってながめているうちに、ふと、小さな広口壜《びん》を取りあげた。透明な液体をたたえたその中には、何やら、赤黒いような、肉の塊りがただ一つぶらぶらと浮かんでいるのだ。なんだろう、どうもわからない。いろいろと、ためつ、すがめつしてみたが、どうも判断がつきかねるのである。

「これはなんだね、妙なものだな」

「それですか」

無表情な顔をした露店の主人は、そっけない調子で、

「それは舌ですよ」

「舌――？　なんの舌だね」

「人間の舌ですよ？」

「人間の舌だって？」

わたしは思わずもう一度、壜の中を透かしてみながら、

「死人の舌かい？」

「いいえ、生きてるやつを、そうして食い切ったのですね。もっとも、食い切られたやつは、すぐ死んじまいましたが……」

わたしは、思わずギクンと心臓が大きく躍るのを感じた。アルコール漬けになった赤黒い舌――ギザギザに食い切られた、生々《なまなま》しいその一端には、血がギラギラと漆《うるし》のように黒くこびりついているのである。わたしはそれを見ると、思わずゾーッとするような恐怖にうたれた。表情のない顔をした夜店の主人が鬼かなんどのように思われ、心臓が、針で刺されたような痛みを感じたのである。

「冗談だろう？　人間の舌だなんて」

「どうしてですか」

「だって、こんなもの売るのかい」

「売るのです。しかし、これは買主《かいて》が決まっているのですから、だれにでもお売りする

というわけにはいきません」

「いったい、だれが、こんなものを買うのだね」

「見ててごらんなさい。いまに買主がやってきますから」

主人は浮かない顔をして、それきり口をつぐんでしまった。ジージーと、カーバイドの燃える音がして、雨気をふくんだ黒い風が、さっとほの白い炎をゆすぶる。

「あなたは新聞をお読みになりますか」

しばらくして、夜店の主人が沈んだ声でまたそういった。

「新聞？――うん、読んだり読まなかったり……」

「それじゃ、一週間ほど前に、Qホテルで、男が舌を嚙みきられて死んでいたという事件を御記憶じゃありませんか」

わたしはドキッとした。そして思わず、この不思議な露店商人の顔を見直したのである。


Qホテルの、あの残虐きわまりなき事件――

それは近ごろでの、最も忌まわしい、気味の悪いできごとだったからである。わたしはこういう陰惨な物語を筆にすることをあまり好まないのであるが、一応お話ししておかなければ諸君にはなんのことかわからないだろう。

一週間ほど前のことである。

新宿にある、連れ込み専門という評判のあるQホテルへ宿泊した男女があった。男は五十くらいの重役タイプ、女はまだ二十そこそこの若い娘なのである、一見して連れ込みと知られるこの二人は十五号室へ一泊したが、その翌朝、男のほうだけが、ベッドの中で冷たくなっているのが発見された。見ると口のまわりにべったりと赤黒い血がこびりついている。医者が駆けつけて、無理やりに口を開いてみると、男の舌がないのである。いや、途中から獣に食い切られたように千切《ちぎ》れ、そこにおびただしい血が、ブヨブヨとした塊りとなってたまっているのだった。

取り調べの結果、男はかなり有名な弁護士だということがわかった。そして犯人と目《もく》された女は、その弁護士の宅にかつて働いていた小間使いなのである。事実はこうなのだ、小間使いはその宅で働いているうちに主人なる弁護士の蹂躙《じゅうりん》するところとなったのである。これを感づいた弁護士夫人は、ダイヤの指輪を盗んだというかどで、その小間使いを告発した。可哀そうに、小間使いは取り返しのつかぬ体にされたあげく、無実の罪で六か月の処刑を受けたのである。

Qホテルの事件は、この汚された小間使いの復讐《ふくしゅう》だったが、その手段のあまりの恐ろしさに、当時、大きなセンセーションを巻き起こしたものである。小間使いは間もなく弁護士邸の庭で縊死《いし》をとげているのが発見された。

この恐ろしい事件を、まざまざと思い出したところへ、ふとわたしの前へ立った女があった。

「あなたですね、わたしに手紙をくれたのは……あなたのところに夫の舌があるというのはほんとうですか」

わたしはその女の顔を見た。そしてわたしはその細面《ほそおもて》の、眼のつりあがった、ヒステリックな顔を、このあいだ、新聞で見たことを思い出したのである。

女は弁護士夫人だった。

「はい、ございます」

露店商人は無表情な顔をして、例のアルコール漬けの肉塊を手渡した。

「ありがとう……」女は静かにわたしのほうを振り返って「どう、これは――?」

と、そういって、ベロリと長い舌を出してみせたのである。そのとたん、どっと黒い風がアセチリンの炎をゆらめかして、あたりはひたと冷たい水のような狭霧《さぎり》の中に包まれた。

白い恋人

映画女優須藤瑠美子《すどうるみこ》が、あの奇怪なサーカスの一寸法師を刺殺して、返す刀で自刃《じじん》して果てた理由については、誰一人知っている者がないようである。

どう考えてみても、これは狂気の沙汰《さた》としか考えられないような事件だった。

瑠美子があの悲劇的な瞬間よりまえに、一寸法師を知っていただろうという、あらゆる可能性はその知人たちによってことごとく打ち消されている。彼女の親兄弟、友人たちは口をそろえていうのである。今までかつて彼女が、その薄気味の悪い一寸法師と一緒にいるのを見たこともないし、また彼女がそのような不具者の噂《うわさ》をするのを聞いたこともないと。

そしてこれはまた、一寸法師の側においても同様だった。彼の尊敬すべきサーカスの朋輩《ほうばい》たちの言葉によっても、蜘蛛安《くもやす》――これがあの奇怪な一寸法師の名であったが――が瑠美子を個人的に知っていただろうという疑いは、ことごとく否定されている。

これを要するに、瑠美子はその瞬間まで一度も蜘蛛安に会ったことがなかったように見える。それにもかかわらず事実はこうなのである。

ある晩、瑠美子は数人の友人たちとダンスホールで踊っていた。その時、彼女がいくらか酔《よ》っていたことは確かだけれど、それとても、正気を失うほどでなかったことは、周囲にいた人々のことごとくが証言している。ところが、そこへあの蜘蛛安が、名前の蜘蛛のようにのろのろと入って来たのである。すると瑠美子はまるで十年の仇敵《きゆうてき》に出会ったごとく、いきなりその蜘蛛安に躍《おど》りかかると、隠し持った匕首《あいくち》で相手《あいて》を刺し殺し、その場を去らず自分も咽喉《のど》をついて死んでしまったのである。

あっという間もなかった。周囲にいた人のことごとくが「まるで夢のような出来事」と語っているのをみても、いかにそれが思いがけない、咄嗟《とっさ》の出来事であったかわかるだろう。

発作的《ほっさ》発狂による凶行。——これが瑠美子の行為について下された最後の断案だった。そして、事実まあそれよりほかに考えようがなかったのである。

しかし、瑠美子はほんとうに気が狂っていたのであろうか。いやいや、一見奇異《きい》に見えるこの事件の裏には、何かしら、人の知らない深い秘密があったのではなかろうか。

そうなのだ。そして世の常ならぬ、この不可思議な秘密をお話ししようというのが、私のこのささやかな物語の目的なのである。

「先生」

ある時、瑠美子は私のところに来て、とつぜんこんなふうに話を切り出した。断わっておくが、それは彼女があの凶行を演じるより一週間ほどまえのことであった。

「私は近いうちに死ぬのではないかと思いますわ。よく世間で言うじゃありませんか。

自分の死ぬところを夢に見た者は、遠からず命を落とすと。――そうなんです。私は自分の死ぬところをまざまざと見たんです。いいえ、それも夢なんかではありませんの、もっとはっきりとあからさまに――それでいて、夢よりも怪しい幻として」

瑠美子はそこで憑《つ》かれたような妖《あや》しい目つきをして、はげしく身震いすると、やがて次のような、奇怪な話をはじめたのである。

――それがどこだったか、私はっきりと思い出すことができませんの――。いいえ、たとえ思い出すことができるとしても、私とうていその場所をお話しするわけにはまいりませんわ。なぜって、もし先生がもちまえの好奇心から、その場所を探検してみようなどと思いたたれては、私ほんとうに困るんですもの。私が見たものを、もし先生に見られたら、まあどんな恥ずかしいことでしょう。だから先生、その場所をお訊《き》きにならないで、そして、ただ私のいうところを信じて下さい。先生、信じて下さいますわね。

――それは雨催《あまもよ》いの、へんに陰気な暗い晩でした。私久しぶりに体がすいたものだから、二、三人の友人と銀座《ぎんざ》でお茶を飲んだのです。ええ、その時飲んだのはお茶だけでした。けっしてアルコールには手をつけなかったのですよ。だからその晩、いくらか疲れていたとはいうものの、けっして酔っていなかったことを忘れないで下さいまし。ええ、それがこれからお話しする私の奇妙な冒険に、たいへん大きな関係があるんですもの。

——友人に別れてから、通りかかった自動車を拾ってそれに乗ったのは、たぶん十一時ごろのことでしたでしょう。私自動車に乗ると、すぐうとうとと眠ってしまったのです。いいえいつでもそうだというわけじゃありませんの。なんしろその時分、徹夜徹夜でろくすっぽ眠る時間もあたえられなかったものですから、その疲れが急に出たのだと思われますわ。とにかく自動車に乗るや、私すっかりいい気持ちになって眠ってしまったんですの。ところが、今度目がさめてみたら、いったいどこにいたとお思いになって。なんだか薄暗いがらんとした部屋のなかですの。私、その部屋の中央にある椅子《いす》に腰をおろしたまま、まるでズリ落ちそうな格好で寝ていたじゃありませんか。

——《まあ、私どうしたというんでしょう》そう思って私きょろきょろとあたりを見回したんですのよ。みょうに窒息《ちっそく》するような、息苦しい空気なんです。それが私にすぐ、会社にある試写室を思い出させました。そうなんですの。四方を白い壁に包まれた、窓といってはひとつもない、縦に長いその部屋の格好が、そっくり試写室と同じなんです。そしてそれはやっぱり試写室だったんですわ。

——私ともかくびっくりして、はっとして椅子から立ち上がろうとしました。するとその時ふいに、しっと暗闇《くらやみ》の中からおさえつけるような声がするんです。

——静かにしていらっしゃい。いまにおもしろい映画がはじまるところですから。そうその声が言います。

——私その声の主を見きわめようとして、闇の中に目を見張りましたけれど、どこにも人の姿は見えませんの。なんだか私、急に怖《こわ》くなって立ち上がろうとすると、——動いてはいけません、瑠美子さん。と相手はちゃんと私の名前まで知っているんです。ほら、始まりましたよ。見ていてごらんなさい。この映画はきっと、あなたのお気に召すにちがいないと思うんですけれどね。

——私はそういう声になんだか聞きおぼえがあるような気がしました。むろん、男の声なんですの。しかし、どうしてもその人を思い出すことができません。なんだか非常に身近いような声でそれでいて、遠い昔の霞《かすみ》に隔てられているような声なんですわ。私じりじりしました。知っていて思い出せないということはずいぶんはがゆいものですわ。

——あなたはいったいどなたです。なんのために私をこんなところに連れて来たのです。

——相手はそれに答えないで、

——ほら、ごらんなさい。おもしろい映画がはじまっているじゃありませんか。あなたはこれに興味がないんですか。

——私その声に釣り込まれるように、向こうの壁を見たんです。すると、なるほどそこには白い四角な光のなかに、何やら奇妙な影像がもくもくと動いているじゃありませんか。私、いまから思えば、あんなもの見なければよかったと思いますわ。でも、その時はなんとなく引き入れられるような気持ちで、その映画を見てしまったんです。

——先生、私のお話ししたいというのは、その映画のことなんですの。ああ、今思い出しても、あまりの気味悪さにゾッとしますわ。でも、でも、私やっぱりお話ししなければなりませんわね。

——最初、私の目についたのは、恐ろしい嵐《あらし》の場面でした。海のうえに黒い旋風《せんぷう》が渦《うず》のように舞っていて、坩堝《るつぼ》のように白く泡《あわ》立った海の中に、外国の船らしい大きな汽船が、マストを折られ舷側《げんそく》をもぎ取られて今にも沈没《ちんぼつ》しようとしている光景なのです。私それを見ると、これはてっきり外国の映画にちがいないと思ったのですが、ほんとうはそうではありませんでした。

——その次の場面になると、たぶんその翌朝《よくちょう》なのでしょうか、からりと晴れた美しい海岸の景色なんです。なんでもそこは、日本《にっぽん》のずっと南の方にある離れ小島の海岸らしく、けわしい巌《いわ》が至るところにそびえていて、昨夜の嵐の名残りの、大きなうねりを持った波が、その巌の麓《ふもと》に白い波頭《なみがしら》を見せて、寄せては返しています。そういう海岸の波打際で、奇妙な風態《ふうてい》をした、でも確かに日本人とわかる漁師たちが、打ち寄せられた難破船の破片を、嬉々《きき》として拾い集めているのです。ところがこの漁師たちの中に一人の一寸法師がいました。

——ああ、今思い出してもゾッとしますわ。なんというやらしい顔をした一寸法師なのでしょう。鉢《はち》の開いた頭はまるで蜘蛛そっくりで、胴ばかりがいやに長くて、そして手足ときたら、よくあんな大きな頭や胴を支えていて、折れないものだと思われるくらい、短くて細くて、しかも曲がっているんです。私あれから後、毎晩のようにこのいやらしい、蜘蛛のような一寸法師を夢に見ます。そして、ひと晩だってうなされないことはありませんわ。

——この一寸法師はただ一人、漁師の群をはなれて、けわしい巌のうえへ登っていきます。至る所に海藻がこびりついて、小さな蟹《かに》がはい回っている岩のうえを。——やがて、一寸法師は高い巌頭《がんとう》まで来ました。そして腕組みをして、じっと海のうえを見つめているんです。長い、おどろの髪がばさばさと風に乱れて、腰にまとった蓑《みの》のようなものがひらひらとひるがえるところは、とんと怪《あや》しい鳥かなにかのよう。

——そのうちにふと、一寸法師は下を向いて、巌の麓に渦を巻いている深い淵《ふち》を見おろしました。見るとその淵の中には、何やら白い、奇妙なものがゆらゆらと、海藻にもつれて浮かんでいるんです。碧《あお》い、深い色をたたえた淵の中に、みょうにしらじらとした肌を陽にさらしながら、ブカブカと浮かんでいるのは人間のように見えます。

——一寸法師のドキリとしたような顔。

——次の瞬間、その男は鹿のような敏捷《びんしょう》さでその巌を下《お》りていき、ほとんど一跳《ひとと》びの速さでその淵へたどりつくと、奇妙な白い人間を、水の中から抱きあげました。

——ああ、先生、こうして話をするさえ、私気持ちが悪くなりますわ。だって、だって、……一寸法師が抱きあげたその白いものというのは、人間ではなく、ゴムで作った女の人形《にんぎょう》なのですもの。私、そのような人形を何に使うのかよくは存じません。でも、それは確かに、昨夜難破したあの外国船の中にあったものにちがいないのです。先生、船の中にはいつでもあのような女のゴム人形があるのでしょうか。もし、あるとしたら、それはいったいなんのために備えつけてあるのでしょう。

——それはさておき、そのゴム人形を抱きあげて、しばらく、その顔を眺《なが》めていた一寸法師の顔には、間もなく恍惚《こうこつ》とした表情が浮かんできました。一寸法師はそのいやらしい唇《くちびる》で、人形の額に接吻《せっぷん》します。頰ずりをします。そして、必死となってそれを掻《か》き抱《いだ》きます。

——さて、ここで人形の顔の大写《クローズアップ》。

——ああ！

——私は呼吸《いき》がとまりそうでした。私はその時、試写室の中の重苦しい空気が、ふいに火となって、私を焼くのではないかと思いました。

——だって、その人形の顔というのが、私にそっくりなのですもの。いえいえ、私にそっくりというより、私自身だったと言いなおしたほうが適当だったかもしれませんわ。白い動かない瞳《ひとみ》、ほんのりと微笑をふくんだ唇、肩から胸へかけて、乱れてべったりと吸いついている髪の毛——ああ、先生、私が死んで石になったら、きっとああいうふうになるにちがいありませんわ。しかも、しかも、人形のうえに、あの蜘蛛のような一寸法師が、やたらに醜い唇を押しつけるのです。ああ、その気味悪さ！

——私はその暗い試写室の中で、ほんとうに蛭《ひる》にでも吸いつかれたように、じっと身震いをして、体じゅうに粟《あわ》立って、そのまま気が遠くなりそうでした。

——でも、その映画はそれでまだ終わったわけではありませんでした。いえいえ、それはまだほんの発端《ほったん》なんです。その後《あと》には、もっともっと、恐ろしい、気味の悪い場面が幾つも幾つもあるのです。

――一寸法師は間もなく、その人形を抱いて、自分の家にかえりました。そして一間《ひとま》しかない、むさくるしいあばら家《や》の押入れの中に、そっと、人知れずその人形を隠しておいて、夜ごと日ごと、これを取り出してはにたにたと気味の悪い微笑をもらします。はては狂気のように、その白い体を掻き抱き、頬ずりし、しまいには、物言わぬ唇、動かぬ瞳に向かって、ポロポロと涙をこぼして怨言《うらみごと》をくり返します。

――ところが、どうでしょう。その涙が人形の唇にはいったとみると、ふいに、今まで動かなかった人形の目が、くるくるとまたたきました。それから、唇がかすかにほころびたかとみると、にっと白い歯を出して笑いました。それから、両手でそっと、醜い一寸法師の頭をかかえて、胸に引き寄せたのです。

――ああ、それから後のことはもうきかないで下さいまし。人形は今やまったく血の通った人間になりました。そしてその人間とは誰あろう、かくいう私なんですもの。先生、私は今までこんな大きな辱《はずかし》めをこうむったことはございません。私にははっきりと、その写真の欺瞞《ぎまん》がわかるのです。私はいままでそんな気味の悪い一寸法師を見たことも聞いたこともありません。だから、私がそんな男と共演して、映画を作ったことなど、絶対にないのですわ。それのみならず、私は巧《たく》みに継ぎ合わされたそのフィルムのトリックをはっきり指摘することもできます。人形から徐々に人間になる時の私の大写《クローズアップ》は、

『君と共に』という映画の中で、気絶した私がよみがえってくる場面なのです。それから、一寸法師とふざけ回る場面は、『新しき天地』のなかで、Kさんを相手に鬼ごっこをする場面をとってきたのです。それから最後のシーンのところは、『死の饗宴《きょうえん》』の中で私の死んでいく場面なのです。ああ、私はその時とつぜん、さっき暗闇のなかで聞いた男の声を思い出しました。そいつは、ずっとまえに、私と同じ撮影所にいた、そして『君と共に』や『新しき天地』や『死の饗宴』を撮影した技師――そして私に失礼なことを働いて、馘《くび》になったMという男なのです。

――私にはすっかり、このいまわしい映画の欺瞞がわかりました。それにもかかわらず、この巧妙《こうみょう》に継ぎ合わされたフィルムを見た時、私は真実、あの醜い一寸法師の毛むくじゃらな手が、私の肌を刺したような恐ろしい身震いをかんじました。いつか私は、ああして本当に、一寸法師の手に抱かれ、自由に翻弄《ほんろう》されたのじゃなかろうか。ああ、私のこの体の中には、あの頭の大きい、手足の寸の詰《つ》まった、蜘蛛のような男の血が、流れているのではなかろうか。

――ああ、先生、その映画の最後においては、結局、私の扮《ふん》した女がその一寸法師を刺し殺して、自殺することになっているのですけれど、現実の私も、あの男を見つけたら、この言おうようない冒瀆者《ぼうとくしゃ》をみつけたら、いつかひと思いに刺し殺して、自分も死んでしまいたい。

——先生、先生、私いつかきっと、そのとおりにする日があるにちがいないと思いますの。

——先生、どうか、私を気違いだなどとお思いにならないで。私。……私。……。

——先生……きっと私は近いうちに死ぬ日が来るにちがいないと思いますわ。先生。


……

青い外套《がいとう》を着た女

一

さあッと一雨、烈しい夕立ちが通りすぎたあとの、さわやかな宵《よい》の銀座だった。雨に出足がにぶったのか、あまり人通りも多くないその舗道を、土岐陽三《ときようぞう》はいかにも楽しげに歩いていた。

仕立てのいいタキシード、ピカピカ光るエナメル靴、胸にさした黄色い薔薇《ばら》。知らない人が見ると、どこの貴公子かと疑われるばかり、水際立った風采《ふうさい》だったが、いずくんぞ知らん、そのポケットには今や、わずか十枚足らずの銀貨がじゃらついているばかり、あわれ、その銀貨が彼にとっては全財産なのだ。

しかし、たとえ嚢中乏《のうちゅうとぼ》しくとも、陽三の楽しさには依然として変わりはない。十何年振りかでフランスから帰朝したばかりの、この無名画家にとっては見るもの聞くものすべて珍しく、故国にかえって、かえって異国の風物に接するような心地さえされるのだ。長いあいだ故国を離れていた陽三には、広い東京に親戚《みより》もなければ友人もない。さればこそ、今朝横浜へ着いて、案内人《ガイド》の案内で渋谷《しぶや》にある手頃のアパートに落ちついて、一か月分の部屋代を前納すると、あとに残ったのは四円なにがし、つまり財布《さいふ》も軽く身も軽いというのは、今の陽三のような境涯《しぶき》をいうのであろう。

ふいに水溜りの上を、ザアーッと沫《しぶき》をあげて自動車が通りすぎたので、陽三の楽しい瞑想《めいそう》はふと破れた。

「おっとととと」

陽三は危《あや》うくとびのいたが追いつかない。見ると大事な靴先に、べっとりと泥《どろ》がはねかかっているのだ。陽三はちょっと眉《まゆ》をしかめたが、それでも別に憤ったけしきはない。相変わらずにこにこと笑いながら、明るい飾窓《ショーウインドー》のそばへ寄ると、ポケットから紙をつかみ出して靴のよごれをふこうとしたが、

「おや」

軽く口のうちでつぶやいて、そのまま身を起こしてしまった。靴をふこうとしたその紙片に、何やら妙な文字が見えたからである。

> 日比谷公園の入口で、
> 青い外套を着た女
> に会いたまえ。今宵の幸運が君を待つ

白い西洋紙に達筆で書いた筆の跡。

(はてな、いつこんな物を手に入れたろう)

陽三は本能的にポケットに手をやると、もう一枚の紙片を出して見た。それは某喫茶店の宣伝ビラだったが、二枚の紙を重ねてみると、大きさも同じだったし、折目も皺《しわ》もピタリと符合する。陽三はすぐこの奇妙なご託宣《たくせん》が、どこから舞いこんだか覚った。さっき通りすぎた尾張《おわり》町の角に、トンガリ帽子《ぼうし》におどけた仮面《かめん》をかぶった男が立っていて、道行く人にビラを渡していた。陽三もその男の手から、二、三枚のビラを渡されたが、よくも改めずにポケットの中に突っ込んで来たのである。

(はてな、喫茶店の宣伝ビラの方はわかるが、青い外套を着た女というのは、いったい何んのことだろう。これも何かの広告かしら)

しかし広告にしては筆で書いてあるのが変だった。陽三はふいにはっとしたように顔色をかえてあたりを見回したのである。

これは一種の街頭レポではあるまいか。あのトンガリ帽の男は、喫茶店の宣伝ビラの影にかくれて、巧妙に仲間と通信し合っているのではなかろうか、ひょっとすると、これはすばらしい犯罪団体の一味かもしれないぞ。そうだ、そういえばあの男が、奇妙な仮面で顔をかくしていたのからして怪しいではないか。しかし、それにしても、一味でもない自分にどうして、このようなレポを手渡したのだろう。人違いをしたのであろうことはうなずけるが、撰りに撰って、なぜ自分を間違えたのだろう。

そこまで考えてきた陽三は、ふとタキシードの胸にさした黄色い薔薇の花を見て、はっとした。そうだ、この薔薇なのだ！　レポを受け取るべき男は、目印にこれと同じ薔薇をさしていることになっていたのにちがいない。

陽三はふいに、血がカーッと頰にのぼるのを感じた。よし、行ってみよう、いって、青い外套の女に会ってみてやろう。――陽三はそこでつと、暗い横町へ曲がったが、しかしみちみち彼はこうも考えるのである。

――お前はどうも物事をロマンチックに考える癖《くせ》があっていけない。なあに、これはなんでもありゃしないのだ。おそらくストリートガールの新戦術かもしれないじゃないか。こういう風変わりな方法で、猟奇癖《りょうきへき》にとんだ好色の徒を釣り寄せようという新手なんだ。「青い外套を着た女」――つまりそいつが街の天使なのだ。――

だが、陽三にとってはどちらでもよかった。さしあたり彼には、しなければならぬ仕事など何一つないのである。青い外套を着た女がどんな女であるか、それを見とどけるだけでも一興ではないか。――そこで彼はそのまま日比谷の方へ足を向けたのである。

二

角に建っている映画館のネオンサインが、雨に洗われてすがすがしく明滅していた。お濠《ほり》の水も、夏らしい涼しさをたたえて、街灯の灯をさかしまに刻んでいる。しかし、陽三はそんなものには目もくれず、日比谷公園の入口から中へ入っていったが、と、いくばくも行かずして彼はハッと足をとめたのである。

いた！　ピカピカと真青に光るレインコートを着た女、薄暗い木陰に、人目を忍ぶようにたたずんでいるのがたしかにそれに違いない。

陽三は何食わぬ顔で、女の側《そば》を一度通りすぎたが、すれちがいざま相手の顔をのぞいてみて、あまりの美しさに思わず胸をときめかした。

これが街の女かしら。もしそうだとしたら、こいつ、すばらしい掘り出しものだぞ。

陽三はすぐ女の側へとって返した。

「君ですね。僕を待っていてくれたのは？」

女は美しい瞳《ひとみ》をあげて、いぶかしげに陽三の顔を見たが、すぐ何もかものみこんだように、

「あら、じゃあなた、古川さんのお友達？」

——あ、するとあのレポを受け取るべき男は古川という男だったのにちがいない。

「え、そ、そうです。その古川の友人ですよ」

「古川はどうしまして？　どうしてここへ来ませんの」

「古川君はその、ちょっと具合が悪くて」

「あら、そう」

女は美しい眉をあげて、

「やっぱりそうなのね。いざとなって急に怖気《おじけ》づいたのね。いいわ、あんな卑怯な奴」

吐き出すように言ったが、陽三に気がついて、

「あら、ごめんなさい、あなたのことじゃないの。それであなた、わたしをどうして下さるの」

「その、どうしようって、つまりその古川が――」

言いよどむのを女はすばやくさえぎって、

「つまり古川があなたに万事まかせたというんでしょう。まかされなさいな。さあ、お願いだからあたしを連れてって！」

「連れていくって？」

「いいのよ、あたしからもお願いするんだわ。とにかくこんなところでぐずぐずしてちゃ危険だから、早くあたしをどこかへ隠してちょうだい」

女は右手にかかえていた鞄を、左に持ちかえると、陽三の腕に手をかけて、ぐいぐいと公園の奥へ引きずっていく。陽三は仕方なしに、女のするままにまかせながら、さてこれは一体どういう種類の女だろうと考えるのだ。

どうもこれは、陽三が最初考えていたような種類の女ではないらしい。美しくて気品があって、そういうところは大家の令嬢かとも思われるが、それにしては態度《ものごし》があまりさばけすぎる。十年あまり留守にしている間に、日本にもこういう令嬢が出現するようになったのかしら。だが、どちらにしても陽三は悪い気がしないのだ。どうせ乗りかかった舟なのだ。ひとつ行けるところまで行ってやれ。――

根が楽天家の土岐陽三、そんなことを考えながら、思わずにやにやと笑ってしまった。

「あら、どうなすったの。変な方、思い出し笑いなんかなすって」

「いや、これは失礼。あなたのような綺麗な方と、こうして公園の中を歩くなんて、なんだかくすぐったい気がしたんですよ」

「いやな方ね、あたしの身にもなってちょうだい。死ぬか生きるかって場合じゃないの」

「ほい、これは失礼」

「ほほほほほ、まあいいわ。堪忍《かんにん》してあげるわ。でもあなた随分暢気《のんき》な方らしいわね、お名前なんておっしゃるの」

「土岐陽三、貧乏画工ですよ」

「あらそう、古川みたいな奴とどうしてお友達におなりになったの。あら、そんなことどうでもいいわ。あたしの名美樹《みき》というの。ご存知でしょう」

「ああ、そうそう美樹さんでしたね」

　こんなふうに書くと、いかにも暢気らしく見えるが、なかなかそうではなかった。女はおしゃべりをしながらも、始終おどおどと不安らしくあたりを見回していて、人影が見えると、おびえたように陽三のかげに隠れたりした。

　やがて二人は公園を抜けて外へ出たが、折よく通りかかった空車を見つけると、女はすぐ手をあげて呼びとめた。

　ところが二人がその自動車に乗り込もうとした時だ。ふいに一台の自動車が来てとま

ったかと思うと、中からどやどやと降りて来た数名の荒くれ男、美樹の姿を見るとあっと叫び声をあげて、

「おい、美樹さん、どこへいく」

「あ、しまった」

女はさっと裾《すそ》をひるがえして車にのると、

「あなた、あなた、早くいらっしゃい」

続いて乗ろうとする陽三を、

「小僧、女をどこへ連れていく」

引きとめたのは、四十五、六の人相のよくない男だったが、まるで結婚の式場へのぞむ花婿のように、デカデカとめかしこんでいた。

「どこでもいいじゃないか。僕は友人の古川君に頼まれて、この夫人を保護しなければならぬ義務があるんだよ」

「なに、古川だと？」

男はあきれたようにうしろへ振り向くと、

「おい、古川、貴様こいつを知っているのかい」

しまった！　古川もこの中にいたのか！

「いいえ、親方、俺アこんな野郎、見たこともありませんやね」

のっぺりとした男が口をとがらせる。

「小僧、聞いたか、なんでもいい、しゃれた真似をせずと女をこちらに渡しな」

「いいえ、いいえ、あなた後生だからあたしを助けて。古川さん、あなたあたしを裏切ったのね。覚えていらっしゃい」

「なんでもいい、美樹さん、車から降りるんだ。変な真似をするとためにならないぜ」

「待ちたまえ」

「何よ、野郎！」

つかみかかって来るのを、ひらりとかわした土岐陽三、拳固を固めて下から力いっぱい、突き上げたのが見事きまったからたまらない。俗にいうアッパーカット、男がよろめくすきに、さっと自動車へとびのった陽三、

「野郎！」

と、とびかかって来る手下の面部《めんぶ》へ、パンパンと小気味のよい音を立てて平手打ちを食わせると、バターンと扉をしめて、

「運転手君、早く、早く！」

運転手も心得たもの、自動車ははやフルスピードで走り出していた。

三

「大丈夫？」

「大丈夫ですよ、とうとう向こうの自動車を撒《ま》いてしまいましたよ」

バックウインドウから外をのぞいていた陽三は、くるりと向き直ると愉快そうに笑い出した。

「運転手君、頼むぜ」

「ようがすとも旦那、これでもこの自動車はすばらしいスピードが出るんですからね。だが旦那、さっきはいい音がしましたね。一体あいつら何者です。暴力団《ギャング》ですかい」

「ふむ、まあね。美樹さん、そうでしょう」

美樹は不思議そうに陽三の顔を見ていた。

「おや、どうかしたのですか」

「あなた。――あなた嘘《うそ》をおつきになったのね。あなた古川のお友達じゃないのね」

「はははは！」

「あなた、いったいどなた？」

「僕ですか、僕はさっきも申し上げたとおり、土岐陽三という貧乏画工ですよ」

「いったい、どうしてあたしをご存じなの」

「それが僕にもわからないのですよ。まあいいじゃありませんか。これも何かのご縁ですよ」

美樹はあきれたように、陽三の姿をながめていたが、急に気をかえたように、

「いいわ、見たところあなた悪い人らしくも見えませんもの」

「そうですね、僕は今までばかだといわれたことは随分あるが、悪党だといわれたことは一度もありませんね」

「暢気な方ね」

女はそれきり黙りこんでしまった。

陽三は考えれば考えるほど不思議でならない。一体この女は何者だろう。さっきの花婿然たる男はこの女の何に当たるのだろう。それにわからないのは尾張町の角で渡されたあのレポだ。一体この女とどういう関係があるのだろう。

だが、元来あまり物を考えることが得意でない陽三は、そんなふうに考えていると、たちまち頭がもやもやとしてくる。なあに、そんなことどうでもいいではないか。この美しい女とこうして一緒に、自動車を走らせているだけでも、結構なことじゃないか。

「旦那、いったいどこへやるんですか」

ふいに運転手が尋ねた。

「おっと、そうそう、どこへ行きますか」

「どこでもいいわ。あなたのおすまいどちら？」

「僕は渋谷のアパートにいるんです」

「そのアパート人目につかないところ？」

「さあ、今日はじめて部屋をとったばかりだからよくはわかりませんが、まあ静かでしょうね」

「じゃ、そこへ連れてっていただこうかしら。あなたお一人なんでしょう」

陽三はいくらなんでもびっくりした。この女、ひょっとしたら気でも狂ってるのじゃないかしらと思ったくらいである。

「ほほほほほ、そんな妙な顔をなさらなくてもいいの。いずれわかるわ。とにかくあたし、そこへ泊めていただくことにきめちゃった」

「じゃ君、渋谷へやってくれたまえ」

女はそれから、しばらく無言のまま窓の外をながめていたが、何を思ったのか、

「あ、運転手さん、ちょっととめて」

「え？」

運転手があわててブレーキをかけたので、自動車がガタンと大きく揺れてとまった。

「どうかしたのですか」

「そこにあるの写真屋さんじゃない？　そうね。あなたいらっしゃい。いいからいらっしゃいよ。運転手さん待っててね」

あきれてきょとんとしている陽三を、せきたてるようにおろした美樹は、そのままずんずんと大きな写真館の中へ入っていった。

「いったい、どうしようというのですか」

「写真を撮っていくのよ。記念写真を。あなたタキシードを着ていらっしゃるわね。ねえ、あたしたち似合いの新郎新婦とは見えないかしら」

言いながら応接室で、青い外套を脱いだ女の姿を見て、さすがの陽三も思わずあっとどぎもを抜かれてしまった。

外套の下から現われたのは目もさめるばかりの、純白の花嫁衣装《ウエディング・ドレス》！

四

その夜から渋谷のアパートで美樹と陽三の不思議な同棲生活がはじまったのである。毎晩美樹は陽三のベッドへもぐり込む。そして陽三は仕方なしに床のうえに寝るのである。

最初の晩女は、花嫁衣装《ウエディング・ドレス》がしわくちゃになるのも構わずに、そのまま寝てしまったが、翌日になると、鞄《かばん》の中から手の切れるような百円紙幣を出して陽三に渡した。

「これで、あたしの身に合いそうな服を買って来てちょうだい」

そう言ったかと思うと、謎《なぞ》のような微笑を洩《も》らして、

「あたし、すっかりこの部屋が気に入ったのよ。だから当分あなたと一緒に暮らすことにするわ。他人にきかれたら、愛人だとでもいってちょうだいな。細君でもいいわ」

陽三が銀座の店を駆けずり回って、彼女の身に合いそうな服を買って来てやると、女は彼の好みのよさを褒《ほ》めてくれた。そしてそれを着てかいがいしく立ち働くのである。

女は金持ちだった。鞄の中からいくらでも金を出して、陽三にいろんな買物を命じた。

「だって、この部屋あまり殺風景だと思わない？　あたしたち形の上だけでも新婚の夫婦なんだもの、もっと華やかに飾りましょうよ」

女の言葉どおり陽三の部屋はしだいに美しく飾られた。そして女はここが自分のうちででもあるかのように落ち着きすましている。

ある日陽三がたまらなくなって女に尋ねた。

「一体、君はいつまでここにいるつもり？」

「あら、あなた迷惑になったの。いいわ。それならいつでも出ていくわ。でもね、一週間だけここにおいて。今月の二十七日の晩の十二時。——それまであたしをかくまってちょうだい」

「いいよ。僕のほうはいつまでもいてもらいたいぐらいなんだが、しかし、その二十七日までというのは、何か意味があるのかい」

「ええ、あるの、とても重大な意味が」

そう言った時、日頃の陽気さにもかかわらず女の顔には深い憂愁《ゆうしゅう》のかげがあった。しかし女はその重大な意味というのを語ろうとはしない。

「いったい君はどういう人なんだね。君には親戚《みより》というような者はないのかい」

「あるのよ、お父様が一人」

「それじゃ、さぞ心配しているだろう。知らさなくてもいいのかい？」

「ああ、そうそう忘れてたわ」

女はそういうと、手紙の紙に、

渋谷、花園アパートにいる。

と書いて、

「これを、日々新聞の案内欄へ出して下さらない？」

「なんだ、そんなことをするより、お父さんのところへ電話でもかけたらどうだね」

「ところが、父の居所がわからないのよ。お父さんも姿をかくしているの。逃げているのよ」

「逃げる？　誰から？」

「黒岩《くろいわ》——ほら、この間の暴力団の親方よ。あたしたち、どうしても二十七日の晩の十二時まで、あの男から逃げてなきゃならないの」

そう言って美樹がぼつぼつ話したところを総合すると、大体次のようなことが察せられた。

美樹の父というのは、あの暴力団の首領の黒岩に、何かしら弱い尻《しり》をつかまれているらしい。黒岩はそれを種に、強制的に美樹と結婚しようとしたのだが、その晩、美樹は父としめし合わせて、別々に姿をかくすことにしたのである。美樹は黒岩の手下の古川という男を籠絡《ろうらく》して、その男の手で二十七日の晩までかくまってもらおうとしたのだが、相手が土壇場になって裏切ったところへ、妙な羽目から陽三がとびこんで来たというわけだった。

そこまではわかるが、しかし美樹の父の弱点というのが何であるか、またそれが二十七日の晩になると、なぜ解消するのか、そこまでは陽三にもわからなかった。

「しかし、僕と一緒に写真を写したの、あれは、一体どういうわけなんだい？」

「ああ、あれ？　ほほほほほ！」

女は急におもしろそうに笑うと、

「あたしも随分気紛れな女ね、あたし黒岩との結婚は気に食わなかったけど、あの花嫁《ウエディング・》衣装《ドレス》とても気に入っていたの。だからまあ記念に写真だけでも撮っておきたかったのよ、それにあなたのタキシード姿、とても立派に見えたんですもの」

美樹はそこで陽気な声を立てると、

「ねえ、あきれた、ずいぶん妙な女だとお思いになるでしょう。でもね、後生だから一週間だけここへおいてちょうだい」

そう言ったかと思うと、今度は急に涙ぐんで見せるのだった。なんとも得体の知れない女だった。

五

こうして一週間たった。二十七日の晩のことである。陽三はふと思い出したように、

「そうだ、今日はあの写真のできる日だっけ。僕、これから行ってとって来ようか」

「そうね」

女はなんとなく不安らしい顔をして、

「でももし、黒岩の一味に見つかったら？」

「大丈夫ですよ、僕の顔なんか覚えてるもんですか」

「そうね、じゃいってらっしゃい。あたしもあの写真を早く見たいのよ」

そこで陽三が、この間の写真館へ出かけていったのは夜の八時ごろのことだった。ところがその写真館のまえまで来て、陽三がハッとしたことには、そこの飾窓に彼らの写真が麗々《れいれい》しく掲げてあるではないか。

（しまった！　もしあいつらの目にこの写真がとまったら？）

陽三の危惧《きく》はけっして杞憂《きゆう》ではなかった。彼が写真を受け取って帰るとき、ひそかにそのあとをつけている男があったのだが、さすがの陽三もそこまでは気がつかなかったのである。

「どうだい、この写真？」

「あら、すてき！」

美樹もひとめその写真を見ると手を拍《う》って、

「こうして見ると、まるでほんとうの新郎新婦みたいね」

「そうさ。だからさ美樹、いっそこの写真を本物にしてしまう気はない？」

「あら、本物にするってどうするの？」

美樹がわざと空とぼけて言うのを、陽三はしっかり抱きしめると、

「ねえ、僕は床のうえに寝るなんてもう真平御免だよ。ねえ、いいだろう、今夜から——

——」

「あら、だって、だって——」

言いながらも美樹は陽三の抱擁《ほうよう》を拒《こば》もうとはしなかった。陽三の顔がしだいに美樹の方へ近づいていった。もし、その時、あの荒々しい足音がにわかに聞こえてこなかったら、おそらく二つの唇《くちびる》は重なり合っていただろう。

「あら、あの足音は？」

ふいに美樹が陽三の腕から離れたとたん、荒々しい足音と共に扉がさっと開いて、現われたのは黒岩をはじめ、手下の面々なのだ。

「あ！」

美樹はふいによろめいた。荒くれ男の腕の中に、押し潰されそうに抱《かか》えられている老人の姿が、痛々しく陽三の目にもとまった。

「お父様！」

「おい、美樹さん」

黒岩が物凄いせせら笑いを浮かべながら、

「さあ、親爺《おやじ》をつかまえて来たぜ。今度こそ否《いな》やはあるまいな」

「美樹！」

老人が悲痛な声で、

「いいから、おまえこんな男と結婚するんじゃないよ。俺はもうあきらめた。運が悪いのだ。俺はやっぱり行くべきところへ行くよりほかにしようがない」

「だって、だってお父様。今になって、今になって、そんなこと。――」

「運がないのだ。やっぱりこれが神様の思《おぼ》し召しなんだ」

「いや、いや」

美樹の目からふいに涙があふれてきた。

「いまさらそんなこと。――ああ、あと三時間だのに。しかたがないわ。あたしこの人と結婚するわ」

「美樹、いけない、そ、そんなこと、おまえをこんな獣にくれるくらいなら、俺はやっぱり牢屋《ろうや》へいった方がいい」

老人がうめくように言った。

「その年で？　その体で？　いけません！　そんなことをすれば、自殺するのも同じことだわ。黒岩さん、さあ、あたしあなたの思し召しだいよ、だから——だからお父様を宥《ゆる》して」

「ふうむ、いい覚悟だ、そうこなくちゃ嘘だ。なあ、美樹、そうきらったもんじゃねえぜ。俺だってまんざら捨てた男じゃねえ。一緒になってみな、好くて好くてたまらなくなるさ」

　黒岩が気味の悪い舌なめずりをしながら、美樹の手をとろうとするのを、いきなり陽三が間に割って入った。

「いけないよ、僕が不承知だ」

「何よ、小僧」

「美樹は僕の妻だ。見たまえ、ここに結婚の写真もある」

「陽三さん！」

「美樹、おまえは黙っておいで。なあ、黒岩とやら、どこの世界に、女房を他人にとられて指をくわえている奴があるもんか。貴様、そのくらいのことは知っているだろうな」

「ふうむ、しゃらくせえことを。一体どうしようというのだ」

「こうするのだ！」

　言葉と共に、いつの間に用意していたのか胡椒《こしょう》の粉《こ》が、パッと黒岩の目にとんだ。

「あ、畜生！」

黒岩が両眼おさえて尻ごみした時である。陽三は机のうえにおいてあった青銅のヴィーナス、こいつを逆手《さかて》につかんで、当たるを幸い、むちゃくちゃに振り回したからたまらない。相手には多勢を頼んでの油断があった。鼻血を出す奴、腕を折られる奴。大変な騒ぎだ。

「美樹さん、この間に早くバルコニーから」

「陽三さん、ありがとう、お父様」

美樹と美樹の父が、バルコニーから廂《ひさし》を伝って外にとびおりる。

「野郎、逃がすな！」

声とともに、黒岩の手からキラリ、大きなナイフがとんだ。

「何よ」

手足まといがなくなったから陽三は百人力である。青銅のヴィーナスを捨てると今度は椅子だ。こいつを振り回して当たるを幸いなぎ倒していたが、やがてほどよい頃を見はからって、これまたさっと窓から外へとびおりる。

狭い路地を抜けて、大通りへ出ると、目のまえに一台の自動車が来てとまった。

「陽三さん、早く、早く」

「あ、美樹さん」

陽三もすばやくその自動車にとびのると、夜の闇をついてまっしぐらに。——

「陽三さん、でも、もうだめだわ。あいつらきっと警察へ報らせるにちがいないわ。非常警戒が張られたら、とても遁《のが》れっこないわ」

　ハンドルを握った美樹の顔は真青だった。うしろのクッションにいる老人も、放心したように無言だった。

「美樹さん、あなたはいつも言ってましたね。今夜の十二時が過ぎれば何もかもいいのだって」

「ええ、そうよ。でもそれまでにはまだ二時間あまりあるわ。とても、それまで逃げおおせることできやしないわ」

「大丈夫、美樹さん、ハンドルを僕にかしなさい。そして、あなたはお父さまとこの自動車をおりるんですよ」

「おりてどうするの？」

「もいちど、僕のアパートにかえるんです。いいですか、東京中で、あそこが一番安全な場所なんですよ、誰が、逃げ出したもとの場所へ帰って来るなんて思うもんですか」

「そして、あなたは？」

「僕はこの自動車で、十二時まであいつらを引きずり回してやります。十二時が鳴ったらアパートへ帰りますからね。それまで待っていて下さいよ」

　暗い路地で、美樹と美樹の父をおろした陽三は、それからまた気違いのように自動車を駛《はし》らせていったのである。

　それから、二時間あまり陽三はどんなに胸をわくわくさせたことだろうか。行く先々から警官がとび出して彼の自動車を止めようとする。うしろからは、あの暴力団《ギャング》をのせた自動車が、だにのようにくっついて来る。

追跡者の数は次第に多くなってきた。非常線が張られたのだ。しかし、幸い美樹たちがすでに自動車をおりたことは、誰一人気づく者はなかったらしい。

一時間たった。さらにまた半時間たった。陽三の神経は綿のようにつかれてくる。それでも彼はハンドルを離そうとはしない。東京中が彼の周囲でぐるぐると躍っているのだ。

あと二十分、十五分、十分、五分。——

「しめた」

陽三はふたたび渋谷へかえって来る。アパートのまえでクタクタになって自動車をとめた時、陽三の腕時計はピッタリと十二時をさしていた。

陽三が自動車からおりると、すぐ後から、バラバラと例の暴力団《ギャング》の一味が駆けつけて来た。暴力団のほかに十数名の警官もいた。

「この野郎」

黒岩が陽三の腕を捕らえた時である。アパートの正面玄関から、美樹と美樹の父が悠《ゆう》然《ぜん》として現われたのである。

「ありがとう、ありがとう、土岐君！」

そういう美樹の父の態度には、さっきまでのあのおびえたような様子は微《み》塵《じん》もない。

昂然《こうぜん》として胸を張ると、並いる警官をズラリと見渡して、

「警官、ご苦労でした。しかし、私はもうあなたがたの手で、どうにもされませんよ。なぜといって、今夜十二時で、私の時効期間が満了になったのだから」

　美樹の父は美樹と陽三の手をとって、

「さあ、二十年振りで私は家へ帰ろう、忠実な私の下僕《しもべ》は、今日の日をよく覚えていて、大門をひらいて私を待っていてくれるはずだから。警官、私はもう逃げもかくれも致しません。もとの照井《てるい》慎介《しんすけ》になっていますから、ご用があったら、いつでも麹町《こうじまち》の屋敷までやって来て下さい」

　唖然《あぜん》としている一同を尻目にかけて、三人は自動車にのった。そしてふたたび夜の闇をついて、しかし、今度は悠然と、麹町にある照井慎介の宏壮《こうそう》な邸宅へ帰っていったのである。

六

　美樹の父が犯した罪というのが、はたしてどのような種類のものであったか、それはこの物語に直接関係のないことだから、ここに書くのは控えよう。

　しかし、それは慎介の側に十分同情されるべき筋合いのものであった。もし法律というものが、もう少し人情の機微《きび》を尊重するならば、慎介の罪はむしろ賞揚されていいぐ

らいの種類のものだったということである。

しかし、罪はやっぱり罪だった。慎介は当然、幾年かを囹圄《れいご》の人として送るべきだったが、彼は身をもってこの判決に抗議したのだ。当時生まれたばかりの美樹を抱《いだ》いて、彼はアメリカへ逃げのびたのである。

美樹はそこで大きくなった。そしてつい一年ほどまえ、時効期間が満了するその間際に、彼らは名前をかえ、身分を包んでひそかに故国へ帰って来たのだが、その秘密を暴力団の親方、黒岩に観破《かんぱ》されたというわけであった。

「ねえ、あなた、だけどあたしにただ一つわからないことがあるのよ」

その晩、麴町の邸宅でくつろいだ時、美樹が思い出したように陽三に尋ねた。

「あの晩、ほら、あたしたちがはじめて日比谷であった晩、あなたの方からあたしに話しかけていらっしゃったわね。あなた、どうしてあたしをご存じだったの」

「ところが、僕にもそのわけがよくわからないんだよ。でも、美樹、そんなことどうでもいいじゃないか。それよりね、さっき黒岩に邪魔されたあのことね、ここで完成させちゃいけないかい。その方が皆さんお喜びになるよ」

「あら」

美樹は思わず顔をあからめて、

「いいわ。どうぞ、ご随意に」

と、いくらかくすぐったそうに言った。

それから三日ほど後のことである。

陽三と美樹ははればれとした顔で、銀座を歩いている。

尾張町の角まで来ると、今夜もまたあのトンガリ帽の男が立ってビラをくばっていた。

陽三はつかつかとその側へよると、二、三枚奪うようにビラを受け取ったが、おやというふうに顔をしかめた。

日比谷公園の入口で、
　青い外套を着た女
に会いたまえ。今宵の幸運が君を待つ

あの時と同じ文句だった。

「ねえ、美樹」

陽三はそのビラを美樹に見せながら、

「あの晩、僕を日比谷に誘《おび》きよせたのは、このビラなんだよ。そして、あの時、君は青い外套を着ていたからね」

「まあ」

美樹は美しい目を見張って、

「これ、いったい、なんでしょう。ねえ、あなた、もう一度日比谷へ行ってみない」

「O・K」

そこで二人は銀座から日比谷の方へ歩いていったが、やがてその四つ角まで来た時、美樹がふいに大きな声を出して笑い出した。

「どうしたんだね、美樹」

「だって、だって、あなたあれをご覧になって」

美樹が指さしたところを見ると、ちょうど日比谷の入口と真向かいになっているところに、映画館があって、その映画館の正面に、大きさにして十丈ぐらいもあろうかと思われる、大きな人形の立看板が飾ってあった。

その人形はたしかに、青い外套を着た女の形をしていたが、その胸のところに、一字一字が方三尺もありそうな大きな文字で、

『青い外套を着た女』
　大好評につき一週間日延べ

と、書いてあったのである。

美樹と陽三はそれを見ると、思わず顔を見合わせた。そして、それから爆発するような声をあげて笑うと、やがて二人は切符を買ってこの『青い外套を着た女』という映画を見るために、中へ入っていったのである。

何しろこの映画こそ、彼らにとっては縁結びの神だったのだから。

誘蛾燈

窓ぎわに座っているその男を見た。

「ああ、今夜もまた、誘蛾燈《ゆうがとう》に灯《ひ》が入った」

自らあざけるような、低い、陰々たるつぶやきだった。

さっきから熱心に、新聞を読んでいた青年が、その声にふと新聞をおいて、窓ぎわに座っているその男を見た。

「え? いま何かおっしゃいましたか?」

窓ぎわの男はびっくりしてこちらを振り向くと、トロリとした眼で、しばらく、青年の顔を見つめていたが、やがてあわてて顔を横に振ると、いくらか照れたように卓上のウイスキーを舐《な》め、それからまた、食い入るような視線を窓の外に投げるのだった。

年格好は四十二、三であろう。ネクタイもしめない、垢《あか》じんだワイシャツの上に、肘《ひじ》の光るアルパカの洋服を着ていて、ずんぐりとした骨太い体つき、太い首筋、厚い胸、日に焼けたあから顔、荒々しいその全身のどこやらに、海洋の匂《にお》いが強くしみとおっているのである。

台湾航路の水夫長。――まずそういったところであろうと青年は心のうちで値踏みをしていたが、それにしても、いかにも落莫《らくばく》たる感じが、このうらぶれた山の手の酒場《バー》にふさわしくて、いっそ侘《わ》びしいのだ。

男はいかにも惜しそうに、ちびりちびりとウイスキーを舐めながら、やがて青年のことを忘れ果てたように、窓外の闇《やみ》を凝視しつづけている。青年は再び新聞の上に眼を落とした。おりから客としてはこの二人よりほかになかった。壁に貼《は》った美人画のポスターの下に、女給が一人、こくりこくりと、居眠りをしている。

時刻は夜の十時過ぎ。

窓の外には乳色の霧がしっとりとおりて、酒場の灯ばかりがいやに明るいのも、かえって侘びしさを誘うような晩だった。

「ははははは、来た、来た、蛾《が》が舞いこんできやがったぞ。誘蛾燈に誘われて、可哀そうな蛾が舞いこんできやがった。畜生っ、あいつもいずれ、翅《はね》を焼かれて死んでしまやがるんだろう」

ごろごろと咽喉《のど》を鳴らすような声だった。歯ぎしりをして、手をたたいているような調子だった。

青年はぎょっとしたように、再び新聞から眼を離すと、その男のほうを見た。男は窓ガラスに額《ひたい》をこすりつけるようにして、霧のかなたを凝視しているのである。泥酔したその横顔には、どこやらに気違いじみたところがあった。

青年も誘われたように窓の外を見る。

しかし、そこには濃い乳色の霧が渦巻《うずま》いているばかり、誘蛾燈もなければ、むろん蛾も舞っていなかった。だいいち、霧のつめたいこの十一月の夜は、蛾の出るにふさわしい季節ではなかったのである。

青年は立って男のそばに寄ると、そっとその肘《ひじ》に手をおいた。

「どうかしたのですか」

言いながら男の前に腰をおろした。

「どこにも誘蛾燈なんか見えないじゃありませんか」

男はまるで針に刺されたように、ピクリと振り返ったが、青年の顔を見ると、いくらか安心したように、

「ああ、おれの独り言が聞こえたのかな」

「いったい、どこに誘蛾燈があるんです。どこに蛾が舞っているんですか」

男は思い出したようにウイスキーの杯《さかずき》を取りあげると、改めて、しげしげと青年の顔をながめながら、

「誘蛾燈かね。ほら、向こうに見えるあの灯がそれだよ」

青年は相手が顎《あご》をしゃくって見せたほうへ眼をやった。霧の向こうに、ほんのりと暈《ぼか》したように見える薔薇《ばら》色の灯は、このうらぶれた酒場と、アカシアの道を一つ隔てた坂上にある、瀟洒《しょうしゃ》たるバンガロー風の建物の窓であることを、青年はよく知っていた。

青年はなぜか、ドキッとした様子で、

「あれが、――あの窓の灯が誘蛾燈だとおっしゃるのですか」

「そうよ、あの窓の灯が薔薇色に輝いた晩にゃ気をつけなくちゃいけねえ。愚かな蛾ど

もが翅《はね》を焼かれるのも知らねえで、ついうかうかと舞いこむやつさ。お若えの、おめえも用心しなくちゃいけねえぜ。おめえみてえな、若い、いい男は、いつ何時、あの薔薇色の灯に魅入《みい》られるかもしれねえからな」

男は咽喉の奥でかすかな笑い声を立てると、グラスの底にかすかに溜《た》まっているウイスキーを、残り惜しそうに口の中にたらしこんだ。

青年はそれを見ると、指でコツコツとテーブルをたたいて、居眠りをしていた女給をたたき起こした。

「きみ、ウイスキーを持ってきてくれたまえ。ああ、いいから瓶《びん》ごとくれたまえ」

女給がウイスキーの瓶を抱えてくると、青年は手ずから相手のグラスになみなみと注いでやり、それから瓶を相手のほうに押しやりながら、

「ぼくは飲めないのです。よかったらいくらでも飲んでください。その代わり話してくれませんか。あの薔薇色の灯の由来《いわれ》を」

青年は白い額に、非常に熱心な色を浮かべて、いくらか早口に、

「ぼくもこのあいだから不思議に思っていたんですよ。あの窓の灯は毎晩、色が変わっていますね。このあいだは琥珀色《こはくいろ》だった。そして昨日はたしか紫色だった。ところで今夜の薔薇色にはいったい、どういう因縁があるんです」

男は飢えたような眼で、ウイスキーのグラスと青年の顔を等分にながめていたが、

「お若えの、これ、ほんとうに御馳走《ごちそう》になってもいいのかい」

「え、いくらでも飲んでくださいｏ足りなきゃもっと取り寄せますよ」

「すまねえな。おれゃ船に乗っている時分からやけに咽喉が渇く性分でな。それじゃ遠慮なく御馳走になろうか」

男はみごとに咽喉を鳴らしてひと息にウイスキーを吸うと、トロリとした眼で青年の顔を見すえながら、

「はははは、勘弁しておくんなせえ、これがおれの病でな。酒と女のために身を滅ぼそうというやつよ。お若えの、おめえも気をつけなくちゃいけねえぜ」

「そんなことはどうでもいいのです」

青年は自烈《じれ》ったそうに、

「それより、あの誘蛾燈がどうしたというのですか」

「ほい、しまった。おめえの訊《き》きてえのはその話だったな。よしよしそれじゃ話してやろうよ」

男は危なげな手つきで自ら、ウイスキーを注ぎながら、

「おめえはあのバンガローに住んでいる女を知っているか。素敵滅法《すてきめっぽう》もない別嬪《べっぴん》さ」

「知っていますとも。この辺に住んでいてあの女を知らない者はないでしょうよ」

「そうだ、その別嬪があの誘蛾燈に網を張っている女郎蜘蛛《ぐも》さ。わかったかい。あの薔薇色の灯に誘われて、うかうかと舞いこむ愚かな蛾どもの生血を吸う、恐ろしい蜘蛛さ。よし、おれの知っていることをみんな話してやろう。あの別嬪の御亭主《ごていしゅ》というのは、も

とどこか大きな会社の専務かなんかだという話だ。ずっしりと腹の出た恰幅《かっぷく》のいい、そうそう仁丹《じんたん》の広告みてえないい男だったよ。あの女にゃ、その時分から妙なくせがあってな、毎晩、寝室の灯の色を変えなけりゃ寝られねえというのさ。赤、紫、琥珀《こはく》色、橙《オレンジ》色というふうにな。だが、ほかの色の晩にゃ何事もねえ。ただ、気をつけなくちゃいけねえのは、薔薇色の灯がついた晩だ。その晩にゃ決まって御亭主が留守なんだ。そして馬鹿な蛾どもが、人知れず裏木戸から忍びこんでこようという寸法よ。あの薔薇色の灯に誘われて、ついうかうかと忍びこんでこようという寸法よ」

男は咽喉のただれるような強い酒を、再びぐいぐいと呷《あお》ると、熱心に利き耳を立てている青年の顔を見て、にやりと意味ありげな微笑みを漏らした。

「つまりよ、あの薔薇色の灯てえなあ、亭主が留守だてえ、発火信号みてえなものよ。毎晩、寝室の灯の色をかえなきゃ寝られねえなんて、くそおもしろくもねえ、そいつをごまかす手にすぎねえのよ。つまり一種のカモフラージュだあね。

ところで御亭主てえのは、前にも言ったとおり仁丹の広告みてえないい男でよ、年だってそう老《ふ》けちゃいねえ、その時分、四十二、三だったかな、つまり脂《あぶら》の乗り切った若手の実業家ときてらあ。これじゃ世間がおもしろくて、まっすぐに家へ帰れねえのも無理じゃねえやな。

だから、薔薇色の灯が窓に輝く晩がだんだん多くなってきたてえのもわかるだろう。どうかすると、二晩も、三晩も薔薇色の灯がつけっ放しになっていたものよ。ところが、そういうある晩、たいへんなことが起こった。なあ、お若えの、たいへんなことが起こったんだぜ」

男は酔漢《よっぱらい》特有の大げさな身振りでそう言うと、ふいにふうっと声を落として、青年の顔をのぞきこんだ。青年の顔はなぜか真《ま》っ蒼《さお》だった。

「その晩、舞いこんでたてえのは、なんでも拳闘家《ボクサー》くずれかなんかの、まだ若え、初心《うぶ》な男だった。ところがそこへ、帰らねえはずの御亭主というのが、突然帰ってきたからひと騒動だろうじゃねえか。

御亭主はひと目その場のありさまを見ると、すぐ事情を察してしまった。こりゃだれにだってわからあな。夜よなか若え男と女とがしどけねえ格好で差し向かいになってりゃな。ところでこの時、御亭主はどうしたと思う。しばらく入り口のところに立ったまま、例の仁丹の広告みてえなきれえな顔に、あざけるような微笑を浮かべて二人を見ていたが、やがてつかつかと中へ入ってくると、いきなり拳闘家くずれの耳に手をかけて、ぐいぐいと入り口のほうへ引きずっていったものだ。

女が化粧台の抽斗《ひきだし》からすらりと短刀を引き抜いたのはこの時だった。いいかえ、いきなり短刀の鞘《さや》を払ったんだぜ。あっという間もない、まるで蛇《へび》のように亭主の背後に這《は》い寄ると、ぐさっとひと突き、貝殻骨《かいがらぼね》の下のあたりだ、それからもうひと突き。――それで万事おしまいよ、亭主は声も立てずに床の上に倒れちまった。

すごい女だ。そのあいだ、顔の筋一つ動かさねえ。かえって情人《おとこ》のほうが歯をガタガ

タ鳴らせながら立っている。女はいきなりその腕をつかむと、

『――逃げて、逃げてちょうだい！　あとはなんとかあたしが凫《けり》をつけます』

情人《おとこ》が廊下のほうへ出ようとすると、

『――そっちじゃない。そっちは危ない。窓から、窓から飛び下りて！』

情人が言われるままに窓をひらくと、そのうしろにすり寄った女は、いきなり化粧台の抽斗《ひきだし》からつかみだした、指輪だの首飾りだのを相手のポケットにねじこんで、

『――これを、これを当座の小遣いにして。また、また、いつかね』

二人は抱きあった。そしてキスした。だが、その次の瞬間、情人が窓の下の花壇の上にとび下りた時、女はやにわに腕を伸ばしてダン！　ダン！

情人は花壇の上に一度膝《ひざ》をついて、窓のほうを振り返った。そして、女の握っているピストルと、殺気にみちた女の顔を見ると、何もかもわかったにちがいねえ。何やら大声に叫びながら、向こうのほうへ走りかけたが、その時またもや、ダン！　ダン！　情人はバッタリ倒れた。それでも必死の力を振りしぼって裏木戸まで這《は》っていったがそこで力が尽きたのか、そのまま、ガックリ動かなくなってしまったのだ。その時、女ははじめて大声で呼んだものよ。

『――泥棒！　人殺し！　だれか来てえ』

男はそこまでひと息に話してくると、ほっとしたように肩を落としてテーブルの上のグラスに眼をやった。だからその時青年の体が、かすかに震えているのに気づかなかっ

たのも無理はない。

「それから後のことは話すまでもなかろう。可哀そうに、情人のやつ、あられもない強盗殺人の罪をきせられて、それなり梟《けり》よ。女か、女がどうなるものか。あっぱれ亭主の敵《かたき》を討った貞女の鑑《かがみ》てえわけよ。なんでも、その情人てえのは、一か月ほど前、リングの上で大怪我《けが》をして、二度と拳闘家として立つことができなくなり、すっかり自棄《やけ》っぱちになっていて、強盗もしかねまじきありさまだったていう、人々が馳けつけてきたときにゃ、すでに呼吸もなかったのだから、ほら、譬《たと》えにもいう死人に口なし、女はぬくぬくと亭主の遺産を抱いて、今でもあのとおり栄えているのさ」

青年はふいにぶるぶると体を震わせると、手の中でべっとりと額《ひたい》ににじみ出ている汗をぬぐった。それから乾いた唇《くちびる》を舐《な》めながら、

「あの女が――、あの女が――、信じられない。そ、そんな馬鹿なことが！」

「おい、お若えの、それじゃおれが作り話でもしているというのかい」

「そ、そうです。だいいち、あなたはだれにそんな話を聞いたのです。亭主も情人も死んでいる。まさか、女がそんな話をしようとは思われませんからねえ」

「おれゃだれにも聞きやしねえ。おれはこの眼でちゃんと見たのだ。今だから言うがな」

男はふいと声を落として、

「おれもあの晩、薔薇色の灯に魅入《みい》られて、ふらふらと迷いこんだ蛾のひとりだったの

さ。だが、迷いこんでみると、そこにゃおれより若い先客があるじゃねえか。おれだってておもしろくねえやな。だから押し入れの中に隠れていて、あいつらのさざめきを聞いていたのよ」

「あなたが、あなたが――？」

「そうよ。おかしいかい。おれがあの女と知ったのはなあ、女が上海《シャンハイ》からの帰りだった。おれゃその時分、水夫長をしていたんだが、今みてえじゃねえ、いくらかりゅうともしていたし、それに、おれのこの太い首や、厚い胸や、荒々しい振る舞いがあの女のお気に召したってわけさ。おそらく、薔薇色の部屋の客で、いちばん長続きがしたのは、このおれだったろうぜ」

「あなたが――？　あなたが――？」

青年は再び、執拗《しつよう》に反抗した。

「信じられない。そのあなたが。――いかに物好きだろうとも、あの女の恋人だなんて、はははは、あなたはきっと、ぼくをからかっていらっしゃるのでしょう」

「よし！」

ふいに男が憤然《むっ》としたように言った。

「おめえがそう言うなら、ひとつ証拠を見せてやらあ。これはな、あの部屋の客になった者だけが知っている女の秘密なんだ」

男はそう言うと、左の袖《そで》をまくしあげると、

「あいつは豹《ひょう》なんだ。いいか、荒々しい雌豹《めひょう》なんだぜ。悪ふざけが度を越してくると相手かまわず噛《か》みつきゃがるのだ。女はこれを恋の記念《かたみ》だと言いやがった。見ねえ、おれの腕に残っているこの歯の痕《あと》を」

たくましい男の腕に、ありありと残っている可愛い歯型を、青年はなぜか、恐ろしいほどの熱心さでながめていたが、ふいに、激しく呼吸《いき》をうちへ引くと、

「わかりました」

と、放心したように言った。

「もう、あなたの話を疑いません。なぜといって、ぼくは前にも一度、これと同じ歯型を見たことがあるからです」

「なに、おめえが？」

男はびっくりして、ふいに体を乗り出すと、

「どこで、——どこで見なすった？」

「あの女に殺された、弟の体に。——そうなんです。今お話になった可哀想な拳闘家くずれというのはぼくの弟なのです。弟はなるほど、ぼくとは反対に荒々しい男でした。しかし、ぼくにはどうしても、弟がそんな恐ろしい、強盗などしようとは考えられなかったのです。だから、こうして毎日、あのバンガローの付近をうろついて、何かしら反証をあげたいと思っていたのです。ありがとうございました。これで何もかもわかりました。さようなら」

「ちょ、ちょっと待ちねえ」

男はあわてて青年の袖を引きとめると、

「おめえ血相変えて、これからどこへ行くつもりだ」

「あの家へ行くのです。そして弟の敵《かたき》を討つのです」

「よしねえ、よしねえ。あの薔薇色の灯はさっきも言ったとおり誘蛾燈なんだ。おめえみてえな若い男が迷いこんだら碌《ろく》なことはありゃしねえぜ」

「大丈夫です。ぼくの胸には今、あの女に対する憎しみと恨みが燃えさかっているのです。あの女に何ができるものですか」

青年は蒼白《あおじろ》んだ頰《ほお》に、すごいような微笑をうかべると、勘定《かいとう》を払って、さっと深い夜霧の中に出ていった。誘蛾燈に誘われていく蛾のように、外套の襟《えり》をバタバタはためかせながら。――

その晩、あの薔薇色の灯の奥で、どんなことがあったかだれも知らない。

ただわかっているのは、それから二、三日後、付近の濠《ほり》の中に溺死体《できしたい》となって発見されたのが、どうやらその青年らしいということだけである。そして、その青年の白い肩には、紫色の歯型がなまなましくついていたということである。

女はその後いよいよ美しさを増したという評判だ。そして今でも時々、あの坂の上のバンガローからは艶《なまめ》かしい薔薇色の灯が漏れることがある。哀れな、蛾を誘うように。

湖畔

一

私がはじめてその男に会ったのは、S湖にそろそろ水鳥がおりはじめた、秋の終わりごろのことだった。

その時分私は、健康を害して、ただ一人そのS湖畔の素人下宿で、わびしい自炊生活をしていたのである。そういう私にとっては、その辺の秋の空気はもっとも苦手だった。いや、雲母のように清澄で、しっとりと適度の湿度を保った高原の秋は、呼吸器を病む者にとっては、もっとも快適なものであるはずなのだが、その前に私は精神的にまいってしまうのであった。

全くなすこともなく、体温の上昇ばかり気にしながら、異郷の地にただ一人病気を養っている者にとっては、十月から十一月と、しだいに陽《ひ》の色の褪《あ》せていくのを見ると、自分の残り少ない体力まで、磨《す》り減らされていくような気がするのである。枯《か》れ芦《あし》の上を吹きわたる風にも、どこか暗い翳《かげ》があって、裸になった湖畔の柳にも、私は露出した神経を感じるのである。

その土地は、私にとってはいつまで経《た》っても馴染《なじ》めない異郷だった。しかも生来人ぎらいな私は、自分の健康を思うて、友人をつくることを極力避けていたから、淋《さび》しい独居生活の幾日かを、ひとことも口を利かずに過ごすことも珍しくはなかった。私の神経はしだいにうちへ向かって沈澱《ちんでん》していった。どうかすると私は、その沈澱した神経の重みに耐えられなくなることがあった。

そうすると私は、卒然として、気が狂ったように宿をとび出し、湖畔を歩き回るのである。私がもし、もう少し慎みぶかい人間でなかったら、きっと湖水に向かって大声でわめき叫んだことだろう。

私がその男に会ったのは、ちょうどそういうある日のことだった。秋の霖雨《りんう》に増水していた湖水の水が、日一日と減水していって、朝など、どうかすると湖畔の枯れ芦のあいだに、薄い氷の破片が浮いていることがある。私はそういう湖畔にたたずんで、鬱積《うっせき》している思いを外へ吐くかわりに、じっと胸の中に耐えがたくおさえて、煙草《たばこ》ばかり、むちゃくちゃにくゆらしていた。

その時突然、その男が私に近よってきて、声をかけたのである。

「あなたのような体で、そうむやみに煙草をすいつづけるのはよくありませんね」

私は驚いてその男のほうを振り返った。そして、このあたりには見慣れぬ、異様なその風態に驚いた。その男はきっと五十の坂をとっくに越えていたのだろう。房々とした白髪が、銀のようにきれいだった。背がすらりとまっすぐに高くて、顔も手も脚も、針金のように細かった。それでいて、そうきびしい感じを起こさせない。皮膚の色艶《いろつや》は老人じみて褪《あ》せていたが、顔の表情には少年のような優しい懐かしみにあふれていた。

だが、私を驚かしたのはその体を包んでいる、異様に古風な服なのである。私はそれと同じような洋服を、自分の父や、祖父の若い時分の写真に見ることができる。胸も胴も極端につまっていて、腕もズボンも肉に食い入るかと思われるほど細かった。これと同じ洋服を、この男以外の者が着ていたら、きっと私は吹き出したことだろう。ところがこの人に限って、異様なまでに古風な洋服がはなはだよく似合っているのである。

「え？　何かおっしゃいましたか」

私はいま非難された煙草を、さらにもう一本つけ直しながらその男に、こう訊《き》き返した。しかし、相手はそれに答えようともしないで、湖の上をながめていたが、

「だいぶ水鳥がおり出しましたね。もうすぐ氷が張りはじめる」

そう言いながら、彼は細身のケーンをあげて、湖水のほうを指さしたが、その姿はなんとなく黒い蟷螂《かまきり》を連想させた。

「あなたは胸が悪いのでしょう。いや、よくわかっています。あなたの歩きかたは、一度大きな喀血《かっけつ》をしたことのある人間の歩きかただから。胸の中に、壊れたセメントの洗い場を抱いている人間の歩きかたなのです。この湖畔の空気は、そういう病人には非常にいいのですが、しかしこの風景はあまりわびしすぎる。なんだか神経をむしばまれそうだ。ねえ、あなたはそう思いませんか」

私は無言のまま、その老紳士の横顔をながめていた。血管の透けてみえるような薄い右のこめかみに、十銭白銅ほどの痣《あざ》があって、その痣の下に、青い静脈《じょうみゃく》がヒクヒク動いているのが、なんとなく無気味だった。

「私は向こうの――」

と、紳士は私の無言をいっこう気にするふうもなく言葉をつづけて、

「K――館にいるのです。やっぱりね、あなたと同じ病気なのですよ。私はあなたがうらやましい。あなたはまだ若いから回復するでしょう。私はだめです。五十を過ぎると、眼に見えて抵抗力がなくなりますからね。せっかくここへ来てみたが、どうも結果ははかばかしくありません。私はめったに外へ出ません。いつも部屋の中から外を見ているんです。あなたはよく散歩しますね。しかも、きっちり時間をきめていられるようだ。私は時計を持っていないのだが、あなたの散歩で、たいてい時間がわかるのですよ。さようなら。

私もこれから時々散歩することにしますから、また会いましょう」

老紳士はそしてすたすたと行ってしまった。

私はあっけにとられてしまった。鬱積《うっせき》した想いがいっぺんにほぐれてしまって、老紳士の後ろ姿を見ているうちに、つい、にやにやと微笑が唇《くちびる》の上に湧《わ》きあがってくるのを感じた。あの老紳士も、きっと無聊《ぶりょう》にとりつかれていたのに違いない。私と同じように、あるに効《かい》なき想いを抱いて、終日、沈澱していく神経を持てあましていたのだろう。私

とてもきっといつかは、あの老紳士のように、見知らぬ男をつかまえて、あの寝言《ねごと》のような言葉で、物想いのはけ口を求めるかもしれない。

そう思うと、なんとなく私は、あのいささか気違いめいた老紳士が哀れに思えてくるのであった。

二

それから後、私は散歩の途中、よくこの白髪の老紳士と会うことがあった。この人は、私が最初に感じたよりも、もっともっと奇妙な人だった。最初の日のとおり、ひどく愛想のよい日があるかと思うと、その次ぎには、こちらから話しかけても、むっつりとして一言も答えないで、よそよそしく疑いぶかそうに、ジロジロと私の姿を見回して、ひどく私を面食らわせることがあった。すると、その次ぎには、前よりももっと愛想よく、前の日の無礼をあやまったりするのだった。

こういう病人の常として、気分にむらのあることは当然だったが、それにしてもこの老紳士のはそれがあまり極端なので、私はひどくそれに苦しめられた。ところがそのうちに、私は妙なことに気がついた。この老紳士の右のこめかみに、十銭白銅ほどの痣《あざ》があるということは前にも述べておいたが、その痣がどうかすると見えないことがある。そして、老紳士の気分の変化と、この痣の消長とに、たいへん深い関係のあることを私は発見した。

つまり、その痣のある日はひどく機嫌《きげん》がよくて、最初の日のように饒舌《じょうぜつ》を弄《ろう》するのだが、そうでない日はいつも気むずかしく、眉根《まゆね》に皺《しわ》を寄せて黙りこんでいた。きっとあの痣は生理的に濃くなったり、薄くなったりするのだろう。そして、それがその日の気分の上にいちじるしい影響を与えているのだろう。そう考えると、私はこの老紳士のお天気にも、なんとなく哀れさを感じるのだった。

私はいつの間にか、この男をよぶに、老紳士という言葉を使っていた。だが、この男をよぶのには、こういう言いかたがいちばんふさわしいように思う。会う度が重なるごとに、そして、口を利く日を経るにしたがって、私は相手の物静かな、うちに沈んだ教養の深さを認めないわけにはいかなかった。五十幾年かの月日を、この紳士が何をして過ごしてきたのか私は知らない。そういう話題は、つとめて避けようとするのがこの紳士のくせだったが、どうかすると、外国の話などが出ることがあった。そういうおりおりの話の断片を集めてみても、この老紳士がかなりの旅行家で、そしてその旅行も商用などではなく、単に見聞をひろめるためになされたものらしいことがうなずけた。

私はいつの間にか、この老紳士に対して、ひとかたならぬ尊敬の念を抱きはじめていた。相手のほうでも、同病のせいもあるだろうけれど、私に対して特別の親愛を感じていたことはたしかである。おそらく、この土地で私がうちとけて話すのは、この老紳士一人であったと同様に、向こうでも、ごく断片的にではあったけれど、自分の過去をのぞかせてみせるのは、この私一人だったろう。

だから、そういうこの老紳士が、あんな大胆不敵な所業をやってのけたということがわかった時、私はほとんど自分の神経を信じることができなかったくらいである。

三

この湖畔にはプロムナードをかねた小公園があった。もとこの公園は、湖の対岸にある製糸町の資本家が別荘に建てたものだが、のちにこれを町に寄付して、今では浴客たちの集まるこの湖畔の温泉町で、ただ一つの名物になっていた。公園の中には、クリーム色をした千人風呂《ぶろ》が建っている。池があって噴水がいつも五色のピンポン・ボールをくるくると躍らせている。春から秋へかけて、楓《かえで》の茂みが美しかった。

私は朝起きると、パンとコーヒーの簡単な食事の前に、いつもこの公園の中をひと回りしてくるのが習慣になっていた。おそらくこの公園へ足を踏みいれる最初の人間は、毎日この私だったろう。

その日も私は、刺すような寒気の中を、ぶらぶらと公園の中へ足を踏みいれた。掃ききよめた砂利の下では、大地がかんかんに凍っていて、湖の表面からは湯気のように靄《もや》があがっていた。湖畔には五寸ほどの厚さに氷が張っていて、沖のほうでは水鳥の群れがときどき水煙をあげて飛び立ったりした。

私はいつものとおり、湖畔のプロムナードから、公園の中へ足を踏みいれたが、池のそばまで来たときである。思わずおやと足をとどめた。ベンチにあの老紳士が腰をおろしているのを見たからである。

その人と口を利きあうようになってから、こんなに朝早く、この老紳士が起きているのを見たことがない。それがまず私に妙な感じを起こさせたのに、その服装《みなり》というのがまた変わっているのである。極端に謹厳なこの老紳士は、いつだって、あの古風な洋服を、ネクタイの結び目一つ崩さずに着ているのに、今朝に限って、宿のものらしい褞袍《どてら》姿《すがた》なのである。むろん、帽子もかぶっていなかった。それでいて、例のケーンのステッキだけは右手に握って、まるで銅像ででもあるかのように、きちんと真正面きって、瞬《まじろ》ぎもせずにベンチに腰をおろしていた。

その極端に謹厳な姿勢が、私にふと妙な感じを起こさせたが、それでも私は軽く手をふって挨拶《あいさつ》をした。紳士はしかしそれに応《こた》えようともしないで、依然として、銅像のように正面をきっている。近づいていくにしたがって、私はその紳士の服装に、妙にそぐわぬものを感じた。それは見慣れぬ褞袍姿のせいだろうか。いや、それだけではないらしい。

なんだか妙だ。どこか間違っている。――と、考えているうちに、私は突然はっとした。それは実に、なんともいえない変梃《へんてこ》な、滑稽《こっけい》な間違いだった。老紳士は左前に着物を着ているのである。

そうわかった瞬間、私はこれをどう言って相手に注意したらよいか途方にくれてしまった。この人は長年の洋服生活に慣れて、着物の着方を忘れてしまったのだろうか。それとも、一種の放心状態におちいっているのだろうか。そうだ、こんなに朝早く、この寒気の中を、素肌《すはだ》に褞袍だけであんなところに座っているということだけでも、あまりいい徴候ではない。私は妙な不安を感じて急歩調《いそぎあし》にベンチのほうへ近づいていって声をかけた。

そして、私は思わずぎょっとして二足三足後ろにとびのいた。しばらくじっと相手の様子を見ていたが、それから恐る恐るそばへ寄ると、そっとその肩に手をかけてみた。と、そのとたん相手は人形を倒すように、ごろりとベンチの上に転がってしまったのである。

老紳士は褞袍姿のまま、このベンチの上で死んでいたのである。

四

その時の、私の変梃な感じはいちいちここで述べるまでもあるまい。あの物静かな、ネクタイの結び目一つゆがんでいても気になるらしい謹厳な老紳士が素肌に褞袍を着たまま、しかもその褞袍も左前に着て死んでいるのだから、私が面食らったのも無理はないだろう。

だが、私が真実一驚を喫したのは、そのことよりも、それから間もなく判明した、その老紳士の驚くべき所業なのである。

この湖畔の町に、大黒屋という古着屋がある。店構えもあまり立派なほうではなく、雇い人とてそう多くはないが、手堅いその商売のやり方から、いつの間にか金を溜《た》めて、おそらく現金をもっている点では、この町でも大黒屋の右に出るものはなかろうといわれている。家族はしっかり者というより、むしろ因業婆《いんごうばばあ》といったほうがよさそうな後家《ごけ》と、後家のひとり娘と、それから番頭手代《てだい》女中などしめて七人。ところが、その大黒屋へ昨晩強盗が入って、金庫の中にあった三千円という現金をすっかり持っていってしまったというのだが、しかも、その強盗というのが変わっていた。

その人は五十ぐらいの白髪の上品な老人で、古風な洋服を着ていて、ひどく物静かな調子で後家や番頭を脅迫したそうだ。むろん、覆面だの、頰《ほお》かぶりだのというような野暮なものはしていなかった。もし、その人が手に銀色のピストルを持っていて、ときどきそれを穏やかに振ってみせるのでなかったら、ほんとうに相手が強盗に入ったのかどうか、それさえ疑いたくなるような調子だったそうである。

その強盗というのが、私のいわゆる老紳士であったことはいうまでもない。狭い町のことだから、一か月もそこに逗留《とうりゅう》していると、町の人はたいてい知ってしまう。大黒屋の小僧もこの紳士を知っていた。K――館の客だということも知っていたし、日ごろいたって物静かな、穏やかな老人だということも聞いていたので、その人が、ピストル片手に、静かな声音《こわね》で脅迫した時には、夢かとばかり驚いたそうだ。

この盗難を大黒屋から警察へとどけて出たのは、明け方になってからである。というのは、老紳士は抜け目なく、家族全部数珠《じゅず》つなぎにしていったので、その縛《いまし》めを解くのに、かなりの時間がかかったのである。

警察ではこの由を聞くと、すぐにK——館へ踏みこんだが、私が老紳士の死を、大黒屋へ報告にいったのは、ちょうどそういう騒ぎの真っ最中だった。

この湖畔の警察の記録には、今でも大黒屋のこの盗難事件は迷宮として残っているはずだ。実際それは妙な事件だった。あの老紳士は大黒屋へ押し入ってからわずか一時間ほど後に、あの公園のベンチで最期の呼吸《いき》をひきとったらしい。だが、それにしても盗んでいった三千円という大金はどうしたのだろう。いや、それよりも、大黒屋へ押し入った時は洋服姿だったというのに、いつの間に縕袍《どてら》に着替えたのだろう。それからまた、老紳士の洋服というのはいったいどこへ消えてしまったのか。

K——館の老紳士の部屋にもそれは見つからなかったのである。いや、洋服ばかりではなく、靴《くつ》も帽子も。——

そこで警察の見込みというのはこうだった。この老紳士にはきっと相棒があったのだろう。そして、その相棒が老紳士の盗んできた三千円という金を持って高跳《たかと》びしたのだろう。——と、そういう推察だったが、だが、それにしては、老紳士の身のまわりのものをいっさい持ち去ったのがおかしいし、第一、あの孤独な老紳士に相棒があったなどとはどうしてもうなずけないことだった。いやいや、老紳士が強盗に入ったということさえ、その人を知っている者なら、だれでも否定したくなるのだった。

結局金は出てこなかった。そして、老紳士の屍骸《しがい》は湖畔の無縁塚《むえんづか》へ葬られた。というのは、老紳士が宿帳に記してある名前は偽名だということがわかり、だれ一人その人の身元を知っている者がなかったので。

こうして、この事件はいまでもときどき人の口にのぼることがあるが、だれ一人真相を突きとめる者もなく、湖畔の町には一年という歳月が過ぎていった。

五

一年間の辛抱づよい療養生活のおかげで、私はしだいに健康を回復してきた。私は間もなくこの湖畔の町を去って、再び東京へ帰ることができるだろう。もう一度湖に氷が張りつめて、それが再びとけるころには、私は東京の土を踏むことができるのだ。

私はそれまでの日を、一年間の習慣にしたがって散歩をつづける。湖畔の柿《かき》が裸になって、湖にはまた水鳥がおりはじめた。その水鳥を見ると、私はあの老紳士のことを思い浮かべる。私は今でもあの老紳士に対して悪い印象を持つことができない。おそらくあの人の奇妙な出現と奇妙な退場がなかったら、私は去年の秋の憂鬱《ゆううつ》にとり殺されていたかもしれない。

私はあの古風な洋服と、物静かな微笑を思い浮かべ、そういう穏やかな声音で大黒屋の因業婆さんを脅迫している場面を想像すると、ひとりでにおかしさがこみあげてくる。

ある日、私はいつものように朝の食事の前に散歩に出かけた。私の散歩の道順は去年といささかも変わりはない。湖畔のプロムナードから公園の中へ入っていく。湯気のような靄《もや》が湖の表面から一面に立ち昇っていて、ときどき水鳥がしぶきをあげて飛びあがるのも去年と同じだった。

私は公園の池の端へさしかかった。そしてそこで突然、名状することのできない驚きにうたれて足を止めたのである。

去年、あの老紳士が奇妙な死を遂げた同じベンチに、老紳士が腰をおろしていた。それはまるで私の記憶の中から抜け出して、仮にそこへ姿を現わしたもののように、去年と寸分違わぬ姿だった。いや、死んでいた時の姿ではない。生前私に深い印象を与えた、あの古風な洋服姿なのだ。

私は自分の眼を疑った。ひょっとすると、頭がどうかしたのではあるまいかと迷った。私は非常な恐怖と危懼《おそれ》を感じて、しばらく呼吸をすることすら困難なぐらいだった。それは相手に対する恐怖ではなく、自分自身の神経組織に対する危懼なのである。

ふいに老紳士は私のほうを振り返った。そして見覚えのある、人なつこい微笑を浮かべると、手をあげて私を招いた。

私はそれによって、はじめて自分の神経が狂っているのでないことはわかったが、すると新しい恐怖がすうっと私の血管の中を走っていった。

老紳士は再び手をあげて招いた。

「いらっしゃい。もう間もなく、あなたがいらっしゃる時分だと思ってお待ちしていました」

そういう声も、去年と同じである。私が相手に対して抱いていた恐怖も、それを聞くと同時に消えてしまった。

「やっぱりあなただったのですね。だが、これはどうしたのです。私にはわからない。私は去年、同じこのベンチの上にあなたを見たのです。あなたはそこで死んで……」

私はまたもや、自分の頭が狂っているのではないかと思った。私はあわててあたりを見回した。このごろのくせとして朝靄《あさもや》が濃く立てこめていたが、別に空気に異変がありそうには思えなかった。

「まあ、おかけなさい。すぐあなたの疑いは晴れます。その疑いを晴らしていただこうと、私はこうしてまたこの土地へ帰ってきたのです。私は幽霊ではありません。死なない者がどうして幽霊になれましょう」

老紳士は少し疲れたような頰に、淡い微笑を刻んだ。

去年私を悩ました右のこめかみの痣《あざ》は、依然としてそこにある。

私はそれを見ているうちに、卒然としてその痣の語る意味をさとった。去年死んでいた老紳士には、たしかにその痣はなかった！

「ああ、それでは去年死んだのは……」

「そうです。私の兄弟ですよ。双生児の兄弟ですよ。去年あなたに御懇意に願ったのは、私一人ではありません。われわれ兄弟二人だったのです。もっとも、兄弟のほうは、私ほどあなたに馴染《なじ》むことができなかったようですが」

「しかし、しかし、それにしても宿の者はどうしてそれを言わなかったのです」

「宿の者も知らなかったのです。私たちは一人としてあの宿に投宿したのですよ。われわれは貧しくて、二人分の宿料を払うことができなかったものですから」

老紳士はそこでちょっと淋《さび》しげな微笑を浮かべると、自分の服装に眼を落とし、

「そう、この洋服も兄弟共通のものでした。われわれは代わり番こにこれを着て散歩に出たのです。洋服ばかりではありません。靴《くつ》も帽子も杖《つえ》も、われわれのあいだにはただ一人分しかなかったのです。だから、一人が散歩に出たあとは、いつも一人は宿の一室で内部《なか》から錠をおろして閉じこもっていたのですよ」

私はなんともいえない変梃《へんてこ》な感じにうたれた。気が狂っているのではないにしても、これは狂気に近い話に違いなかった。しかし、老紳士は平然としてその話をつづけるのだ。

「私たちは全く貧しかったのです。しかも兄弟は胸を病んでいて、どうしても転地する必要がありました。しかし、それかといって、そんな変梃なふうに二人が一人になるほどの必要もなかったのです。こういうやり方を主張したのは兄弟でした。そして後にな

って私ははじめて、兄弟のその主張の意味を覚《さと》ったのです。あれは、ここへ来るときから、あの恐ろしい強盗を計画していたのです。そして、それには絶対に、われわれが二人であることを人に知られてはならなかったのです」

老紳士はポッツリと言葉を切った。そして湖の上に立ち昇る濃い靄を吸いこむように、深い息を吸った。

「おわかりですか。あれは私のために犠牲になろうとしたのですよ。兄弟の病気はとても回復がむずかしいほど進んでいました。しかも二人は片時も離れることができない仲でした。兄弟はしだいに自分が、私の足手まといになりつつあることを感じはじめたのです。それで、自殺を決心したのですが、その前に私に置き土産をしようというので、ああいう恐ろしいことをやったのです。あの晩は、兄弟が散歩に出る番でした。それで私は一人宿に残っていたのですが、そこに兄弟の置き手紙があるのを発見したのです。私はそれによってはじめて兄弟の計画を知りました。その手紙にはまた、私にこの公園へ来るようにと書いてありました。私は驚いてここへやってきたのですが、兄弟はその時すでに冷たくなっていたのですよ。私がどんなに悲しんだかわかってくださるでしょうね。それは私たちのような兄弟でないとわからない深い情愛なのです。私たちは五十年というこの年月を、一時間と離れて暮らしたことはなかったのですよ。兄弟は私の肉体の一部でした」

「そして、あなたはその御兄弟の洋服をはぎとり、金を持って逃げたのですね」

私が思わず非難をこめてそう言うと、老紳士はまっすぐに顔をあげて私の顔を見た。

「なぜそれがいけないでしょう。私はあれの生命がけの贈り物をむだにしたくなかったのです。私はあれの犠牲を受けてやるのが、せめてもの供養だと思ったのです。だが、私はまたここへ帰ってきました。兄弟の終焉《しゅうえん》の地へ私の骨を埋めるために帰ってきました。あなたはきっと、余計なおせっかいで、悲しみにあふれている、この私の計画を邪魔なさりはしないでしょうね」

そう言うと老紳士は、謎《なぞ》のような眼で、じっと私の顔をのぞきこんだのである。

それから一週間ほど後、老紳士の屍骸《しがい》が、湖の蜆《しじみ》をとる網にかかってあげられた。一週間水につかっていた老紳士の相好《そうごう》はすっかり変わっていて、これが去年の大黒屋事件に関係のある人間とは、だれにも覚られずにすんだ。

老紳士の骨は、彼が望んだとおり兄弟と同じ無縁塚に葬られた。

湖には日一日と氷が厚くなっていく。この氷がとけた時、私は東京へ帰るだろう。それまでは、ああそうだ、今日もこれから散歩のついでに、あの無縁塚へ参ることにしよう。

髑髏鬼

薬を買いに来た男

麻布《あざぶ》霊南坂界隈《れいなんざかかいわい》にあの薄気味の悪い髑髏《どくろ》仮面の噂《うわさ》が立ちはじめたのは、セルの肌触りにそろそろ寒さを覚える十月半ばのことで、それを最初に見たというのは谷町《たにまち》付近に店を開いている薬局の若い細君であった。

その夜、主人の薬剤師は知人に不幸があって十時頃《ごろ》に店を閉めると、若い細君と去年生まれたばかりの赤ん坊を残して出ていった。むろん義理のお通夜で、夜が明けるまで勤める気は毛頭なかったから、どんなに遅くとも一時頃までにはかならず帰ってくると言いおいて出ていった。だから、若い細君は赤ん坊に乳を含ませながら、眠るでもなく起きているでもなく、うとうとしながら夫の帰りを待ち侘《わ》びていた。

すると、店の柱時計が十二時を打つ間もなくのこと、表の戸を軽くトントンと叩《たた》く音がする。初めのうち若い細君は夢とも現実《うつつ》ともなくそれを聞いていたが、戸を叩く音がだんだん激しくなってくるにつれて、間もなくはっきりと目を覚ました。夫かしら？　と細君は枕《まくら》から頭を擡《もた》げて聞いていたが、夫なら何とか声をかけるはずだと気がついたので、あわてて夜具から抜け出した。

「は、はい、ただいまちょっとお待ちくださいませ。いますぐお開けいたします」

細君はそそくさと寝乱れた姿を繕いながら、土間にある下駄《げた》を突っかけた。

薬局という商売上、深夜の客は珍しいことではなかった。いずれまた歯痛か腹下しであろうと思いながら、彼女は消してある電灯のスイッチを捻《ひね》ると小さい耳門《くぐり》をがらりと開いた。するとそのとたん、さっと吹き込んでくる冷たい夜気とともに、まるで転がり込むように真っ黒な塊がよろよろと店の中へよろけ込んできた。その様子があまり妙だったので、若い細君はびっくりして二、三歩後ろへ跳びのきながら、

「な、何にいたしましょうか」

と、怯《おび》えたような声でやっとそれだけのことを訊《たず》ねた。

客はすぐには答えないで、向こう向きに陳列棚に摑《つか》まったままぜいぜいと肩で息をしている。空色の洋服の上に黒い外套《がいとう》を着た男だ。外套の襟を深く立てて、帽子の縁を目の上まで垂らしている。なんとなく気味の悪い客だ。

「あの、何にいたしましょうか」

若い細君はおずおずともう一度訊ねた。

「何か……何か、気つけ薬をください。……強いブランデーか何かありませんか」

客は相変わらず顔を背けたままだ。

その声を聞いたとたん、細君はなにかしら冷たい物を背筋へ流し込まれたような、一

種異様な悪寒を感じた。それはとうていこの世のものとは思えない、陰気な、低い、呟《つぶや》くような声音だった。

「あの、コニャックではいかがでございますか」

「結構です。……早く……早くしてください」

男は相変わらず陳列棚に摑まったままだった。まるでちょっとでもそれから手を離すと、そのままへなへなとその場へ倒れてしまいそうな恰好《かっこう》だった。見ると、外套の袖口《そでぐち》や裾《すそ》の辺りにまだ乾き切らぬ泥がついている。ところどころ大きな鉤《かぎ》裂きをこしらえている。まるで、たったいま穴の底から這《は》い出してきたような恰好だ。

怯え切った細君は急いで薬局棚からコニャックの瓶を取り出すと、それをコップに注いでおそるおそる傍《そば》へ持っていった。客はそれに気がつくと相変わらず顔を背けたまま左の手でコップを受け取ったが、それを飲もうとして外套の襟を下ろしたときである。なにげなくその顔を覗《のぞ》き込んだ細君はあまりの恐ろしさに、あっと叫んだままその場に立ち竦《すく》んでしまった。

細君が驚いたのも無理はない。凄惨《せいさん》というか醜怪というか、例えようもないほど不気味な顔なのだ。鼻もなければ唇もない、目は穴のように黒く凹《へこ》んで眉毛《まゆげ》もなかった。剝《む》き出しになった二列の歯は、コップの縁に触れてガラスのようにカチカチと鳴った。つまり、顔全体に血も肉もない、絵に描《か》いた髑髏そのままなのだ。

客はぐっとひと息にコニャックを飲み干すと外套の襟を深々と元通りに立てて、心持ち細君のほうへ向き直った。

「お騒がせして申し訳ありません。お陰でだいぶ気分がよくなりました。いくら差し上げたらいいでしょうか」

「は、はい。あの……、五十銭いただきます」

細君は舌を縺《もつ》らせながらやっとそれだけのことを言うと、客は黙って五十銭玉を一つ陳列棚の上に置いてそのまま風のように出ていった。

細君が正気に返ったのはそれからだいぶ経《た》ってからのことであった。彼女はこわごわ耳門のほうへ行くと、外をも見ずにいきなりピシャリと戸を閉めた。そして、ほっと安《あん》堵《ど》の吐息を洩《も》らすともう一度、あの世にも奇怪な顔つきを思い出して思わずぶるぶる身を慄《ふる》わせた。

霊南坂の死神

薬局の若い細君の唇から洩《も》れたこの不気味な噂《うわさ》は、たちまち近所じゅうに拡《ひろ》がった。なかには冗談半分に聞き流していた者もあったが、するともう一人、同じ夜にこの奇怪な髑髏男《どくろおとこ》を見たという者が現れた。

それは箪笥町《たんすまち》に住んでいる留吉《とめきち》という男で、その晩、溜池《ためいけ》の出入り先からの帰途、深夜の十二時頃《ごろ》になって霊南坂へ差しかかった。十月も半ばになると夜などうすら寒い。

屋敷町のこととて辺りはひっそりと寝静まって、犬の子一匹通らない。左側には三井《みつい》の大番頭格で、千万長者といわれる吉井《よしい》男爵の煉瓦《れんが》塀《べい》が長々と続いている。留吉はその塀に沿ってすたすたと足を急がせていた。

彼がその塀の中程まで来たときである。五、六間先の暗闇《くらやみ》から突然、ひょろひょろと一個の人影が躍り出した。留吉はぎょっとして思わず足を止めたが、相手は気がつかなかったらしい。そのまま二、三歩ふらふらと泳ぐような恰好《かっこう》で歩いたかと思うと、ドシンとぶつかるようにして塀で身を支えた。その様子がどうも唯事《ただごと》ではない。酒に酔っぱらっているのか、怪我《けが》でもしたのか。——とにかく放《ほう》ってはおけないと思って、留吉はすたすたと足を急がせるとその男の傍《そば》へ寄った。

「もし、もし」

声をかけたが相手は返事もしないで、相変わらず煉瓦塀に両手を突いたまま苦しそうに肩で息をしている。

「もし、もし、どこかお悪いのですか」

そう言いながら留吉は相手の顔を覗《のぞ》き込んだが、たちまち悲鳴を上げると一目散に暗闇の道を逃げだした。

——あの顔だった。目も鼻も唇もない、髑髏そのままの顔だった。不気味な死神のような顔。

薬局の細君と大工の留吉の唇から洩れたこの奇怪な噂は、たちまち麻布一帯に拡がっていった。霊南坂に死神が出る、恐ろしい髑髏仮面だ。——そんな噂が、野火のように人々の口から口へと伝えられていった。なかには頑固に打ち消している人々もあったが、それにもかかわらず噂はなかなか鎮まろうとはしないで、ますます勢いを加えて拡がっていく。

しかも、その奇怪な髑髏仮面を見たのは前に言った二人だけに止《とど》まらない。それから三週間ほどの間に、次から次へと数人の目撃者が出てきたのだ。

場所はいつも霊南坂から吉井男爵邸の付近で、目も鼻も唇もない怪物だった——と、目撃者はいずれも当時の恐ろしさに身慄いをしながら、口を揃《そろ》えて語るのだった。

こうして寒さに向かっていく折から、この不吉な噂は人々の心を極度に怯《おび》えさせた。なにかしらよくないことが起こる前兆ではなかろうか。恐ろしい天災地変か、それとも残虐な犯罪事件か。——人々はそんな風にひそひそと心の不安を語り合った。

こうした不気味な噂のうちにひと月経《た》った。そして、十一月の暦も残り少なくなったある晩のこと、霊南坂の坂上にある小さな一軒のカフェへ一人の見知らぬ客が飄然《ひょうぜん》と入ってきた。

それは夜の八時頃のことで、カフェなどのいちばん賑《にぎ》わう時刻だった。だが、この不景気な店にはほかに一人も客はいなかった。隅のほうでたった一人の女給が退屈そうに古雑誌か何か読んでいたが、いま入ってきた客を見ると彼女はすぐに雑誌を伏せて立ち上がった。

「いらっしゃいまし」

彼女は客が隅っこのテーブルに腰を下ろすのを待って、職業的な態度でそう声をかけた。

「何にいたしましょうか」

「紅茶を熱くして、それにウイスキーを入れてくれたまえ」

客はそっぽを向いたまま低い声で言った。

女給はお誂《あつら》え物を持ってくると、客に向かい合って腰を下ろした。

「お寒いですわね」

「……………」

「もうすぐ十二月ですものね。あたし、冬になると困るのよ。なにしろあの空っ風でしょう、皮膚が荒れてやり切れませんのよ」

「……………」

女給はもっと何か話したかったが、客の態度があまりそっけないのでそのまま口を噤《つぐ》んだ。なんという取っつきの悪い人だろうと内心憤慨しながら、彼女はじろじろと客の様子を打ち眺めた。黒っぽい帽子を眉深《まぶか》に被《かぶ》って、茶の襟巻で顔半分を包んでいる。その上に黒い大きな眼鏡をかけているのだから、どんな顔をしているのか少しも分からなかった。客はその襟巻を片手で摘《つま》み上げると、テーブルの上に顔を伏せるようにして紅茶を啜《すす》っていた。

しばらくすると、今度は珍しく客のほうから声をかけた。

「この先のお邸《やしき》ね」

「ええ、吉井男爵のお邸？」

「そうそう、吉井男爵か――、あの邸では今夜何かあるのかい。自動車が沢山、表へ着いているね」

「ああ、あれ？」

と女給は案外客が打ち解けて話しだしたので急に元気を取り戻して、

「今夜はあそこのお嬢さまの誕生日なんですって」

「ああ、田鶴子《たずこ》さんの……」

「あら。あなた、ご存じ？」

「うむ。いや、そういうわけじゃないけど、何かの雑誌の口絵で見たような気がするのだ」

「そうよ。あの人の写真なら、ずいぶんほうぼうの雑誌に出てるわ。とても美人なんですもの。……今夜はそのお嬢さまの誕生日のお祝いなのよ。金持ちって贅沢《ぜいたく》なものね。誕生日だなんて、あんな大袈裟《おおげさ》なお祝いをするんですもの」

女給は羨《うらや》ましそうに目を輝かせたが、客はそれに答えないで黙って何か考え込んでいる様子だった。女給はそれでまたつまらなくなってぼんやり欠伸《あくび》を噛《か》み殺したが、ふと思い出したように、

「そうそう、それに今夜はね、誕生日のお祝いだけではないんですって。そのお祝いをかねて、お嬢さまの婚約披露があるはずなんですって」

「え？」

客はぎくりとしたように肩を慄《ふる》わせて、

「それは本当かね」

「さあ、よくは知らないけど、ここへ来る運転手さんがそう言ったわ。なんでも男爵の秘書の片山《かたやま》という人と婚約が決まったんですって。あたし、片山という人を知ってるけど、とても気障《きざ》な人よ。あんな人とどうして結婚なんかするんでしょうね。そうそう、お嬢さまもその男をあまり好いてないんだけど、どうにもしょうがないんですって。金持ちって、そういうところはずいぶん不自由なものなのね」

女給のお喋《しゃべ》りの間、客は黙って聞いていたが、その様子には明らかに昂奮《こうふん》の色が見えていた。黒い二重回しで包んだ肩がぶるぶると小刻みに慄えて、いまにも何か叫び出しそうだった。しかし、彼はやっとその衝動を抑えると、干涸《ひから》びた声で言った。

「勘定を……」

「あら、もうお帰りになるの。……六十銭いただきます」

客は黙って五十銭玉を二つ投げ出すと、よろよろと、まるで熱に浮かされた病人のようによろめきながら店を出ていった。

「変な客……」

女給はそう呟《つぶや》きながら出ていった客の後姿を見送っていたが、その時ふと恐ろしい考えが頭に浮かんできた。

髑髏仮面——？

そう考えると彼女は急に恐ろしくなって、わっと叫ぶといきなり奥のほうへ逃げ込んだ。

古井戸の秘密

ちょうどそれと同じ時分、つい目と鼻の間にある吉井男爵邸の大ホールでは、いまや令嬢田鶴子、二十二歳の誕生日を祝う宴会がたけなわだった。

広いホール一面に張り巡らされた造花の装飾、その間に虹《にじ》のように架けられている五色のテープ、山と積まれたお祝いの品々、誕生日の砂糖菓子、蠟燭型《ろうそくがた》の古風な豆電球、めったに点《とも》されることのない天井の大装飾灯《だいシャンデリア》、その下に人魚のように群れて蠢《うごめ》く紳士淑女たち——すべてが富と権勢の象徴だ。

吉井男爵は前にも言ったように三井の大番頭格、日本の財界を一手に握っている権力者だ。令嬢田鶴子はその一粒胤《ひとつぶだね》、いうまでもなく今宵《こよい》の女王だ。その女王の姿がさっきからホールに見えないというので、隅のほうでは二、三の青年たちがひそひそと語らいつづけている。

「田鶴子さんばかりじゃないぜ。片山の姿も見えないじゃないか」

「そうさ。さっき田鶴子さんが出ていったと思ったら、すぐそのあとから片山のやつ、そそくさと出ていきやがったぜ」

「ふーむ。それじゃ、今夜の噂《うわさ》はやはり本当かな」

「お気の毒さま。鳶《とんび》に油揚げという態《かたち》かね」

「なーに、あんなわがまま娘、向こうからやろうと言ってもこちらで真っ平さ」

「何とか言ってらア。それにしても片山のやつ、うまい籤《くじ》を引きやがったな。あんな美人を女房にするし、この大身代を自分のものにするんだからね」

などと、いささか不良みを帯びた青年紳士たちがひそひそとそんな話を続けている時分、当の本人、田鶴子と秘書の片山は人けのない温室の中で何かしきりに言い争っている最中だった。

「じゃ、あなたはどうしても今夜、披露をしろとおっしゃるの」

甲高い声で、辺りの闇《やみ》を引き裂くように言ったのは令嬢田鶴子だ。彼女はなぜか、傷つけられた孔雀《くじやく》のように柳眉《りゆうび》を逆立てていた。純白のイブニングドレスの胸には、大きなダイヤモンドが星の光を宿したように輝いている。

「そうですとも、最初からそういうお約束だったのですからね」

男はポケットから銀のシガレットケースを取り出すと、細い紙巻煙草《かみまきたばこ》を摘《つま》み出してゆっくりと火を点《つ》けた。これがさっきから噂に上っている秘書の片山だ。しかし、二人の様子はどうしたというのだろう。今宵、婚約披露の噂さえ伝えられている幸福な一対とはどうしても見えない。まるで敵《かたき》同士だ。視線と視線が剣のように縺《もつ》れ合って、火花を散らしている。

しばらく二人はそうして睨《にら》み合いを続けていたが、間もなく田鶴子のほうが打ち負かされた。彼女はほっと溜息《ためいき》を吐《つ》くと、

「――え、そりゃそういう約束だったけど、あたしなにもそんなに急ぐ必要はないと思うわ」

「そうかもしれません。しかしまた、わたしに言わせればなにも延ばす必要もないじゃありませんか。ねえ田鶴子さん、まさかあなたは心変わりがしたのじゃありますまいね」

「まさか。――変わるにも変われないじゃありませんか。あなたがそのままで放《ほう》っておく人でもあるまいし」

田鶴子は皮肉な声で言った。

「そうですとも」

片山は狡《ずる》そうに笑って、

「だから、わたしはこの結婚を一日も急いだほうがいいと、あなたのために言っているのですよ。わたしはあなたの恐ろしい秘密を握っている。わたしはあなたが約束を履行しない間は、決してあの秘密を忘れません。しかし、もしあなたが結婚してくださるなら、その瞬間にわたしはあれを忘れてしまいましょう。つまり、これは一種の取引です。

秘密と結婚――ねえ田鶴子さん、それはあなたにもよく分かってるはずだと思いますが……」

田鶴子はその話の間、恐怖と憤怒《ふんぬ》と恥辱のために顔を紫色に染めて唇を噛《か》んでいた。日頃《ひごろ》の驕慢《きょうまん》な彼女なら、とうてい許すべからざる男の態度だ。しかも、いまの彼女は答えることすらできないのだ。それほど彼女を打ち拉《ひし》いでいる秘密というのはいったい何であろうか。

「ねえ、田鶴子さん」

男は彼女の様子に満足を覚えながら、またしても言葉を継いだ。

「片山専一《せんいち》という男は味方につけておけば安全な男ですが、敵となるとても危険な相手なのですぞ。その危険な男が、むしろ喜んであなたの足下に跪《ひざまず》こうとしているのじゃありませんか。なぜあなたはそれを許さないのです。そうすれば、あの恐ろしい古井戸の秘密が永久に保たれるのではありませんか」

男が古井戸と言った瞬間、田鶴子はぎくりと肩を慄《ふる》わせてさも恐ろしそうに辺りを見回したが、突然ヒステリックに叫んだ。

「言っちゃいけません、言っちゃいけません。それは永久に言わないという約束だったじゃありませんか」

「そうですとも。しかし、あなたのほうが約束を守ってくださらない以上、わたしは何度でも言いますよ。あの奥庭の古井戸……あの中に、伊達三郎《だてさぶろう》の骸《むくろ》が横たわっている。

かつてあなたの遊戯的な恋の相手だった伊達三郎があの古井戸の中で死んでいる。だれが殺したのでもない。あなただ、田鶴子さん自身だ。わたしはあなたがあの男を、古井戸へ突き落とすところを見た。いいや、突き落とすところばかりじゃない、あとから大きな石を投げ込むところまではっきりこの目で見たのです。つまり謀殺ですな。あなたは恐ろしい殺人犯人だ。ねえ、田鶴子さん、わたしの記憶力は決して耄碌《もうろく》はしていませんよ」

男はそのあとへ、皮肉な、勝ち誇ったような笑い声をつけ加えた。それを聞いた刹那《せつな》、田鶴子はすっくと椅子《いす》から立ち上がった。彼女の顔は真っ青だ。恐怖と憤怒の立像だ。

「あなたは、あたしを脅迫なさるのですか」

「どうでもあなたのお考えどおりに。……しかし、いまの話はどうしてくださるのですか。今夜披露してくださるのですか、くださらないのですか」

田鶴子は青褪《あおざ》めた顔をして、じっと片山の横顔を見ていた。片山はさりげなく横を向いて、低く口笛を吹いている。狐《きつね》と狸《たぬき》の騙《だま》し合いだ。突然、田鶴子はヒステリックな声で高らかに笑った。

「片山さん、あなたの勝ちよ。さあ、向こうへまいりましょう」

「え。じゃ、あなたは承諾してくださるのですか」

「仕方がありませんわ。沈黙を買うには少し高過ぎる代償だけれど」

田鶴子は冷ややかに言って、片山の腕に手を置いた。

「そうでもありませんよ。ぼくだってあなたの夫として決して恥ずかしい人間じゃありませんからね」

「ほほほほほ」

田鶴子はまたしてもヒステリックに笑った。

それきり二人は口を利こうとはしないで、黙って手を組んだまま温室のドアを開いて外へ出ていった。白い玉川砂利《たまがわじゃり》を踏んでいく二人の姿はだれの目にも睦《むつ》まじい婚約者としか見えなかったが、その実、心の中ではいまや恐ろしい暗闘が続けられているのだ。

それにしても、いま片山が口走った言葉ははたして事実であろうか。恐ろしい人殺し――それがこの美しい令嬢の白い腕を血に染めているのだろうか。

突然、田鶴子は片山の腕から手を離すと、ぎょっとしたように立ち竦《すく》んだ。

「だれ……？　そこにいるのはだれ？」

その声とほとんど同時に、暗い木立の下からうら若い女性が飛び出してきた。

「まあ、淑子《としこ》さん！」

ぎょっとして二の足を踏む田鶴子の腕へ、いきなりその女性は縋《すが》りついてきた。見ると、彼女の顔色は真っ青で、全身が木の葉のようにぶるぶると慄えている。

「まあ、どうなすったの？　淑子さんたら」

そうたしなめる田鶴子の声音も、深い懸念のために低く慄えた。

「あたし、あたし、見たのよ、見たのよ。ああ、恐ろしかった。髑髏《どくろ》仮面《かめん》を、恐ろしい田鶴子もちょっと色を失った。彼らもあの奇怪な噂は、召使いだの友人だのから聞いて知っているのだ。

「ええ、そうよ。あたし、あなたがたを捜しにまいりましたのよ。そうしたら、向こうの木の下に黒いものが蹲《うずくま》っていますの。あたし気づかずに傍《そば》までまいりますと、ふいにそれがひょいと顔を上げるとあたしの顔を見てにやりと笑って、そのまま蝙蝠《こうもり》のように向こうのほうへ逃げていきましたの」

淑子はまだ恐怖の去りやらぬ面持ちで、きょろきょろと辺りを見回している。

「淑子さん。そりゃ神経ですよ。ばかばかしい。いまの世にそんなばかげた話があるものですか。それより、早くホールへ帰って何か強いお酒でもお上がりなさい。そうすれば、そんなばかばかしい妄想はすぐ消えてなくなりますよ」

片山専一はさもばかばかしそうに、傍から口を添えた。

「そうでしょうか」

淑子はそれでもいくぶん落ち着いた様子で、二人と歩調を合わせながら、

「でもね、あたしあの髑髏仮面を見るのは今夜が初めてじゃありませんのよ。兄の姿が見えなくなってから、ときどきあの恐ろしい顔を見ることがありますのよ」

「まあ！」

「まあ、髑髏仮面？……」

髑髏仮面を……」

田鶴子は思わず、息を呑《の》んで目を瞠《みは》った。

「本当なんですの。ひと月ほど前に突然兄が姿を晦《くら》ましてから、夜中などふと目を覚ますと、ときどき窓の傍にあの気味の悪い顔を見ることがありますのよ」

それを聞くと、田鶴子と片山は思わず気味悪そうに目を見交わした。

「縁起でもない、今夜はそんな話止《よ》してちょうだいな。みんなばかばかしい作り話よ」

田鶴子は突然、甲高い声でたしなめるように言った。しかし、そうは言ったものの、彼女が充分気にした証拠には、大ホールの入口で淑子と別れると、彼女は不安そうに片山の耳に囁《ささや》いた。

「淑子さん、あたしたちの話を立ち聞きしたんじゃないでしょうか」

「何をばかな、温室の内と外では絶対に話の聞こえっこなんてありゃしませんよ」

片山は一言のもとに打ち消すと、田鶴子の手をとって得々としてホールの中へ入っていった。人々はそれを見ると歓声を上げて二人を取り巻いた。

赤い蛾《が》

片山にああは言われたものの、淑子はまだあの薄気味の悪い印象を拭《ぬぐ》い去ることはできなかった。彼女は確かに、この二つの目で見たのだ。目も鼻も唇もない、墓場の底から甦《よみがえ》ってきたような顔――

彼女ははっきりとそれを思い浮かべることができる。醜い歯を剝《む》き出しにして、にっと笑ったあの物凄《ものすご》い顔――淑子は思わずぞっとするような悪寒を覚えて辺りを見回した。しかし、そこは絢爛《けんらん》たるホールの中だ。明るい笑いとさんざめき。美しい人々の、幸福そうな呟《つぶや》きが渦巻くのみだ。どこにも墓場の臭《にお》いなどしやしない。

それにもかかわらず、淑子はいつものように和やかな気分になることができなかった。なにかしら不吉な影が、この大ホール全体に覆いかぶさっているような気がしてならない。骨張った死人の臭いのする大きな呪《のろ》いの手が、この煌々《こうこう》と大装飾灯に輝き渡っているホールの上いっぱいに拡《ひろ》げられているのではなかろうか。

――まあ、ばかな！　あたしとしたことが何をばかばかしいことを考えているのだろう。ふと気がついて、淑子は思わず声に出してそう自分自身をたしなめた。

――あたし、よほどどうかしているわ。そうだ、お兄さまの姿が見えなくなってから、あたしすっかり神経衰弱に罹《かか》っているのだわ。

――それにしてもお兄さまはどうなすったのだろう。あんなにあたしを愛してくれていたのに、なぜひと言も言わないで突然姿を隠してしまったのだろう。

淑子は悲しげに長い睫《まつ》毛《げ》を伏せた。

彼女のこの邸《やしき》における位置はかなり変なものだった。彼女と兄の三郎は、この邸に引き取られて大きくなった孤児だった。なんでも二人の祖父が男爵家の先代には忘れることのできない恩人だというので、二人が孤児になるとすぐこの邸へ引き取られた。そして、兄妹《きょうだい》のない田鶴子と、まるで真実の兄妹のように育てられてきた。

しかし、それは表面だけのことで、裏へ回ればいろんな気まずい思いがないでもなかった。

田鶴子はこの家の一人娘だという意識からあくまでもわがままで驕慢《きょうまん》だったし、二人の兄妹は常に深い慎みを忘れることはなかった。田鶴子が王家の虎《とら》のような逞《たくま》しい美しさだとしたら、淑子は日陰に伸びた蔓草《つるくさ》のように頼りない身の上だった。だから、彼女にとっては何よりも兄の三郎が頼りだった。その三郎が突然姿を隠したのだから、彼女がいかに深い憂鬱《ゆううつ》に閉じ込められたとしても無理ではなかった。

——田鶴子さんは知っている。お兄さまがなぜ家出をしたか、どこへ行ったか、田鶴子さんはきっと知っていらっしゃるに違いないわ。

しかし、口に出して問い詰めることのできない淑子だった。

「あたしが……？　どうして？　あたし、あなたのお兄さんの番人じゃないことよ」

田鶴子の答えはいつも決まっていた。

——淑子は突然、むかむかと吐きそうな胸苦しさを覚えた。なんだか、ホールの喧噪《けんそう》の中に巻き込まれているのが耐えがたいような苦痛だ。

「おや、どうなすったのですか。お顔の色が真っ青ですよ」

近くにいた青年紳士が、ふと彼女の顔色に気がついて親切そうに注意した。

「そうですか。でも、あたしなんでもありませんの」

なんでもないことはなかった。兄が行方不明になってからの心労に加えて、この誕生日のお祝いのために三日ほど夜の目も寝ずにお手伝いをさせられた彼女はすっかり疲れ切っているのだ。彼女は一刻も早く自分の寝室へ帰りたかった。

しかし、ちょうどその時、折悪しくも満場の拍手に迎えられて田鶴子がピアノの前に立ったところだった。そんな際に場を外すということはどんなに田鶴子を怒らせるか、淑子はよく知っていた。だから、彼女は苦しいのを怺《こら》えて、隅のほうにじっと坐《すわ》っていた。

間もなく、田鶴子のピアノ弾奏が始まった。

田鶴子のピアノは確かにうまかった。彼女の教師は天才だと言って賞《ほ》めたというが、それほどでないにしてもお嬢さん芸の域は確かに脱していた。

ところがどうしたものか、その晩の彼女の指先には日頃《ひごろ》の元気がまったくなかった。お得意の曲で何遍も聴衆の前で弾奏した経験があるにもかかわらず、ときどき間違ったりためらったりした。むろん、客たちは紳士淑女ばかりだったからなにも言わないで静粛を守っていたが、心の中では不審に思わないではいられなかった。

そうして、曲がだんだん終わりに近づいてきたときである。ふいに、バサバサというような小さな物音が天井のほうから聞こえてきた。それはごく微《かす》かな音だったが、しんと静まり返っている折からだったのでだれの耳にも入った。

蛾《が》だ。一匹の大きな蛾だ。

蛾はまるで狂ったようにくるくると大装飾灯《だいシャンデリア》の周りを飛び回っていたが、だんだんピアノのほうへ近寄っていった。時候外れのこの虫を見ると、みんな厭《いや》な顔をした。婦人たちはその虫の振り落とす粉を避けるために、声を上げて跳びのいたほどだ。

蛾は人々の心を掻《か》き乱しながら、とうとうピアノの傍《そば》まで行った。そして、田鶴子の前に開かれている楽譜の上に、ぴたりとその羽を休めた。それを見たとたん、

「あれー」

と叫んで、田鶴子はピアノから跳びのいた。近くにいた人々が二、三人、驚いて彼女の傍に駆け寄ると、その拍子に蛾はまたひらひらと天井へ舞い上がっていったが、不思議なことには蛾が飛び去ったにもかかわらず、白い楽譜の上にはくっきりとその虫の形が印づけられている。駆け寄った紳士は不思議そうにそのマークに指を触れたが、たちまちさっと顔色を変えた。

「血だ!」

と一言叫んで、彼は棒立ちになった。

不吉な蛾がもたらしたもの、それは不気味な鮮血のマークだった。

銀のシガレットケース

そののちに起こった男爵邸の混乱は、ここに改めて細叙するまでもあるまい。それは新聞紙上に、奇怪な惨殺事件として大々的に掲げられたものであるから。

その夜、召使いによってあの恐ろしい報道がもたらされたのは紳士が、

「血だ！」

と叫んでから三分とは経《た》たないうちだった。

召使いは日頃《ひごろ》の嗜《たしな》みも打ち忘れたもののようにあわただしくホールへ駆け込んでくると、いきなり田鶴子の傍《そば》へ寄って声も切れ切れに叫んだ。

「大変です。――片山さまが、片山さまが……」

召使いはそれだけ言って、あとの言葉を続けることができなかった。

「静かになさい。いったい片山さんがどうしたというの」

さすがに主人役だけあって、田鶴子はそんな場合にも一応召使いをたしなめることを忘れなかった。

「は、はい。あの……ナイフで刺されて、血塗《ちまみ》れになって……」

「殺された!?」

田鶴子の唇から洩《も》れた最初の言葉はそれだった。そして、そのまま彼女は傍らにいた紳士の腕の中に倒れ込んだ。

邸内はたちまち上を下への大騒ぎ。

召使いの案内で、数人の紳士が片山専一の死骸《しがい》を見出《みいだ》したのはそれからすぐあとのことだった。彼は背後から心臓を貫く刀傷を受けて、床の上に俯《うつぶ》せに倒れていた。そこらじゅう血潮の海だ。

見ると、死骸の脚の上にかかっているカーテンのちょうど胸の高さのところに、ナイフがまだ突っ立ったままで、血に染まった尖先《きっさき》をぎらぎらと不気味に光らせている。カーテンの外はバルコニーだ。

思うに、片山はカーテンの傍に立っているところを、外のバルコニーからひと突きに突き殺されたものらしい。婚約披露のために着飾った晴れの燕尾服《えんびふく》は、いまや死出の衣裳《いしょう》となってしまった。そして、誕生日の祝宴は一瞬にして、血塗られた地獄絵と変わり果てたのである。

事件はただちに所轄の警察へ報告された。そして、あわただしい警察官たちの来訪――気の毒なのは、その夜招かれた紳士淑女だ。彼らは一刻も早くこの恐ろしい場所から逃げて帰りたかったが、一応の取調べが済むまでは一歩も外へ出ることは許されなかった。仕方なしに彼らはホールの隅っこのほうに、あちらに三人こちらに五人と、額を集めてひそひそ話を交わしている。

もしその時、自動車運転手のあの証言がなかったなら彼らはもっと遅くまで、おそらくは翌日の朝まで引き止められたかもしれないのだ。運転手の証言というのはこうである。

「はい。わたしは確かに見ましたのでございます、あのバルコニーからひらりの飛び降りた黒い影を。変だなとわたしは思いました。泥棒かなと思いました。でも、こんなに大勢さまがお集まりのところへ、まさか泥棒でもあるまいとそうは思いましたが、なにかしら怪しいやつと思ってこっそりその跡を尾《つ》けてまいったのです。ところが、あの鐘楼のところまで来ると、ふいにその男がくるりとこちらを向いたのですが、それがあなた、目も鼻も唇もない真っ白な顔で……はい、確かにあの髑髏《どくろ》仮面《かめん》でございます。わたしはもう、それを見るとぞっといたしまして、慌てて逃げて帰ったのでございます」

運転手はこう語ると、さも恐ろしそうに身を慄《ふる》わせて辺りを見回した。

果然、髑髏仮面だ！

係官もむろん、髑髏仮面の噂《うわさ》は聞き知っていた。いままで愚民どもの妄言として聞き流していたのだが、その髑髏仮面が突如犯罪の現場へ姿を現したのだ。否、否、これこそ髑髏仮面の大犯罪の第一歩かもしれないのだ。

警察官たちは急に緊張した。

なるほど、バルコニーの下を調べてみると、だれかが飛び降りたらしい跡がくっきりとついている。そこから点々として続いている靴跡こそは、いうまでもなく髑髏仮面の足跡に違いない。靴跡は広い庭園を横切って、邸内の一角に聳《そび》えている鐘楼のあたりまで続いていたが、そこでぷっつりと消えていた。

この鐘楼というのはかつてここに建っていたメソジスト教会の名残で、吉井男爵がその辺りの地所を買い占め、そこに広大な邸宅を建てたとき、この鐘楼だけは取り壊さずに残しておいたものなのだ。だから、いまでも庭園の一角に古びた鐘楼が雲衝《つ》くばかりに聳え立ち、それが霊南坂界隈に一種の風情を添えているのだった。

「おい、客人たちはもう引き取ってもらってもよろしい。犯人はこの鐘楼の裏から塀を乗り越えて逃げていったに違いないのだ。しかし、念のために一応宿所を書き止め、いつでも召喚に応じられるように計らっておいてくれたまえ。それから、家人はみんなホールのほうへ集まっていただくように」

鐘楼のぐるりを幾度となく歩き回って地上の足跡を調べていた捜査課長は、何を思ったか突然顔を上げると、部下の者にそう囁《ささや》いた。そうして、雨模様の空に物凄《ものすご》く聳えている謎《なぞ》の鐘楼をもう一度つくづくと仰ぎ見ると、彼もまたすたすたとホールのほうへ取って返した。鉛色の月光を宿した千切れ雲が切れ切れに飛んで、嵐《あらし》の来訪を思わせるような夜だった。

客たちがひとしきりざわめき立って帰っていったあとの大ホールは、静けさを通り越してむしろ凄愴《せいそう》なくらい陰気な気分が漲《みなぎ》っていた。大装飾灯《だいシャンデリア》がいたずらに煌々《こうこう》と輝いていて、あわただしく行き来する警官たちの姿を白と黒とでくっきりと隈取《くまど》っている。

淑子はぐったりと疲れ果てて、隅のほうの椅子《いす》に身を埋めていた。先日来の疲労に加えて、宵からの異常な昂奮《こうふん》が繊弱な彼女の肉体を痛々しく責め苛《さいな》んでいた。突然、彼女は自分の名を呼ばれて物憂げに顔を上げた。見ると、目の前には厳《いかめ》しい顔つきをした警官とともに、これもまた疲れ果てたような顔をした田鶴子が立っているのだ。

「お疲れのところを恐れ入りますが、二、三お訊《たず》ねいたしたいことがございますので」

捜査課長は慇懃《いんぎん》な調子で言った。

「はい、どんなことでございましょうか」

淑子はしいて自分自身を励ましながら、やっとこれだけのことを言った。

「いま令嬢から承りますと、あなたは宵に庭のほうで不思議な男をお見かけになったそうでございますが」

「は、そのことでございますか……」

淑子はそこで、あの奇怪な髑髏仮面を見たという話を仔細《しさい》に物語った。捜査課長はいちいち頷《うなず》きながらその話を手帳に書き留めていたが、淑子の話が済むと、

「それで、あなたは何か、その男についてお心当たりはございませんか」

「いいえ、いっこうに……」

「いや、ありがとうございました。ところでもう一つ、あなたにお訊ねしたいことがあるのですが、このシガレットケースに見覚えはございませんか」

捜査課長はそう言いながら、ポケットから銀のシガレットケースを取り出した。それは銀地に七宝で孔雀《くじやく》を描き出した華麗なシガレットケースだったが、それをひと目見ると淑子はさっと顔色を変えた。彼女はわなわなと指先を慄わせながらしばらくそれを眺めていたが、ようやくその驚愕《きようがく》を押し包むと、

「い、いいえ、いっこう見覚えはございません」

と、消え入りそうな声音で答えた。

「本当ですか。ご存じのことは何もかも言っていただきたいのですが。——言っておきますが、これはバルコニーで発見されたもので、たぶん犯人が持っていたものだろうと思うのですが」

「本当よ、淑子さん。あなた知っていらっしゃるなら、この場合何もかもぶちまけたほうがいいのよ」

と、傍から田鶴子も口を出した。

「でも——でもあたし、なにも知らないんでございますもの」

淑子は救いを求めるように田鶴子の顔を振り仰いだが、すぐその目を伏せてしまった。

「いや、ありがとうございました。何かお気づきのことがございましたら、またのちほどお知らせください」

捜査課長は慇懃に頭を下げたが、肚《はら》の中ではこの女、何かもっといろんなことを知っているな、よしよしいまにすっかり泥を吐かせてやるから——と、恐ろしい企《たくら》みを呟《つぶや》いているのだった。

鐘楼の惨劇

しかし、捜査課長のそういう自信や警察必死の努力の効なく、吉井《よしい》男爵邸の殺人事件は謎《なぞ》のまま一週間は過ぎた。

姿を現したが最後引っ捕らえてやろうと霊南坂付近には私服刑事が手ぐすね引いて待ち構えているのだったが、あれ以来髑髏仮面《どくろかめん》は杳《よう》として姿を現さない。奇怪なる髑髏仮面、彼の目的はやはり片山専一殺害にあったのか。そして、その目的を完全に果たした彼は警官の目を巧みに晦《くら》まして、どこかの空で赤い舌をぺろりと吐き出しているのではなかろうか。

否、否。——事実の真相は常に人間の想像力を超越しているものだ。あの不気味な髑髏仮面の背後に隠された、言語に絶した悲惨——凄愴《せいそう》なる場面を思うとき、筆者は常に慄然《りつぜん》たらざるを得ないのである。

それは片山専一が凶刃に斃《たお》れてより、ちょうど八日目に当たる深夜のことであった。午前中に出た暴風の警告は夜になって事実となり、関東一帯、前代未聞の台風に襲われた。家も樹《き》も人も、ひとたまりもなく吹き飛ばされそうな大嵐《おおあらし》——空には銀色の星がばら撒《ま》かれたように輝いているのに、地上は暗澹《あんたん》として荒れ狂う嵐の前に息を凝らして閉塞《へいそく》している。それがいっそう不気味だった。

深夜の一時ごろ、吉井男爵邸の奥庭では、この台風を衝《つ》いて足を急がせている二個の人影があった。

「田鶴子さん、それは本当なのですか」

真正面から襲ってくる嵐に顔を背けながら、息も切れ切れにそう訊《たず》ねたのは淑子だ。

「本当ですとも、あたしは確かに三郎さんの姿を見たのです。なにも言わずにあたしについていらっしゃい」

そう答えたのは確かに田鶴子だ。

二人とも寝間着の上に外套《がいとう》を羽織ったままで、寒さと昂奮《こうふん》のためにガタガタと躰《からだ》を慄《ふる》わせている。わけても淑子は、言おうようなき混乱に心を乱されていた。

たったいままで、先日来の疲労のために彼女はぐったりと寝室の中で寝ていたのである。そこへ飛び込んできた田鶴子がいきなり、兄に会わせてやろうという話――彼女はまるで見残した夢の跡を追うような気持ちで夢中になってここまで来たものの、荒れ狂う嵐の物音は急に彼女を怯《おび》えさせた。

「田鶴子さん、もう帰りましょう。こんな嵐にあたしとても――」

「何を言っているのです。あなたはあんなに三郎さんに会いたがっていたではありませんか。さあ、ぐずぐずしないでいらっしゃい」

田鶴子は相手の手を取って引き摺《ず》らんばかりの権幕で足を急がせる。真正面から飛んでくる小砂利が目といわず口といわず。所嫌わず襲ってくる。どこかで、ミシミシと大木の折れる音がした。

いったいどこへ行こうとするのか、彼女らの行く手には古色蒼然《こしょくそうぜん》たる鐘楼が吹き荒れる嵐の中にも巍然《ぎぜん》として聳《そび》えている。

「兄は……兄はいったいどこにいるのでございますか」

「三郎さんはね、ほら、向こうのあの鐘楼の中にいるのよ」

「まあ」

と淑子が魂も潰《つい》えるような声を上げたとき、二人ははや鐘楼の前まで来ていた。田鶴子はそこで淑子の手を離すと、懐中から古びた鍵《かぎ》を取り出して手早く大きな鉄のドアを開いた。中は墓穴のように真っ暗だ。

「まあ、こんなところに兄が……」

「しっ！　黙ってついていらっしゃい」

田鶴子はまたしても淑子の手を取った。何年間か閉ざされたままの鐘楼の中は埃《ほこり》と蜘《く》蛛《も》の巣と、腐敗と妖気《ようき》の渦巻きだ。さすがの田鶴子も思わず眉《まゆ》をひそめると、ハンカチで鼻を掩《おお》った。

やがて彼女は奥まった狭い一室に淑子を連れ込むと、持ってきた蠟燭《ろうそく》に初めて火を点《つ》けた。めらめらと燃え上がったはかない炎――その光で初めて部屋の中を見回した淑子は、思わずあっと低い悲鳴を上げた。

ぼろぼろに朽ち果てた壁、ぶよぶよになった床板、ぴったりと壁に吸いついている守宮《やもり》の群れ。――しかし、兄は？　兄はいったいどこにいるのだろう。

「何をきょろきょろしていらっしゃるの。三郎さんなんかどこにもいないわよ」

田鶴子は突然、ヒステリックな声を上げて勝ち誇ったように笑った。陰々たる声だ。それが狭い部屋じゅうに反響して物凄《ものすご》い旋風を巻き起こす。淑子は怯えたように肩を慄わせて田鶴子の目を見た。

「三郎さんに会わせると言ったのは嘘《うそ》よ。そうでも言わなきゃ、とてもあなたは連れ出せないと思ったからよ」

田鶴子の態度には、なにかしら異常なものがあった。淑子は本能的に自分の危険を感知した。

「まあ。でも、でも、どうしてこんなところへ……」

彼女は恐ろしそうに辺りを見回しながら叫んだ。その顔はまるで子供が泣くときのように悲しげに引き歪《ゆが》んでいる。

「なぜ……？　そうよ。あたし、あなたときっぱり話がつけたかったの。あたし、だれからも恩恵的なことは決して受けたくないのよ。これがあたしの性分なの。だから今夜、あなたときっぱり話がつけたいのよ」

「何のことですか、あたしにはよく分かりませんわ」

淑子は弱々しく呟《つぶや》いた。それを聞くと田鶴子は怒りに堪えぬように、

「まあ、白々しい。あたし、あなたのその偽善者面を見ると癪《しゃく》に障ってたまらないのよ。なぜ、あなたあたしを告発しないの。なぜ、あなたあたしを人殺しだと警察に申し出ないの。あたし、あなたなんかに庇《かば》っていただくことはまっぴらよ」

「まあ、あなたが人殺し？」

淑子はぎょっとして叫んだ。

「嘘です。嘘です、そんなことが……」

「白々しい。何もかも知っているくせに、まだあんなことを言ってるのね。あなたあの孔雀《くじゃく》模様のシガレットケースを見たときから、あたしが片山を殺した犯人だということを知っていたのでしょう。あの時、あなたはなぜそれを田鶴子さんのものだと大っぴらに言わなかったの。あたしにはあたしで、何とでも言い抜ける方法はあるわ。だけど、あなたなんかに庇われていると思うと、あたしは口惜《くや》しくてたまらないわ」

田鶴子はほんとうに口惜しそうに、身悶《みもだ》えしながら叫んだ。

「まあ、それじゃあれは……」

淑子は急に訳の分からない疑惑にぶつかった。彼女は絡みつく蜘蛛の巣を払いのけるような恰好《かっこう》で床にへたり込み、全身をわななかせながら、

「あれは――あれは、あなたのものだったんですの。でも、でも、あたしは兄の持っていたものだとばっかり思っていましたのに……」

「そうよ。あなたの兄さんがあたしにくれた品よ。あたしの煙草《たばこ》好きはあなただってよく知ってるでしょう」

「それじゃ、あなたが片山さんを殺した――」

「そうよ、犯人よ」

田鶴子はきっぱりと言った。

「それがどうして？　あなたは何もかもよく知っていながら、どうしてそんなにびっくりしたような顔をなさるの。あの男はだいいち僭越《せんえつ》よ。父の召使いのくせにあたしを脅

迫して結婚しようなんて。だから、あなたの兄さんと同じように殺してやったのよ」

「え？　あたしの兄と同じように……」

淑子は突然、絶叫した。田鶴子の目、田鶴子の唇、田鶴子の態度。——嘘を言っているとは思えない。そうだ、やはりこの人が兄を殺したのだ。そして、わたしも殺そうとするのだ。

淑子は一瞬にしてすべての事実を覚《さと》った。恐怖だ。絶望だ。入口の前には田鶴子が立っている。逃げるにも逃げられない。——田鶴子は相手の様子を見て嘲笑《ちょうしょう》するように、

「そうよ。あなたの兄さんと同じように」

と、ゆっくりと味わうように言った。

「あたしだれでも、自分の気に入らない人を傍《そば》へ置いとくのは嫌いなのよ。三郎さんがそうだったわ。あたしが少し甘い言葉をかけてやるとすぐ思い上がって、結婚してくれなきゃわれわれの秘密を父に告げるなんて脅かしたのよ。あたし、そんな風に困らされることは性に合わないの。だから、あの人を古井戸へ突き落としたんだわ。かわいそうに、いまごろあの人は井戸の底で虫に食われて骨になっているでしょうよ」

田鶴子はさも事もなげに、高らかに笑った。

殺人鬼だ。恐るべき殺人鬼だ。彼女は自分のやったことの善悪さえ判別できないのではなかろうか。淑子はいまや、言いようのない恐怖と絶望に包まれた。田鶴子の目を見ると、まるで狂犬のようにぎらぎらと輝いている。三郎を殺し、片山を殺した殺人鬼の

目だ。その殺人鬼の目はいままた新しい犠牲者を前にして、さも好もしそうに輝いている。

「救《たす》けてください。救けてください。あたしはなにも知りません。あたしはなにも知らないのです」

淑子は喘《あえ》ぎ喘ぎ叫ぶと、最後の力を振り絞って必死になって床から起き上がった。自己防禦《ぼうぎょ》の本能が、いざとなると彼女のような繊細な女性をも勇気づけるものだ。田鶴子はもちろんそれを見逃さなかった。彼女は突如、猫のように淑子に跳びかかると、殺人鬼の血塗られた腕をもって淑子の細い頸《くび》をしっかりと捉《とら》えた。恐ろしい争闘だ。血に飢えた殺人鬼と、可憐《かれん》な犠牲者の死を賭《と》しての争闘だ。

争闘は一瞬にして終わった。むしろ呆気《あっけ》ないくらい雑作なく終わった。しかし、なんという不思議なことだろう。負かされたほうは淑子でなく、田鶴子のほうだった。かっと目を見開き、醜い舌をだらりと垂れて床の上に長くなって倒れているのは淑子ではなくて、田鶴子ではないか。

その傍には呆然として淑子が息も絶え絶えに立《た》ち竦《すく》んでいる。

「淑子……」

その時ふいに、背後から彼女の肩を軽く抱き竦めた者があった。はっとして本能的に振り返った彼女は、そこにまたもや恐ろしいものを見た。

髑髏仮面だ！　鼻の欠けて唇のない、洞穴《の》のような目をした醜い顔。死人の臭《にお》いのする髑髏仮面だ！　淑子は悲鳴を上げて跳び退いた。

「淑子、おれだよ。おまえの兄の三郎だよ」

髑髏仮面は醜い歯をカチカチと鳴らしながら、悲しげに呟いた。なるほど、そういえばどこやら声音が似通っている。しかし、しかし——淑子はまるで悪夢を払いのけるように後退《あとずさ》りした。

「淑子、おまえが疑うのも無理はない」

醜い髑髏仮面は悲痛な声で呟いた。

「おれはいったん死んだ人間なのだ。ここにいる田鶴子のために殺された人間なのだ。七日間……そうだ七日間、おれはあの古井戸の底に死んでいた。しかし、神さまはそのままおれを死なしてはくださらなかった。八日目に、おれは古井戸の底で息を吹き返した。息を吹き返したおれは助かろうという一心から、とうとうこの鐘楼の一室に通じている抜け道を発見したのだ。あの古井戸からここまで抜け出してきた刹那《せつな》、助かったという喜びからどんなにおれは躍り上がったろう。……しかし、しかし淑子、この顔を見てくれ。これでもほんとうに助かったと言えるか。仮死状態の七日の間に、おれの顔の肉は腐り果ててしまったのだ。恐ろしい髑髏だ、醜い髑髏仮面だ」

三郎の声音はそう言ううちにも、だんだん弱くなっていく。淑子はこの異常な告白に、身動《みじろ》ぎすることもできなかった。三郎はともすれば突っ伏しそうになるのを怺《こら》えながら、

「その時のおれの悲しみ、絶望、怒り。……淑子、それはおまえにも分かるまい。おれは恨んだ、泣いた、怒った。無情な運命の神に対して地団駄踏んで口惜しがった。それ

にもかかわらず、なあ淑子、おれはこの女を忘れることができなかったのだ。この恐ろしい殺人鬼、おれを殺し、片山を殺したこの女だ。おれはこの女を忘れることができなかったのだ」

突然、三郎はがっくりと前へのめった。淑子はあわてて傍へ駆け寄ると、目に涙をいっぱい湛《たた》えてかわいそうな兄を抱き起こした。兄だ。兄だ。いまはもう疑うところもない。兄の三郎だ。

「お兄さま！」

彼女は上擦った声で、精一杯に叫んだ。三郎はその手を払いのけながら、

「もういい。――淑子、おまえは早く向こうへ行ってくれ、……おれは、おれは、この女の傍で死んでいく。駄目だ、駄目だ。おれは毒を嚥《の》んでいる。……でも、おれはこれで本望なのだ。淑子、おまえは早く向こうへ行ってくれ」

それが三郎の最期の言葉だった。突然、彼は真っ赤な血をかっと吐き出すと、断末魔の痙攣《けいれん》が蛇のうねりのようにその全身を襲ってきた。

それから間もなく、混乱した頭を抱いて蹌踉《そうろう》と母屋のほうに帰っていく淑子は、ふと背後に当たって火の手を見た。彼女はふと蠟燭の灯を消し忘れたことを思い出したが、取って返そうとは思わなかった。燃えろ、燃えろ、何もかも燃えてしまえ。

火は飄風《ひょうふう》に煽《あお》られてみるみるうちに燃え拡《ひろ》がっていった。そして、霊南坂の上に聳え立つ鐘楼は、たちまちのうちに一団の焔《ほのお》と化した。すべての秘密を押し包んで――

恐怖の映画

撮影所《スタジオ》のせむし

河村《かわむら》プロダクションの人気俳優菅井良一《すがいりよういち》は、薄暗い第二ステージの中でぎょっとして立ち止まった。

ごたごたしたセットや大道具の向こうに、何かしら奇怪なものが立っているのだ。天井のガラスを洩《も》れて来る仄白《ほのじろ》い月光に朧《おぼろ》げな輪郭を浮き立たせて、じっとこちらを見つめている。良一はしばらく、射《い》すくめられたように、一所《ひとところ》に立ちすくんだまま、もじもじとそれを見据《みす》えていたが、やがて眼が慣れてくるに従って、ようやく相手の正体が分かってきた。

「なんだ。鉄の処女か」

良一はほっと安堵《あんど》の吐息を洩らすと、苦笑を浮かべながら再び歩を運んだ。

時間はちょうど夜の十二時過ぎ。別棟《べつむね》になっている向こうの第一ステージでは、今しも夜間撮影が行なわれている最中で、昼をも欺くライトが煌々《こうこう》と照り渡っている。それに引き比べて廃物も同様になっているこの第二ステージときたら、まるで空《あ》き蔵《ぐら》の中のように真っ暗だ。おまけに不用になったセットや大道具が、玩具箱《おもちゃ》をひっくり返したように詰め込まれていて、うっかり足も踏み出せない。さっき良一が、ぎょっとして立ち止まった怪物というのも、実はその大道具の一つなのである。鉄の処女——といえば御存じの方もあるだろう。中世期ごろ、欧州で盛んに用いられた最も惨酷な死刑道具の一つである。全体の形はちょうど妙齢の処女が釣鐘《つりがね》マントを着て立っているような格好で、全部厚い鋼鉄でできている。中はようやく人間一人立っていられるくらいの空洞《うつろ》になっていて、前の方には観音開きになる二枚の扉がついているのだが、この扉の裏といわず、空洞の内部といわず、一面に鋭い鋼鉄の針が植えつけられているのだ。死刑を宣告された囚人は、この空洞の中に立たされる。そして二枚の扉が締まると同時に、鋭い鋼鉄の針は囚人の肉を情け容赦もなく刺し通す仕掛けになっているのである。

そういう血みどろな歴史を知っているだけに、良一がぎょっとして二の足を踏んだのも無理ではなかった。むろんこの撮影所にある鉄の処女は、物好きな所長の河村省吉《しょうきち》が、何かの撮影の折りに使うつもりで、横浜の古道具屋から見つけてきた模型にすぎないので、内部にそんな恐ろしい仕掛けがあるわけでなかった。それにもかかわらず端麗な容貌《ようぼう》に、冷たい無言の笑いを秘めている鋼鉄の顔を見ると、なんとはなしにぞっとするような恐怖を覚えずにはいられないのであった。

良一は顔をそむけると足早やにその恐ろしい人形の前を通り過ぎた。そしてステージの一番奥まった場所まで来ると、ようやく足を止めてきょろきょろとあたりを見回した。そこはかつて、貴夫人の化粧室か何かに使ったセットの名残《なご》りらしく、贅沢《ぜいたく》な部屋作りの隅《すみ》に、大きな緋色《ひいろ》の寝椅子《ディヴァン》がすえつけてあった。良一はわざとそれを避けて他の椅子《いす》に腰を下ろすと、ポケットから煙草《たばこ》を取り出して、かちっとライターを鳴らした。その時彼は、ふと暗闇《くらやみ》の中に、怪しい人影の蠢《うごめ》くのを見つけて、ぎょっとして椅子から腰を浮かせた。

「だれだ、そこにいるのはだれだ」

良一は灯《ひ》のついたライターを持ったまま、ごたごたしたセットの向こうに眼をすえた。そのとたん「畜生!」と低い声が叫んだかと思うと、むっくり子供のような影が暗闇の中に浮き上がった。

「なんだ。木庭《こば》じゃないか。おれはまた化け物かと思ったぜ」

良一は相手の正体が分かると、ほっとして吐き出すようにそうつぶやきながら、よく脅《おど》かされる晩だと思った。

良一が化け物だといったのも無理ではない。彼の方へ近づいてきた男というのは、ひどいせむしの上に、腰の骨がゆがんでいるとみえて、歩くたびにひょこりひょこりと体が左右に揺れるのだ。おまけに子供ぐらいの背丈《せたけ》しかないのに、顔だけは立派な大人になっていて、厚い唇《くちびる》の周囲には、始終《しじゅう》痴鈍らしい薄笑いが浮かんでいる。どう見ても化け物としか見えない姿だった。

「おまえ、今ごろこんなところで何をしているのだ」

「あん畜生、しようのねえ野郎でさ。ひでえこと手の甲を掻《か》きむしりゃがった」

「どうしたんだ。喧嘩《けんか》でもしたのかい？」

「うんにゃ、猫《ねこ》でさ。ここへ小道具を取りにくると、またいつもの黒猫の野郎が悪戯《いたずら》をしてやがったので、たたき殺してやろうと思ったんですが、なにしろすばしこい野郎で、ほら、こんなひでえことをして逃げやがった」

なるほど、見れば右の手の甲に痛ましい蚯蚓《みみず》腫《ば》れができて、赤い血さえ滲《にじ》んでいる。

「なんだ、猫か」

「猫、猫とおっしゃるがあいつはただの猫じゃありませんぜ。化け猫でさ。気味の悪いちゃありゃしねえ」

しかしそういう彼の方がよほど気味悪い。

この男は、前からこんな惨《みじ》めな不具者ではなかった。最初はカメラマンの助手としてこの撮影所へ入ってきたのだが、撮影所などによくある災難で、ある時ふいに倒れてきた大道具の下敷きになって、命だけはかろうじて取りとめたものの、脊髄《せきずい》をひどく打ったらしくそれ以来今のような哀れな姿になった上に、頭の調子も普通ではなくなった。

そういう彼が、今でもこうして撮影所にいられるのは、全く所長の河村省吉の温情主義の結果にほかならないのであった。

「それで何かい、小道具は見つかったのかい」

「ええ、今やっと見つけましたよ。明日の朝の撮影に使うんで、今晩じゅうにちゃんとそろえとかなきゃまたお目玉でさ」

そういいながら、木庭は初めて気がついたように、怪訝《けげん》な顔をしてじろじろと良一の姿を見ていたが、不意に狡猾《ずる》そうな笑いが顔いっぱいに広がった。

「菅井さん、俺《あっし》よりもあなたこそこんな所で何をしているんですね」

良一はぎょっとした。彼は無言のまま無気味な相手の眼の中を見詰めていた。

「へへへ、隠さなくともよござんすよ。分かってまさ。お楽しみなことで。ねえ、そうでしょう菅井さん」

「いいからきみは早く向こうへ行きたまえ。僕は少しここで考えごとがあるんだ」

「いいじゃありませんか、俺《あっし》はだれにもしゃべりゃしませんよ。ここで女優さんと媾曳《あいびき》をしようてんでしょう。ねえ、菅井さん。罪ですぜ、あんまり浮気すると……」

「うるさい！」

ほんとうをいうと良一はさっきから焦々《いらいら》していたところだった。そこへもってきて、いやらしい調子で図星を指されたものだから、彼は思わずかっとなった。

「馬鹿、余計なこと言うな」

良一がそう叫ぶと同時に、哀れなせむしはまるで鞠《まり》のようにころころと床の上に転げていた。

「馬鹿野郎、余計なことをしゃべるからこんなことになるんだ。早く向こうへ行け。だれにもこんなことしゃべるんじゃないぞ」

木庭は痛そうに顔をしかめながら、無細工な格好でやっと床の上に起き直った。見ると顳顬《こめかみ》が破れて薄く血が滲んでいる。木庭はそれを押さえながらじっと刺すように良一の顔を見ていたが、やがてきりきりと奥歯を嚙《か》み鳴らす音が聞こえた。そしてそのまま物もいわないで、くるりと背を向けると、ひょこりひょこりと無格好な歩き方で暗闇の中に姿を消して行った。

危険な媾曳《あいびき》

良一はじっとその後ろ姿を見送っていたが、なんとはなしに不安な胸騒ぎを感じてきた。あの痴鈍な怪物が口走った言葉は、弾丸のように彼の胸を貫いた。あの男のいったとおり、彼はここで一人の女と媾曳をしようとしているのだった。しかも相手というのは、所長の河村省吉の愛妻であると同時に、この河村プロダクションの首脳女優である蘭子《らんこ》だった。

元来この河村プロダクションというのは、所長の河村省吉が、金のあるにまかせて道楽半分に起こした撮影所で、俳優などもみんな素人ばかりだった。良一もむろんその中の一人だったが、いつの間にやら彼だけは、持って生まれた美貌《びぼう》と天分とで、他の大会社の人気俳優とも肩を並べられるようになっていた。そうなってくると彼には大きな野心が起きてきた。いつまでも彼は、この惨めな個人プロダクションの一俳優でいたくなくなってきた。現に一週間ほど前にも、さる大会社から入社の交渉を秘密裏に進めてきていたのである。むろん良一はその条件に対して不服はなかった。しかしそうなると彼にはこのプロダクションから身を退《ひ》く前に、ぜひ清算しておかなければならぬことが一つあった。彼はそれを、これから果たそうと思っているのだった。

「どうしたの、菅井さん、何をそんなにぼんやりしているのよ」

ふいに後ろから背中をたたかれて、良一ははっと気がついた。

「おや蘭子さん、あなたいつの間に来ていたのです」

「さっきから来てたのよ。でもあの木庭の奴《やつ》がいるもんだから隠れてたの」

蘭子は撮影の合間を見て抜けて来たとみえて、派手なスペイン風な踊り子の衣裳の上に、薄いスカーフを捲《ま》きつけていた。蘭子はそのスカーフを取り除けながら、自分から寝椅子《ねいす》の上に腰を下ろすと、全身に異様な媚《こ》びを湛《たた》えて良一の次の行動を期待していた。

良一はそれを見るとある忌まわしい連想のために思わず顔をしかめた。彼は一刻も早くこの不愉快な会見を切り上げたいと思ったので、思い切って口を開いた。

「蘭子さん、僕、今夜はまじめな用事であなたをお呼びしたのですけれど……」

「分かってるわ。戴《いただ》いた手紙でそのことなら分かっているわ。で、いったいどんな用事なの」

「今日限り僕はあなたと別れたいのです」

良一は思い切ってずばりといってのけた。それを聞くと同時に、蘭子の体は寝椅子の上でぎゅっと固くなった。血の気がさっと両の頰《ほお》から散って、憤怒と恥辱のために五体が細かく慄《ふる》えた。

「別れるとおっしゃるの、いったいどういう理由で？」

「僕、河村さんに済まないと思います。こんなことを続けているといずれは分かることですし……」

「河村に済まないとおっしゃるの？　ただそれだけの理由なの？」

「むろんです。僕は何も……」

「菅井さん、あなたそれを本気でいっていらっしゃるの。いいえ、いまさらそんなことをいえた義理だと思っていらして？　河村に悪いなんて、じゃだれがいったい河村に悪いような羽目にしたんです？」

突然蘭子の眼からは口惜《くや》し涙があふれ落ちた。彼女には何もかも分かっていた。男の冷酷な心も、自分がこの男の野心を満足させるために玩具《おもちゃ》にされていたことも。……この男は自分を踏み台にしていたのだ。そして新しい出世の途《みち》を摑《つか》んだ今となっては、自分という踏み台は不用なばかりか、むしろ邪魔にさえなるのだ。――

突然激しい感情が彼女の胸にこみ上げてきた。

「いいえ、いいえ、菅井さん、後生だからあたしを捨てないでちょうだい。あたしあなたに捨てられたら、死ぬよりほかに途はないわ。後生だからあたしを捨てないで……」

だがその言葉の途中で、二人とも思わずはっと息を呑《の》み込んだ。荒々しくステージの扉《ドア》が開く音がして、それに続いてあわただしい靴音《くつおと》が聞こえた。

「蘭子、――蘭子。――」

ごたごたしたセットの向こうに、河村省吉の呼ぶ声が聞こえた。

「河村よ」

「しっ！」

良一は蘭子の手をしっかり握りしめた。その手は石のように冷たかった。蘭子の激しい恐怖のために、怨《うら》みも口惜しさも打ち忘れて身を慄わせた。

「蘭子、――蘭子――」

河村の声と足音はだんだん近づいてくる。

「隠して――どこかへ隠してちょうだい、見つかったらあたし殺されてしまうわ」

良一は蘭子の手を取って二、三歩夢中になって歩いた。彼自身も激しい恐怖のためにどうしていいか分からないのであった。その時ふと例の鉄の処女が彼の眼についた。彼はやにわにその扉を開くと、素早く蘭子をその中に押し込んで扉を締めた。

「声を立てるんじゃありませんよ。あの人が出て行くまでここに隠れていらっしゃい」

彼は一口でそれだけのことをささやくと、一足とびに物影へ身を隠した。とその次の瞬間に河村省吉の真《ま》っ蒼《さお》に緊張した顔が彼の鼻先へぬっと現われた。

「蘭子――蘭子――」

河村は立ち止まって二、三度辺《あた》りへ呼ばわったが、幸い良一には気がつかない様子で、さらに奥の方へ進んで行った。良一はほっとすると鼬《いたち》のようにセットの間をくぐり抜けて表へ出た。

猫《ねこ》の足跡

良一が何気ない顔つきで、第一ステージの方へ現われたのはそれから間もなくのことであった。ステージの中では、病院のセットを取り巻いて役者たちが眠そうな眼をしていた。

「菅井さん、どこへ行ってたのです。所長さんに遇《あ》いませんでしたか」

「いいや、所長がどうかしたのかい？」

「なにね、撮影の途中で蘭子さんの姿が見えなくなったので、所長さんが探しに行ったんですが、あなた蘭子さんを知りませんか」

「知るもんか、僕は眠くてしようがないから散歩をしていたんだよ」

良一はわざと欠伸《あくび》を嚙み殺しながら、隅の方の椅子にぐったりと腰を下ろすと、内心それでもほっとした。俳優たちは眠さと疲労のために黙り込んで、だれ一人口を利《き》こうとするものはいない。真夜中の寒さがしんしんと身に沁《し》み込んで、白粉のかさかさになった頬は強張《こわば》ったように痛かった。

やがてそこへ所長の河村省吉が鞭《むち》を振りながら帰ってきた。

「菅井君、きみはどこへ行っていたのだ」

「僕は眠気ざましに散歩していたのですが、蘭子さんはどうしました」

「いない。どこにも見えないようだ」

「所長さん、なんとかなりませんか、僕もう寒くてしようがないんです」

「仕方がない、じゃ蘭子の出るところを抜かして、その次の場面《シーン》を撮《と》ることにしよう。みんな用意してくれたまえ」

それを聞くと一同は急に元気づいた。

これから撮《と》ろうとする場面は、瀕死《ひんし》の病床にある令嬢のもとへ、その恋人が駆けつけてくるというところであった。その令嬢には浜井美代子《はまいみよこ》という女優が扮《ふん》していた。恋人はいうまでもなく良一の役である。

やがて用意がととのった。そして河村の合図とともにクランクの音がガタガタと鳴り出した。その時である。

「畜生、こんどは逃がさねえぞ」

という荒々しい木庭の声が、セットの裏で聞こえたかと思うと、突然大きな黒猫が部屋の中へ躍り込んできた。黒猫は戸惑いしたようにまごまごとセットの中を逃げ回っていたが、やがて美代子の寝ている寝台の上へ跳び上がったかと思うと、ひらりと窓の外へ跳び出した。それを追いかけてゆくのだろう、あの不具者の荒々しい声が聞こえてきた。

　おかげで撮影はめちゃくちゃで、また初めから撮り直さなければならなくなった。黒猫にすっかり脅《おど》かされた女優の美代子は、一度跳び起きた寝台の方へ行ったが、何を思ったのか突然「あれ！」と叫ぶと真っ蒼になってそこに立ち竦《すく》んだ。

「浜井君、どうしたのだ。早くしないと困るじゃないか」

「だって先生、あれを――あれを御覧なさい」

　美代子が慄えながらやっと指さした方を見ると、一同は愕然《がくぜん》とした。寝台にかけた真っ白なシーツの上に、梅の花を散らしたように血の跡が点々とついている。猫の足跡だ。

「や、や、ここにも血の跡がついているぞ」

　だれかが叫んだ。なるほど見れば、緑色の絨毯《じゅうたん》の上にもおびただしい血の跡だ。それが遠くセットの外まで続いているのであった。

「おかしいな。今の猫は別に怪我《けが》をしているようにも見えなかったが」

　だれかがそんなことをつぶやいた時である。突然河村省吉が叫んだ。

「おい、今夜の撮影は打ち切りだ。だれか猫の足跡について行って、血の出所を確かめてきてくれたまえ」

　そういいながら、彼は良一と眼を見交わした。が、二人とも相手の眼の中に激しい不安と疑いを読み取ると、あわててその眼をそらしたのだった。

眼のない死体

良一は、今受け取ったばかりの手紙を前に置いてぼんやりとあの晩のことを考えている。手紙というのは、河村省吉から来たもので、今夜残りの部分の撮影を済ましたいから、八時ごろまでに撮影所へ来てくれという意味が述べてあった。良一はその手紙の裏に匿《かく》されているらしい真の意味を読み取ろうと苦心しながら、いまさらのように、あの惨劇の夜の恐ろしい光景を思い浮かべた。

猫の足跡をつけて行った捜索隊の一行が、第二ステージの奥まったセットの間に、蘭子の無慙《むざん》な死体を発見したのは、あれから間もなくのことであった。

彼女はスペイン風な踊り子の衣裳のまま埃《ほこり》っぽい床の上に打ち倒れていた。俯伏《うつぶ》した彼女の顔の下からは、べにがら色の血がどくどくと吹き出していた。最初にその死骸《しがい》に手をかけて、体を引き起こした男は、その顔をのぞき込むや否や、何を思ったのか突然わっと叫んだかと思うと蝗《いなご》のように跳びのいた。

「どうした、どうした」

後に続いた男がそう尋ねかけても、彼は碌《ろく》に返事もできないありさまで、歯の根をガタガタ鳴らせながら死骸の顔を指さしている。なんの気なくそこへ眼をやった男も、一眼それを見ると、思わずへなへなとその場へ崩《くず》折《お》れてしまった。

何がそんなに彼らを驚かせたのか。――無理もない。蘭子の死骸には眼がないのだ。無慙にも両眼をくり抜かれて、真っ黒なその凹《くぼ》みから、滾々《こんこん》として血が流れ出しているのだった。撮影所《スタジオ》の中の薄闇《うすやみ》に、はっきりとそれを認めると、後に続いた人たちもいっせいにわっと叫んで浮き足になった。

それから後の煩わしい騒動を、良一は今まざまざと思い浮かべた。良一は何度となく警官の前に呼び出されて、厳重な尋問を受けなければならなかった。その間に彼は、蘭子の死因が絞殺であることを知った。すると彼はふと、あの晩第二ステージへ蘭子を探しにきた、河村省吉のあの物すごい形相《ぎょうそう》を思い出した。嫉妬《しっと》のあまり省吉が、絞殺したのかもしれない。――良一は十中の八、九までそう心の中で決めていたが、さて警官に向かって自分の疑いを述べるわけにもゆかなかった。そうするにはぜひとも自分と蘭子とのあの夜の行動を述べなければならない。うっかりすると、その結果、かえって自分の方が悪くなるかもしれないのだ。――

良一はもう一人、あの不具者の木庭を疑っていた。死骸の両眼をくり抜くというような惨虐な所業は、あの半狂人の不具者をおいて他に考えられないことだった。良一は今でも、あの洞《うつ》ろな眼をかっと見開いた、血みどろな顔を思い出すことができる。すると彼は、背筋から冷水を浴びせられたようにぞっと悪寒《おかん》を覚えるのだった。

「ちぇッ！　いまいましい、こんなくだらないことを考えるのよせ、おれの眼の前には今大きな幸運がぶら下がっているのじゃないか」

良一は不吉な考えを振り落とすように、わざと声に出してそうつぶやくと、がばと昼寝の床の上に起き直った。

入社する大会社との交渉は着々として進行している。この事件が一段落つけば、即日彼は入社する運びになっているのだ。彼は楽しいその予想に胸をふくらませながら、もう一度、河村省吉からの呼出状を開いてみた。すると彼の眉《まゆ》はまたしても曇るのであった。あの事件からまだ二週間とは経《た》っていない。そしてだれもまだ事件の渦中《かちゅう》から抜け切れないでいる今日、撮影を再び開始するというのは、いったいどういう意味であろう。彼は不審というよりもむしろ不安な心地さえした。

虫が知らすのか、彼はその手紙を前に、しばらく思い惑っていたが、結局行かないということは、何かしらうしろ暗いところがあるように思われたので、とうとう決心を定めて行くことにした。

そこにどんな恐ろしい罠《わな》が設けられてあるか、むろん神ならぬ身の知るよしもなかったのだ。

鉄の処女

しかし、撮影所の門をくぐって、指定の第一ステージへ一歩踏み込んだ刹那《せつな》、彼はたちまちはっとするような不安に襲われたのである。

ステージの中には夜間撮影のためのライトもついていたし、セットもできており、カメラの位置もちゃんと決まっていたが、そこにはたった二人の人間しかいないのだ。所長の河村省吉と駝背《せむし》の木庭と。――

二人は小さなテーブルを囲んでウイスキーをあおっていたが、良一の姿を見るとすぐ立ち上がって迎えた。二人ともだいぶ以前から飲んでいたとみえて酔っ払っていた。

「やあ、よく来てくれたね。ふいに思い立ったので、今晩じゅうに撮影を済まそうと思ってね、なにしろ済まなかった。まあ一杯飲まないかね」

河村省吉はよろよろする足を踏みしめながら良一の方へ盃《グラス》を差し出した。

「僕はけっこうです。しかし、ほかの人はどうしたのですか。だれもいないじゃありませんか」

「なあに、だれもいなくてもいいんだよ。おれが監督できみが俳優、それに木庭がカメラを回すからこの三人で十分だよ」

木庭は相変わらず腰を下ろしたまま、ウイスキーの盃を舐《な》めていたが、その時ひょいと顔をあげると、良一の顔を見てにやりと意味ありげに笑った。そのとたん良一は、あの事件の当夜、第二ステージの奥で見たこの男の物すごい眼つきを思い出して、ぞっとするような恐怖を背筋に感じた。これはただごとではないぞ。何かしら恐るべき危険が自分の周囲に牙《きば》を磨《と》いでいる。――

そんな感じがはっきりと胸に迫ってくるのだ。

「僕は失敬します。今日は朝から気分が悪くてしようがないのです。冗談ならこの次にしてください」

「まあ、いいじゃないか。冗談なもんか、真剣さ。まあいいから酒を一杯飲みたまえ」

河村はよろよろしながら立ったまま自分の盃にウイスキーをなみなみと注いだ。ウイスキーはあふれてテーブルから床の上にこぼれた。

「いやです。僕は帰らしていただきます」

「ま、まあ、そういわずに」

「いやだといったらいやなのです。失敬な！」

良一が執念深くまつわりついてくる河村の手を払いのけた拍子に、酔っ払っていた相手は、体の中心を失ってどしんと床の上に腰をぶっつけた。良一はそんなに手荒くするつもりはなかったので、思わずはっとした。一瞬間、三人は眼を見交わせたまま、重苦しく黙り込んでいた。と思うと、次の瞬間、何を思ったのか河村が、天井を向いたままいきなり大きな声で笑い出した。それは一種気違いめいた、陰々《いんいん》たる高笑いだった。

「木庭、その男を摑まえてあの中へほうり込んでしまえ！」

河村省吉はまだ床の上に両手をついたまま、けろりとしてそんなことをいった。それを聞くと木庭はまるで栗鼠《りす》のように躍り上がったかと思うと、しっかりと良一の手を握りしめた。

「何をするのだ」

「なんでもいい。おれのするとおりおとなしくしていろ」

それは平常の木庭の様子とはまるきり違っていた。まるで野獣のように歯をむき出してぜいぜいと狂暴な息を鼻から洩らしながら、良一の手をとってずるずるとセットの中へ引きずり込むと、そこにかけてあったカーテンをいきなり片手でまくり上げた。

そのとたん良一はぎゃっというような悲鳴をあげた。カーテンの後ろには、あの鉄の処女が例によって冷たい、骨を刺すような笑いを湛《たた》えながら立っているではないか。それを見ると良一は、はっきりと今自分の身に迫っている危険を覚ることができた。

「おい、いったいおれをどうしようというのだ。きみたちは気でも違《ちが》ったのか」

良一は木庭にとられた腕を振り離そうともがきながら、絶望的な呻《うめ》きをあげた。しかし相手はそれに答えようともしないで、素早く人形の扉を開くと、無理矢理に良一をその中へ押し込んで、外からピンと掛け金を下ろしてしまった。

「助けてくれ、おい、助けてくれ」

人形の中から死に物狂いに鉄壁をたたく音がする。しかし河村も木庭も、そんなことに耳を藉《か》そうともしなかった。

「旦那《だんな》、それではそろそろとりかかるとしますかな」

「よし、それじゃおまえはカメラを回してくれ。おれはひと思いにやっつける前に、あいつにいって聞かせることがあるんだ」

河村はぐっと一息にウイスキーをあおると、つかつかと鉄の処女のそばへ寄って、その顔の部分へ手をかけた。すると顔のところだけがぱっと左右に開いて、その奥から良一の真っ蒼な顔が現われた。恐怖のために血管がふくれ上がり、今にも眼玉が跳び出しそうな顔だ。

「河村さん、いったい僕をどうしようというのです」

良一はもつれる舌を押さえながら、ひしゃがれたような声を立てた。

「どうもしやしないさ。これからきみの断末魔の光景を撮影しようというんだよ」

そういったかと思うと、河村はとってつけたような笑い声をたてた。その声はステージの高い天井にこだまして、物すごくあたりに響きわたった。

「ボ、僕を殺すのですって？」

「きみは僕の妻を奪っておまけに殺してしまった。おれは今その敵《かたき》を討ってやるのだ」

「嘘《うそ》だ。嘘だ。蘭子さんを殺したのはあなただ。あなたこそ蘭子さんを絞め殺したのだ」

「なるほど。蘭子の咽喉《のど》に手をかけたのはこのおれかもしれない。しかしそうしなければならぬようにしたのはだれだ。貴様だ。みんな貴様の罪だぞ」

良一は鉄の人形の中で地団駄《じだんだ》を踏んで身をもがいた。

「違う、違う、そんな馬鹿なことが……」

「まあ聞け、貴様も役者冥利《みようり》、俺も監督冥利だ。一世一代のこの大場面はみんな木庭が撮ってくれることになっているから、安心してゆっくり聞くがいい、木庭、撮影の方はいいだろうな」

そういわれるまでもなく、木庭はさっきから無格好な手つきでカタカタとカメラのクランクを回しているのだ。

「よし、それじゃぼつぼつ話してやろうかな」河村は人形のそばへ椅子《いす》を持ってくると、まるで死刑執行人のようにそれに腰を下ろした。「貴様はあの晩、おれの姿を見るとあわてて蘭子をこの鉄の処女の中へ隠した。むろんその時貴様に殺意はなかったし、この鉄の処女の秘密なども知らなかったろう。実をいうとおれだって、あの晩までこいつをただの模型だとばかり思っていたのだからな。ところがどうして、どうして、こいつは昔の鉄の処女などよりもっともっと恐ろしい拷問《ごうもん》の機械なんだぞ」

良一には相手のいうことがよく分からなかったし、また聞こうともしなかった。ただもう恐怖でいっぱいなのだ。彼は死に物狂いになって狭い人形の中で暴れ回った。気違いだ。みんな気が狂ってしまったのだ。――

「まあ、静かにしてろ、今にもっともっと苦しい思いをさせてやるからな」

河村はウイスキーの瓶《びん》を引き寄せると、瓶ごとぐびりぐびりとあおりながら、

「実際、こいつを考えた奴は悪魔の弟子に違いない、ほら、こうしてボタンを押すとね」

そういいながら彼は鉄の処女の側面についているたくさんのいぼの中の一つを押した。そのとたん中の良一はぎゃっという、今にも絶え入りそうな悲鳴をあげた。

「そのとおり、こうして匿《かく》れているボタンを押すと内部から鋼鉄の針が跳び出すような仕掛けになっているのだ。ほら、もう一つ押すぞ」

省吉はまた別のボタンを押した。ウームと苦しそうな声が良一の唇から洩れる。

「どうだね。痛いかね。苦しいかね。はははは、ところで今の針はどの辺へ出たかな。脚かな、腹かな。それとも胸のあたりかな」

良一は答えない。いや答えることができないのだ。恐怖と苦痛と多量の出血のために、彼はもはや完全に意識を失いかけていた。河村はそれを見ると悪魔のような物すごい笑いを高らかに笑った。

「おいおい、しっかりしないか。おれの演説はこれからだぜ。さて！と。この恐ろしいボタンはだな、都合《つごう》十二あるらしいんだ。一寸《すん》刻み五分《ぶ》試しというのはほんとうにこのことだぜ。脚から腹、腹から胸と、順々にえぐって行って、さて最後に咽喉を掻ききろうというんだからな。ところで菅井、あの晩貴様がなんの気なしに触れたのはこのボタンだぜ」

そういいながら省吉は別のボタンを押すと、左右に開かれた人形の顔面部の裏面から、突然鋭い針が二本跳び出してきた。

「むろん貴様は知らなかったさ。こんな恐ろしい仕掛けがあろうとは夢にも知らなかったさ。しかし貴様がなんの気なしにこのボタンに触れたがために、蘭子はその二本の針で両眼をえぐりとられたのだぞ」

良一は聞いているのかいないのか、返事もしない。血の気を失った顔はがっくりと垂れて、時々苦しそうな呻き声が唇を洩れる。省吉はさらに言葉をついだ。酔っ払いがしゃべっていなければいられぬように、彼はとめどもなくしゃべりつづけた。

「貴様もあの叫びを聞いたに違いない。救いを求める蘭子の声をな。しかし貴様はそれを振り捨てて逃げてしまったのだ。いやその前から貴様には、蘭子などすでに問題じゃなくなっていた。蘭子が死に際にどんなに貴様を呪《のろ》ったか、おい、聞けよ。蘭子のような女にとっては、両眼のない醜い顔を持って生きているより、ひと思いに死んだ方がどんなにましだったか分からないのだ。だからこのおれが、彼女の願いどおりにひと思いに殺してやったのだ。苦痛のためにのたうち回っているあの女を、ひと思いに絞殺してやったのだぞ」

　さすがに河村省吉は、その当時のことを思い出したのか、声を慄わせ涙さえ浮かべていた。床の上にのたうち回り、良一の無情を呪いながら、ひと思いに殺してくれと哀願した、あの憐《あわ》れな妻のことを思うと、さすがに鬼畜《きちく》に等しくなった彼の胸にも、名状しがたい悲しみが湧《わ》いてくるのだった。しかし、彼はすぐその悲しみをふり落とすと、猛然として立ち直った。

「馬鹿！　馬鹿！　馬鹿！　おれはその時から固く復讎《ふくしゅう》を誓っているのじゃないか、そうだ、蘭子を欺き、弄《もてあそ》び、そしてあげくの果てには冷酷にも振り捨てて顧みなかった貴様を、同じこの鉄の処女の中で殺してやろうと、固く、固く誓ったのだぞ。見ろ、見ろ、これが貴様に対する復讐だ。おれの私刑《リンチ》だぞ」

　そう叫んだかと思うと、河村省吉は突然気が狂ったように良一の頭髪に手をかけた。

そしていおうようなき惨虐の限りを尽くしながら、歯を食いしばり、地団太を踏み、相手の罪の数々を鳴らした。しかし良一はそれに対していっさい無言だ。白く見開かれた眼が、まるで嘲《あざけ》るように、この狂気した男を見下ろしている。血が、――鉄の処女の継ぎ目からあふれ出した血が、静かに、ポトポトと床の上に流れ、広がって行った。――

その翌朝、河村プロダクションの第一ステージの中に、二つの死骸が発見されて大騒ぎになった。いうまでもなく菅井良一と河村省吉の死骸だ。

それにしても河村の静かな、穏やかな死骸に対して、菅井良一の眼も当てられないほど惨酷な死骸には、見る人は思わず顔をそむけたということである。

ところで、ここに一つ不思議なことというのは、あのせむしの木庭がその後杳《よう》として姿を見せないことである。あの、世にも無慙《むざん》な光景を前にして、平然とカメラを回していた男。――彼はいったいどこへ姿をくらましたのだろう。

今ごろはどこかの空の下で、時々あの恐ろしいフィルムを映して見ては、ひとり歯をむき出して笑っているのではなかろうか。それを思うと私は思わずぞっとするのである。

丹夫人の化粧台

一

昭和×年十月十八日、猟期があけてまもなくのことである。

東京から十二里、甲州街道から約半里ばかりそれた、府下S村にたった一軒しかない「大猟屋」という宿屋の前へ、ビュイックのロードスターを乗りつけた三人連れの青年紳士があった。黄昏《たそがれ》ごろである。

出迎えた宿屋の亭主は、言わずとしれた狩猟客と踏んだ。

この辺は、鴨《かも》の猟場として近来にわかにその名を喧伝《けんでん》されてきたので、毎年猟期があけると、京浜地方からおびただしい狩猟客が押し寄せて来る。「大猟屋」という、田舎には珍しい和洋折衷のこの宿屋というのも、実はそれら狩猟客のために建てられたもので、それには東京の有力な狩猟クラブの、力瘤《ちからこぶ》を入れての後援もあったが宿の亭主というのが、その付近でもかなり腕ききの猟師で、数年以前、東京の猟客間でも有名なM公爵のお供を申し上げて以来、すっかり知遇を得て、そのうしろだてで、この猟客専門の旅館経営となったのである。

したがって、毎年この宿屋へやって来る顔ぶれはほとんどきまっていた。また、初めての客は紹介状を持って来なければ、泊めないことにもなっているので――つまりそれほど、ちっぽけな宿ではあるが、その道では幅を利かしているというわけでもあるのだ。

さてその夕方現われた三人連れの青年紳士は宿にとってはなじみのない顔ぶれだったが、有力な紹介状を携えていたので亭主はなんの遅疑するところもなかった。宿帳には、

高見《たかみ》安年《やすとし》、二十七歳、無職
初山《はつやま》速雄《はやお》、二十六歳、画家
下沢《しもざわ》亮《りよう》、二十七歳、無職

――とあった。紹介状を携えて来たのは、最後の下沢亮である。

「高見さまとおっしゃいますのは、もしや麹町の高見子爵さまの御子息では……」

夕飯がすんだあとで、ごあいさつにあがった宿の亭主が、もみ手をしながら尋ねると、いちばん青白い顔をして、疲れたように柱によりかかっていた青年が、簡単にそうだと答えた。

「それはどうも――、お亡くなりになりましたそうですが、お殿さまにはずいぶんいろいろと目をかけていただきました。それであなたさまは？」

「三男だ。兄が跡を継いでいる」

「ああ、さようで、いえ、知らぬこととて、いっこう行き届きませんで――」

宿の亭主は、そういうきっかけから、それからそれへとしゃべっていたが、しかしま

もなくなにかしら、ふと気まずいその場の空気を感じると、ふいとそのまま口をつぐんでしまった。この三人の青年紳士の間には、亭主の饒舌《じょうぜつ》を圧倒するに足るなにかしら生気に欠けた、無気味な空気が垂れさがっているのだ。

実際、これから猟に出ようとする楽しげな、あるいは勇ましげなようすは、三人の間に微塵《みじん》も見られなかった。高見安年は前にも言ったとおり、疲れたようなようすで、ぼんやりと床柱へ寄りかかっていたし、初山速雄は縁側の手すりに腰をおろして、意味もなく外の景色をながめている。ただ一人、下沢亮だけがいかにも猟人らしく、あぐらをかいたまま猟銃の手入れをしながら、ときどき獲物について質問を発したりしたが、それもはなはだ素人くさい、その場ふさぎの感じであった。

こういう三人の客だった。

まもなく亭主が、ほうほうの体《てい》で引き上げると、三人はそのまま、ほとんど一言も口を利かずに寝床に入ってしまったようすであった。

翌朝彼らが、いでたちだけはそれでもひとかどの猟人らしくめいめい銃を肩にして宿を出発したのは、明けがたの六時ごろのことであった。

「素人のくせに、案内人もなしで、怪我《けが》をしなければいいがな」

あと見送った宿の亭主が、気遣わしげにつぶやいたのも無理はなかった。まちがいを起こすのはいつもこういう素人のてんぐ連なのだ。――

宿を出た三人は、亭主のこういう心配をあとに、教えられた方向へ黙々として足を運んでいた。もう、これがほんとうに猟をする人々なら、この絶好な狩猟日和を、どんなにでも祝福していいはずだった。晴れていく朝霧の間から降るように聞こえてくる小鳥の声は、今日の大猟を思わせるに十分だった。しかし、この不思議な三人は、めいめい重い屈託に、胸でもついえているかのように、あたりの景色もいっこう気にならないようすだった。彼らとは反対に、はしゃぎきって走りまわっている猟犬さえもが、むしろこの三人にはわずらわしげにさえ見えるのだ。

まもなく彼らはゆるい坂道へさしかかった。そこらあたり丈の高い神代杉《じんだいすぎ》と櫟《くぬぎ》の林が入り交じっていて、朝霧を破って出た朝日が、斜にあらい縞目《しまめ》を作っていた。

「きれいだな」

ふと、そう言って立ち止まったのは、下沢亮だった。二人ともそれに続いて立ち止まるとうしろを振り返った。いつのまにそんなに登ったのか、武蔵野のゆるい起伏の中に、白い多摩川の流れが一望のうちにながめられた。しばらく三人は猟銃を杖《つえ》についたまま、じっとその景色に見とれていたが、だれからともなくまた歩き出した。

こうして彼らがやっとたどり着いたのは、高台にある広い杉林の中の空地だった。ここまで来ると、下沢亮はふと足を止めてあとの二人を振り返った。二人は黙って目でうなずきあうと同じように足を止めて肩から銃を下ろした。

「ちょっと、待っていたまえ」

二人をそこに残した下沢は、検分するように、空地の中をひとわたり歩きまわったが、

やがて帰って来ると、

「差し渡し三十間はある。あたりには人はいない」

と言った。

「結構」

初山はやや緊張した面持ちで銃を取り直した。

「高見――、君はどうだね」

高見安年は切り株に腰を下ろして、じっと草地をながめていたが、その声にふと顔を上げると、よろよろと切り株から腰を上げた。下沢はその顔を見た。とたんなにか言おうとして、二、三歩そばへ寄りかけたが、すると、そのけはいを察したものか、相手がいちはやく顔をそらしてしまったので、あきらめたように肩で溜息《ためいき》をついた。

「じゃ、僕が距離をとろう、高見、君はそこにいたまえ。初山、君はこちらへ――」

まもなく高見と初山は、三十間の距離をおいて向かい合って立った。下沢はこの二人から離れて、ちょうど二等辺三角形の頂点の位地に自分を置いた。

「いいか、号令と一緒に、最後のドライでハンカチを落とすから、それが合図だよ。――用意！」

高見と初山はめいめい銃を構えた。

この場合、いちばん落ち着いていたのは初山速雄だった。彼の白い額は水のように澄みきって、ねらいを定めた銃口には、一分の違いもなさそうに見えた。それに比べると、高見の銃口には、最初波のような起伏が見られた。しかし、それもつかの間、まもなくそれもピッタリとある一点に固定した。

この中で、いちばん取り乱していたのは、むしろ下沢だったといえる。上着のポケットから白いハンカチを取り出したとき、彼の額はびっしょり汗でぬれていた。彼はもう一度何か言おうとして、かわるがわる二人のほうをながめたが、彼らの不動の姿勢を見ると、絶望的に肩をすぼめて一歩あとへさがった。

「アインス！」

やがて、高らかな声が林の中に響き渡った。

「ツワイ——ドライ！」

白いハンカチがひらひらと落ちた。

と、同時に、轟然《ごうぜん》と二挺《にちょう》の銃からは火ぶたが切って放たれた。

下沢は一歩退ったまま、きっと二人のようすをながめている。高見も初山も、まだ銃を構えたままの姿勢で立っていた。その二人の前を、白い煙がもつれあって消えていった。

「助かったかな」

下沢がそう感じた瞬間である。突然三人のその均衡が一角から崩れた。初山の腕からずるずると銃がすべり落ちた。と思うと、まるで枯れ草のように、へなへなと体が地上に倒れていった。

下沢と高見が駆けつけて行ったのはほとんど同時だった。下沢が負傷者のそばにひざまずいて、ナイフで上衣を切り裂いているのを、高見は銃をついたまま見下ろしていた。白いシャツにはポッチリと血がにじんでいて、それがみるみるうちに広がっていった。

「右肺の上部を貫いている」

高見はなんとも答えなかった。額からつるりと玉になった汗がすべり落ちた。

下沢が水筒の口を開いて、水を注ぎ込んでやると初山はぽっかりと目を見開いた。彼は下沢から高見に目を移すと、唇《くちびる》の隅《すみ》にかすかな微笑を浮かべながら手を差し出した。そして、高見がそれを握ってやると、かすかな、うめくような声でつぶやいた。

「気をつけたまえ。——丹夫人の化粧台——」

それからなにか、二言、三言、よく聞きとれない声でつぶやいたがそのまま、高見の手を握ったまま、がっくりと草の上にうつぶした。

高見はしばらくじっと死者の顔を見ていたが、やがて静かに、握りしめている指を一本一本解きほごすと、そばの切り株のそばへ行ってそれに腰を下ろした。そして銃を置くと両手で顔を覆うた。

しばらくして彼がふと顔をあげると、死人のあと始末をしていた下沢が、草の上にひざまずいたまま、なにかしらじっと自分の掌《てのひら》の上をながめていた。そして、ふと振り返った目が、高見の視線に合うと、つかつかとそばへ寄って来て掌をその前に突きつけた。見るとくすぶった薬莢《やっきょう》がのっている。高見は不審そうに相手の顔を振り仰いだ。

「見たまえ」下沢の声は押し殺したような低さだった。「空弾だよ」

高見は差し出された掌の上を見ると、ぎょっとしたように身をひいた。そして、つぎの瞬間には、向こうに倒れている初山の死骸《しがい》を、泳ぐような格好でながめた。

二

「――と、そういうわけで、形式はりっぱな決闘なんですがその実初山のやつ、自殺したも同じことなんです」

「まあ!」

「実際、あの男が枯れ草のように倒れるのを見たとき、――僕の弾丸があいつに命中して、あいつの弾丸から僕が完全に逃れることのできたのを意識したとき、つまり、勝った! と感じたせつなですね、僕は水のような空虚を胸いっぱいに感じたのですよ。勝利でもなんでもない、まるきりその反対の悲哀なんです。僕はそれでさめざめと泣いたのです。あなたも御承知のとおり、今度の問題が起こるまでは、あいつと僕は、兄弟以上に親密だったのですからね、なんというくだらないことをしたものだ。なんというばかばかしいことをしてしまったのだ、――あいつのシャツに血の広がっていくのを見たとき、僕は取り返しのつかない悲しみに、胸もついえるばかりの思いでした。ところがどうでしょう、あいつときたら、最初から尋常に決闘するつもりなんか毛頭なかったのです。つまり体《てい》のいい自殺の道具に、この僕を選んだのです」

「でも、初山さんが自殺の覚悟をしていらしたなんて、あたしは夢にも考えられませんわ」

「しかし、それに違いないのですからね。宿を出るとき、下沢くんが二人の銃のコンディションをしらべて、われわれの面前で弾丸をこめてくれたのです。それがいつのまにやら、あいつの分だけ空弾に変わっていたのは、つまり、みちみちあいつがそっと実弾を抜き取ったとしか考えられません。僕はその理由が知りたい、いや、あいつが自殺しようとそんなことは少しもかまいません。ただ、あいつの卑劣な自己満足、あるいは犠牲的精神、優越感、そんなものの相手にされたかと思うと、僕はくやしくてたまりません。決闘はあらゆる機会、あらゆる条件が対等でなければなりません。それだのにあいつは、わざと自分のほうの機会と条件を打ちこわしていたのです。もしそれが、僕に対する憐憫《れんびん》、あるいは犠牲的精神――そんなものから出ているのだとすれば、僕はたまりません。くやしくて、くやしくてじっとしていることができないほどです」

「そんなに興奮なさるものじゃありませんわ。あなたのほうにはなんの落度もなかったのですもの」

「落度？　そうですとも、僕は堂々とやりました。なんの落度がありましょう。卑劣なのは初山のやつです。ああ、僕はあいつの真意が知りたい。あいつの自殺の動機が知りたいのです！」

丹夫人はそのとき、ソファの上でそっと体をずらせた。そしておそれるように、相手の横顔をまじまじと打ちながめていた。

決闘の日から、ちょうど一週間目である。その間に高見の顔立ちは驚くほど変化していた。もとより、青白い顔は、いよいよ白く色あせて、目もとから頰《ほお》へかけて隠し切れぬ憔悴《しょうすい》の色がみなぎっている。

元来、決闘がすむと、喜ばしい報告をもって第一番に駆けつけて来なければならないはずのこの丹家へも、今日初めての顔出しなのである。

夫人はアフタヌーンの裾《すそ》が、軽くふるえるのを、組み合わせた脚のリズムで隠しながら、わざとほかのことを尋ねた。

「――で、もうだいじょうぶなんですの。決闘のほうのあと始末は」

高見は覆うていた両手から顔をあげると、病的に光る目をぎらぎらとさせながら、ぶっきらぼうに答えた。

「そのほうはだいじょうぶです。下沢が万事うまく運んでくれました。過失という示された事実以外に、だれひとり疑っているものはありません」

「そう」夫人はふかい溜息をつきながら、「それは結構ですわ」

「結構？　奥さん、あなたは初山の死を結構とおっしゃるのですか」

「あら、あたし、そんな意味で言ったのじゃありませんわ」

「奥さん、ほんとうのことを言ってください。あなたは初山の自殺の動機を御存じなん

「あたしが？　どうして？　高見さん、あなたどうしてそんなことをお考えになるの？」

「奥さん、ごまかさないで言ってください」

高見は突然丹夫人の体を両腕でゆすぶった。そして、いきなり声を押し殺すと、

「もしや、あの男は、御主人の死となにか関係があったのじゃありませんか」

夫人はそれを聞くと、ふいにソファから立ち上がって、つかつかとテーブルの前まで行くと、くるりと振り返ってきっと高見の面を射るようにながめた。

「あなた――、あなた、どうしてそんなことをおっしゃるの？」

高見はそれに答えようとしないで、荒い夫人の息遣いをながめていた。そこからいっさいの真実を読み取ろうとするかのように、意地悪く押し黙って、蒼白《そうはく》な夫人の顔をまじまじとながめていた。

「初山さんがそんなことをおっしゃったの？」

夫人はテーブルから離れると、また高見のそばへ来て腰をおろした。

「もし、あの人がそんなこと言ったとしたら、それはひどい侮辱《ぶじょく》です。あたしもあの人も、夫の死にはなんの関係もありません。はい、神に誓って潔白です」

「初山はなにも、そんなことを言いはしませんでしたよ」

夫人のあまり弁解めいたことばに、高見は残酷な意地悪さを押さえることができなか

った。

「初山はただ、死の間際にこうささやいただけです。『気をつけたまえ、丹夫人の化粧台――』と」

「まあ――」

夫人はぎっくりとしたようだった。隠し切れない狼狽《ろうばい》を、高見は全身をもって感じなければならなかった。よほどしばらくしてから、彼はごっくりと唾《つば》をのむ、咽喉仏《のどぼとけ》の鳴る音を耳にした。しかし、夫人はまもなく、白々とした訝《いぶか》るような声音で尋ねた。

「あたしの化粧台――？　なんのことですの、それは――」

「なんのことだか、僕にもよくわかりません」

「初山さんがそんなことをおっしゃったんですって」

「そうです、いま死ぬという間際にそう言ったのです。それもひどく忠告めいた語調で」

「わかりませんわ。あたしにもわかりませんわ」

夫人の声はふいにヒステリックになった。それと同時に、彼女は高見の腕をとるとそれを、柔らかい二つの掌でもむようにしながら、息をはずませて言った。

「高見さん、あたしはなんだかおそろしくてたまらないわ。だれだかあたしをねらっている者があるにちがいありませんわ。あたしの夫を殺したのも、あなたがたにおそろしい決闘をさせたのも、みんなみんなそいつのしわざよ」

「なにか、あなたにそんな心当たりがあるのですか」

「いいえ、あたしはただそれを感ずるだけなのです。目に見えない、靄《もや》のような薄気味の悪い影を感じるのです。そいつがあたしをつけねらっているのよ、真夜中なんどに、あたしふと物の怪《け》に襲われるような気持ちのすることがありますの。なんともいえない、おそろしい、無気味な、いやあな気持ちなの」

夫人はそこでふと言葉を切ると、まるでそのあたりに、その気味の悪いものがいるかのように、しばらくじっとききを立てていたが、突然、耐えがたいような激情をもって高見の胸にすがりついた。

「高見さん、お願いですからあたしをまもってちょうだい、あなたのほかには、だれもおすがりする人はありませんわ、あたしは寂しいの、おそろしいの、ね、あたしをまもって、まもって！」

高見はだが、自分の胸にむしゃぶりついてくる夫人のその声音から、どうしても真実をくみとることはできなかった。なにかしら薄い膜を透かして聞く、機械的な熱情としか、残念ながら彼は感じるわけにはいかなかった。

「僕が君なら、これを機会に、あの夫人との交際は断然たってしまうね」

決闘のあとで、警告するように言った下沢のことばが、ふとそのとき彼の脳裏をかすめ去った。

高見は夫人の体を払いのけるようにして立ち上がった。そして冷たい、押えつけるような声で言った。

「奥さん、お互いにもう少し冷静な気持ちのときに会いましょう。そして、もう一度この問題をゆっくり考えてみようじゃありませんか」

高見はそう言い捨てると、帽子をつかんで、部屋を飛び出した。

三

一方では十分警戒しながら、そしてある種のかたくなさで心を鎧《よろ》いながら、それにもかかわらず高見と夫人の交際は、日ごとに深みへはまっていった。

下沢の忠告を待つまでもなく、丹夫人の周囲には不可解な影が多かった。高見は夫人に詰問すべき問題を山ほども持っていた。それでいながら、夫人に面と向かうと、なんにも切り出せない高見だった。少なくとも、自分に決闘まで申し込ませた初山とは、どの程度までの親交を結んでいたのか、その一事だけでも彼ははっきりと突き止めておきたかった。自分から決闘を申し込んでおきながら、いざとなると、自殺にも等しい手段で自分の命を断った初山、その初山をそうした絶望に追い込んだものはなんであったか、高見はそれを知る権利があるのだ。

しかも彼は、いままでのところその権利を打ち忘れてしまったかの感じだ。それでいながら、一方夫人との交情を度重ねてゆくことによって、高見はしだいに自分が抜き差しならぬ深みへ足を突っ込みつつあることを意識した。

そういうとらえどころのない焦燥のある日、ひょっこりと下沢が訪ねてきた。最近、この友人に会うことを努めて避けている高見だったので、彼の名を聞くと挑戦的な態度で迎えた。

「どうしたね、ばかに青い顔をしているじゃないか」

わざと元気よくその中に十分のいたわりをこめて言う相手のことばを、高見はしかし、無言ではじき返すように肩をゆすった。

「このあいだから二、三度電話をかけたが、いつも不在だったね」

「いたよ。いたけれどわざと出なかったのだ」

「ハハハハ、おおかたそんなことだろうと思って、きょうはかまわず押しかけて来たのだ」

「ご足労なことだ。頼みもしないのに、夫人の醜聞をたくさん仕入れて来たのだろう。その話ならたくさんだよ」

「まあ、聞きたまえ、きょうの話というのは、むろんまんざら夫人に縁のないことではないけれど、それより初山のことなんだよ」

「初山がどうしたというのだ」

高見は、突然、かみつくように言った。しかし、下沢はそれにには取り合わないように、

「このことは、格別夫人を傷つけるとは思わないし、それに君が知っていれば、なにかのときに役に立たないでもないと思ったから、きょうわざわざ知らせに来たのだが」と、

下沢は高見の顔を真正面から見ながら、「実は、初山の遺書を発見したのだよ」

「遺書？」

高見の体は、ふいにどきんと大きく波を打った。

「それはほんとうか」

「あの決闘の前日、君たちが僕のところへ、介添えを頼みに来たとき、初山が一冊の本を僕に預けていったのを君は覚えているだろう。二、三日まえ、僕は何気なくその本をひっくりかえしていたのだ。するとこの紙片が出てきたんだよ」

下沢がポケットから取り出した紙片を、高見はひったくるように横から奪い取った。

それはノートを引きちぎったものへ、鉛筆の走り書きで、次のようなことが書いてあった。

高見君

決闘はおそらく君の勝利に帰するだろう。しかし、勝ったと思った瞬間こそ、君はおそろしい敗北の第一歩を踏み出しているのだ。丹夫人はけっして僕のものでもなければ君のものでもない。非業の最後を遂げた彼女の夫のものでさえなかったのだ。丹夫人の邸《やしき》で、猫《ねこ》の鳴き声を聞いたときこそ、君は警戒すべきだ。

初山生

「なんだくだらない」

高見は五度ほどそれを読み返したのち、吐きすてるようにそう言った。

「君はこれをくだらないと思うかね」

「そうさ、初山のやつ、くだらない妄想《もうそう》にとらわれていたか、それとも神経衰弱にかかっていたのだ。初山のやつ夫人を自分のものにすることができなかった代わりに、おれのものにもさせまいとおどかしているんだ。だれがそんなことに驚くもんか」

「君がくだらないというのはこの最後の一節のことだろうね」

「最後の一節？」

高見は手にしていた紙片に、もう一度目を落とすと、

「そうさ、いったいこれはなにを意味しているのだ。猫の鳴き声が僕たちの間になんの関係があるというのだ」

「僕はしかし、そうは思わないね。丹博士の最後のことばを思い出せば、この一句にこそもっとも深い理由があると思うのだ」

高見はびっくりしたように相手の顔をながめた。それからポカンとしたように天井に目をやっていたが、ふいに、みるみる激しい驚愕《きょうがく》の色がその顔に広がっていった。

「まさか――、まさか、あれは死人の妄想だよ。それとこれと関係があるん――」

「僕はそうは思わないね、初山は博士の最後のことばの意味を発見したのだ。そしてそれが彼を絶望に突き落としたのだ。いずれは夫人に関係のあることだろうが、僕はこれ

と『丹夫人の化粧台』の秘密を突き止めないではおかぬつもりだ」

「よしてくれ！　そんな話もうよしてくれ」

高見は両手でこめかみを押えながらうつむいた。

四

ここで一再ならずうわさにのぼった、丹夫人の夫と、その人の死にまつわる、世間に知られている事実だけを述べなければなるまい。

丹博士は人も知るごとく栄養学の泰斗《たいと》で、夫人と結婚してからすでに十二年になる。結婚したとき夫人は十八だったという話だから、今年彼女は三十になっているはずだ。二人の結婚には少しばかり年齢が違うという一事を除いては、別に何の奇もなく変もない。しいて言えば、当時まだ女学校へ通っていた彼女の姿を、ある日丹博士が電車の中で見初めて、無理矢理に彼女の両親を説きふせたという、人のうわさくらいなものであろう。

もっともそのとき、博士はすでに三十八にもなっていた。それでいて研究室以外の場所で暇をつぶすことの少なかった博士は、まだ独身で押し通していたのである。夫人の両親はその当時日本橋でかなり古い暖簾《のれん》の商店を経営していたのだが、相手が世間から尊敬されている学者だったので、この結婚にはむしろ乗り気だった。そして夫人はといえば、古くさい店の空気に嫌悪《けんお》を感じていたし、学者の家庭に一種のあこがれを持ってもいたので、したがって、この結婚にはどの点から見てもなんの渋滞もなかった。

　そして、同じようなことが、十二年の結婚生活についてもいえるのである。平穏無事という一語で彼らの生活は尽きていたろう。もっとも、夫人をめとるまでのあの熱心にひきくらべて、結婚後の博士は、どちらかといえば表面冷淡な夫であった。しかし、夫人を愛していることはなにびとも認めるところだったし、夫人もまた、夫の勉強をじゃまするほど愚かな妻でもなかった。

　ただ、年がゆくにしたがって夫と彼女の年齢の差がますます目立ってくることと、美しい夫人の周囲には、絶えず若い男の友人が群がっていることが、世間の注目をひいていたが、それとても夫人の貞淑とはなんの関係もないことだった。むしろ勉強に多くかまけて、夫人を楽しませる時間の少ないことを自覚していた彼女の夫は、彼のほうから若い友人を歓迎していたようである。

　あの不可解な事件が起こるまでは、そういう夫婦の間柄だった。いったい世間というものは、平穏無事に暮らしている人々には、なんの興味も向けないものであるが、一度その人たちがつまずくと、ふいにあらゆる神経をそのほうへ集中するものである。そして、たいていの場合、それは好意よりも、多く悪意に満ちているものだ。

　丹夫妻のつまずきは、結婚後十二年目の今年の春にやってきた。丹博士の不可解な最期である。その晩のことを簡単に述べておこう。

丹夫人はその夜、初山速雄に誘われて帝劇のリサイタルに出かけていた。家を出たのは六時ごろで、そのとき博士のようすにはすこしも変わったところはなかった。

「行っておいで」

博士はそう言って優しく夫人の額に接吻《せっぷん》した。別に興奮しているようすも、疲れているふうも見えなかった。夫人は九時半まで劇場にいて、初山に送られて帰った。そのとき博士はパジャマのある、夫人の化粧室に倒れていたのである。右手にはピストルを握って、その銃口からはまだほの白い煙が立っていた。夫人と初山がその体を抱き上げたとき、胸から一時にごぼりと血が流れ落ちた。と、同時に博士はうっすらと目を見開いて、そしてたった一言、

「猫が――。猫が――」

と、言った。そしてそれきり息が絶えたのである。

他殺という証拠はどこにも見当たらなかった。戸締まりは厳重で、外から人が忍び込んだ形跡はどこにもなかった。致命傷となった胸の傷も、博士の握っていたピストルの弾丸からだと判明した。では自殺かというに、それにも多くの疑問が考えられる。だいいち、調べられたかぎり、博士には自殺の原因なんて少しもなかった。

それに、博士はいままでかつて、夫人の化粧室へなど入ったこともなかったのだ。なんのためにピストルを持ちだしたのか？　なんのために夫人の化粧室へ入って行ったのか？　そしてなんのために第一発目の弾丸を夫人の鏡に向かって発砲し、第二発目の弾

丸で自分の胸を撃ち貫いたのか？　なにもかも不可解である。音楽会へ向から夫人をきげんよく送り出し、そのあとで、明日の研究科目の用意まで整えていた博士が、突然ピストルをふるって夫人の化粧室へ入り、そこで自殺したなどとは、どうしても狂気の沙汰《さた》としか思われなかった。

そして、事実、この事件は、博士の突発的発狂として、警察のほうでも最近手を引きかかっているのである。また実際のところどの学者でもがそうであるように、丹博士もいくぶんエキセントリックであり、そして、近ごろ神経衰弱の気味でもあった。そしてそのことが、警察にとっては、自己の無能を弁明するのにいい口実となった。神経衰弱の結果自殺す――、こんな簡単な、都合のいい断案はほかにないではないか。

しかし、残念ながら世間というやつは、責任を持っていないだけに、警察よりも好奇心に富んでいた。そして自由な空想家でもあった。その結果、いままで貞淑の誉れ高かった夫人の身辺に、疑惑の目が向けられたのは是非もないことであろう。

夫人ははたしてなにも知らないのか。あの晩、夫人ははたして劇場にいたのだろうか。そして夫人と一緒だった男は、いったい彼女とどんな関係があるのだろう――、夫人は、そこで苦しい立場に置かれねばならなかった。

しかし、こういう世間の指弾は、反対に夫人の周囲の者には、そのまま同情の種となった。そしてそれまで、夫人のサロンの客でしかなかった男の友人たちは、それを機会にめいめい、夫人との間にある、ある一線を越えようとした。その最初の男が初山速雄であり、それについで高見安年であった。

そしてこれが、つまり二人の決闘の動機になったわけで、その決闘に勝った高見が、とうとう最後の一線を踏み越えてしまったのだ。そして、次に述べるおそろしい運命的な晩まで、高見は、前に述べたような、不安な、いらだたしい気持ちで夫人とのその交情を続けていたわけだ。

五

人々は言うだろう。女がかくも悪魔的になれた例は珍しいと。しかし、夫人にとっては、それは世間の人々が考えるほど無気味な、なまなましい、残酷な罪悪とは意識されなかったかもしれない。彼女にとっては、それは、珍しい小鳥をかわいがるほどな、気軽な遊戯だったかもしれないのだ。実際女の、ことに夫人のような女の気持ちなんて、他人には絶対にわからないことだから。しかし、とまれそれは、夫人を愛する者にとっては、絶望的な、おそろしい秘密にはちがいなかった。初山が自殺したのもうなずけないことはない。そしてこの事実を発見した高見が、一時気が変になったのも無理からぬ話だ。

高見のおそろしい発見――それはこうである。

そのころ、夫人と高見との関係は、召使いの者にとってもほとんど公然になっていた。

だから、その夜、夫人の邸宅を訪問した高見が、特別な案内を待たなかったのは不思議でもなんでもない。

「奥さん、いる？」

玄関を開けてくれた女中にそう聞くと、

「ええ、いらっしゃいます。お化粧室のほうに——」

「そう」

高見はそれで、女中を押しのけると、勝手を知った化粧室のほうへ行った。そして彼がドアをノックしようとしたとき、部屋の中で時計がチーンと鳴った。高見が思わず自分の腕時計を見るとちょうど九時である。ところが、不思議なことには、部屋の中の時計は、チーンと一つ打ったきりで、そのままはたと止まってしまった。

しかし、そんなことはむろん、あとになって思い出したことで、そのとき彼は、別に気にも止めずにドアをたたいた。

「どなた」

「僕です」

すると、まあというような軽い驚きの声とともに、夫人がドアを中から開いてくれた。そして胸に抱いていた猫をそっと床の上に降ろすと、

「どうなすったの？」

と甘えるような目で笑った。

　高見は、しかしそのとき尋常でないものを、夫人の身辺に感じたような気がした。なにかしら、硬い、気まずい、取り乱したような動揺を、夫人の息遣いなり、微笑なりに感じたような気がした。

「向こうのお部屋へ行きましょうよ」

　夫人の手がそっと高見の腕に触った。高見はそれに逆らいもしなかったが、夫人が閉じようとするドアの隙《すき》から、部屋の中を見ることを忘れはしなかった。

　そこには、壁の中に作りつけた大きな化粧台があった。よし！　あの化粧台だな！

　高見はなんとなく、心の中でそう決心した。

「どうなすったの、浮かぬ顔をしていらっしゃるわね」

「いいえ、そうでもないんです」

「でも、お顔の色が青いわ。さあ、向こうのお部屋でお酒でも召しあがれ」

　二人はそのまま、夫人の寝室へ入って行った。

　その真夜中のことである。なにかしら追いかけられるような夢から、ふと目覚めた高見は、しばらくまじまじと夫人の寝顔を見ていたが、ふいにぎょっとしたように、寝台の上に起き直った。にゃあお、にゃあお――、あるいは低く、あるいは高く、無気味な鳴き声が陰々として響いてくる。さいわい夫人は、高見の計画的な酒の勧めかたで、ぐっすりと眠り込んでいる。彼は寝台からすべり下りると、そっとスリッパを引っかけて部屋の外へ出た。にゃあお、にゃあお――その鳴き声が夫人の化粧室からであることに気づいたとき、高見はもう一度、背筋が冷たくなるような無気味さを感じた。

さいわい、化粧室のドアには鍵《かぎ》がさしたままになっていた。そっと鍵をひねって中へすべり込んで、カチッとスイッチを鳴らしたとたん、いままで身近く聞こえていた猫の鳴き声がはたと止まった。が——、それにしても猫はどうしたのだろう。たったいままで鳴いていた猫の姿はどこにも見当たらないではないか。

高見はテーブルの下から、椅子の下までのぞいてみた。

「しッ！しッ！」

しばらく彼は、しらじらとした、部屋の中を見まわしていたがふとその目が壁にかかっていた柱時計の上に落ちた。しかし、彼の注意をひいたというのは、その時計の文字盤ではなくて、下の振り子のほうである。止まっている振り子のそばに、なにかしら、金属製の小さな棒のようなものがつかえているのを、高見はガラス越しに発見した。彼はつかつかとそのそばによると、ガラス戸を開いて、そっと棒を取り出した。鍵だった。銀色に光っている小さな鍵だった。はてな——？と彼が首をかしげたとたんである。ふいに、耳のそばで、チンチンチンと時計が鳴り出したので、彼は驚いて時計を振り仰いだ。時計は八つを打つと、コト、コトコトと静かに、規則正しく動き出した。鍵に支えられて止まっていた振り子が動き出したので、時計はまた働き出したのだ。それにしても——？

高見はそのとき、卒然として、さっきドアごしに聞いた時計の音を思い出した。あのとき、時間はたしか九時だった。そしてこの時計は一つ打ったきりで止まってしまった。すなわち、この時計はあのとき止まったのだとすれば、鍵をここへ隠したのは、あのときの丹夫人であらねばならない。

高見はわけのわからぬ謎《なぞ》に、ふかく思いを閉ざされながら部屋の中をもう一度見回した。と、そのとき、彼の目にうつったのは、壁の中に作りつけになっている大きな丹夫人の化粧台と、そして、化粧台の下部についている鍵孔だった。

そうだ。秘密はこの中にあるのだ。

丹夫人の化粧台とそしてあの猫の鳴き声！　高見はやにわに化粧台にとびかかると、鍵を鍵孔に突っ込んだ。鍵はピッタリとあった。カチリ！　錠の解ける音がした——

そのあとのことを、高見はあまり明瞭《めいりょう》におぼえていない。

ふいに、バタンと開いた化粧台の奥から、真黒な怪物が飛び出したかと思うと、それが、高見の咽喉仏をめがけてとびかかって来た。人間であることにまちがいはなかった。しかしなんという奇妙な人間だったろう。

高見は紙のように白い、少年の美しい、しかし猛獣のように残忍な顔と、その上に垂れさがっている、もじゃもじゃとした長い髪の毛を見た。少年は犬のように舌をはきながら、目をいからせて、高見の咽喉をぐいぐいと締めつけた。

そして、相手がまもなく気を失って、ぐんにゃりと床の上に倒れたのを見ると、初めて締めつけていた手をゆるめた。丹夫人がこの部屋に現われたのはちょうどその時である。彼女は床の上に倒れている高見の姿から、美貌《びぼう》の、しかしせむしのように体の痛められた少年の上に視線を移した。

「譲二!」丹夫人は二、三歩前へ進むと、しかりつけるように悲しんだ。が、そのつぎの瞬間、彼女はくるくるとめまいを感じて倒れてしまった。

奇怪な化粧台の奥の少年を殺して、丹夫人が自殺してしまったいまとなっては、その後下沢の手によって発見された、初山の日記によるより、この不可思議な謎は解くべくもない。

初山の日記には、つぎのような驚くべき臆測《おくそく》が書き綴られてあった。

——夫人の高価な、もろもろの嫁入り道具の中に、かくのごとき驚くべき調度が隠されてあったとは、はたしてだれが想像しえよう。夫人は猫や小鳥の代わりに、美貌の少年を数々の道具の中に加えておいたのだ。少年の名は鈴木譲二、嫁入り前の夫人とある種の関係があったと信ずべき筋を、残念ながら私は発見した。それにしても、十七の年からまる十二年間、化粧台の奥に隠れすんでいた少年も少年であるが、それを見事にかくまいおおせた夫人は、またなんというすばらしい悪魔であったろうか。私は一度この少年を見た。長い間の不規則な生活で、せむしのように肉体を痛められたこの美貌の少年と、丹夫人の奇怪な遊戯の現場を目撃したとき、私はもはや、この世の中のいかなるものをも信ずることができなくなってしまったのだ。——(後略)

下沢はこの日記を、だれにも見せずに焼き捨ててしまった。

高見はいま湘南の地で神経衰弱の体を養っている。ときどき彼は、あのおそろしい猫の鳴き声を耳にして、深夜がばと寝床の上に起き直ることがあった。思うにあの猫の鳴き声はいまわしき男女のあいびきの合図でもあったのだろう。

編者解説

日下《くさか》　三蔵《さんぞう》

横溝正史《よこみぞせいし》の新編集本が角川文庫から出るのは、一九九三年のエッセイ集『金田一耕助のモノローグ』以来、十五年ぶりということになる。作者の名前や、名探偵・金田一耕助《きんだいちこうすけ》の生みの親であることは知っていても、日本ミステリ史の中でどんな役割を果たした作家であるのかまでは、ご存じない方も多いかも知れない。

横溝正史は一九〇二（明治三十五）年、神戸《こうべ》に生まれた。小学生の頃から三津木春影《みつぎしゅんえい》、黒岩涙香《くろいわるいこう》らの探偵小説を愛読、中学時代には古書店で海外の探偵小説雑誌を買い集めるほどのマニアであった。自分でも短篇を執筆してさまざまな雑誌に投稿、一九二一（大正十）年には「恐ろしき四月馬鹿《エイプリル・フール》」が博文館の月刊誌「新青年」の四月号に掲載されている。江戸川乱歩《えどがわらんぽ》が同誌に「二銭銅貨」を発表してデビューするのが二三年だから、いかに早かったかお分かりいただけるだろう。

家業の薬種業に従事する傍らアマチュアの投稿作家として活動し、二六年に最初の著書『広告人形』を刊行している。この年、江戸川乱歩の勧めで上京して博文館に入社、編集者と作家の二足のわらじで活躍する。この時期の作品は、本格推理、サスペンス、恐怖小説からユーモアものまで幅広い。

一九二七（昭和二）年には早くも「新青年」の編集長となり、同誌のモダニズム路線を推進。三二年に博文館を辞して作家専業となる。翌年の「面影双紙」で耽美《たんび》ロマンの作風を開拓した矢先に肺結核を発病して喀血《かっけつ》。三四年には上諏訪《かみすわ》への転地療養を余儀なくされた。

三五年、病床で書き綴《つづ》った傑作「鬼火」でカムバックを遂げ、再び旺盛《おうせい》な執筆活動に入る。由利《ゆり》麟太郎《りんたろう》を探偵役にしたサスペンス色の強い本格ものや、〈人形佐七捕物帳〉などを発表するが、太平洋戦争の激化にともなって小説を書く場が徐々になくなっていき、四五年には一家で岡山県に疎開することになる。

戦後、本格ミステリの執筆に意欲を燃やし、『本陣殺人事件』『蝶々殺人事件』『獄門島』『八つ墓村』『犬神家の一族』『悪魔が来りて笛を吹く』などを次々と発表、探偵小説界を力強くリードした。多くの作品に登場する金田一耕助は、名探偵の代名詞ともなった。

戦後の作品群も怪奇色が濃厚だが、戦前の耽美ものと決定的に違うのは、作品の本質が意外性重視の本格もので、オカルトや怪奇の雰囲気は味付けやミスリードに使用されている点だ。横溝が手本としたジョン・ディクスン・カーの作品と同じである。乱歩の有名な言葉「うつし世はゆめ、よるの夢こそまこと」と対照的に、横溝は「謎の骨格に論理の肉付けをして、浪漫の衣を着せましょう」と言っているが、これはその作風を的確に表しているといえるだろう。

昭和三十年代の松本清張《まつもとせいちょう》ブームで旧来の探偵小説が推理小説と呼ばれるようになり、作品もリアルなものが求められるようになると、探偵小説を代表する横溝作品は時代と合わなくなり、六四年を最後に新作の発表はいったん途絶えた。この年、横溝正史六十二歳。

七一年、横溝作品に目をつけた角川春樹《かどかわはるき》が旧作を次々と角川文庫に収録すると人気に火が付き、七四年に三百万部、七五年に五百万部、七六年には一千万部という驚異的な売上を記録した。七六年に公開された映画「犬神家の一族」も大ヒット、映画化テレビ化との相乗効果で国民的な横溝ブームが到来する。いまでいうメディアミックスの成功例だが、むろん横溝作品の時代を超える面白さあってのブームであった。

七十歳を超えてから再び新作の筆を執り、『仮面舞踏会』『病院坂の首縊りの家』『悪霊島』などを発表。八一年、現役の探偵作家のまま七十九歳でその生涯を終えた。没後四十年近く経っても、多くの作品が読み継がれており、昨二〇一七年には戦時中の新聞連載長篇『雪割草』発見のニュースが大きく報じられたのも記憶に新しい。

角川書店が八〇年に創設した長篇公募の新人賞が横溝正史賞である（八一年の第一回から二〇〇〇年の第二十回までは横溝正史賞、二〇〇一年の第二十一回からは横溝正史ミステリ大賞）。長篇ミステリの公募新人賞は、現在でこそ、鮎川哲也《あゆかわてつや》賞、日本ミステリー文学大賞新人賞、『このミステリーがすごい！』大賞、ばらのまち福山ミステリー文学新人賞、アガサ・クリスティー賞、新潮ミステリー大賞と複数あるが、八〇年の段階では五五年にスタートした江戸川乱歩賞しか存在しなかった。

　どんなジャンルも、新しい書き手が登場してこなければ先細りになってしまう。その意味で新人賞は非常に重要な役割を果たしており、横溝正史賞（横溝正史ミステリ大賞）もミステリ界を支える有力な書き手を数多く輩出してきた。

　第五回佳作『画狂人ラプソディ』の森雅裕《もりまさひろ》は同年の江戸川乱歩賞を受賞、第七回『時のアラベスク』の服部《はっとり》まゆみは二〇〇七年に亡くなったが『罪深き緑の夏』『この闇と光』など幻想ミステリの逸品をいくつも遺している。

　第十三回優秀作『灰姫　鏡の国のスパイ』の打海文三《うちうみぶんぞう》は『ハルビン・カフェ』で第五回大藪春彦《おおやぶはるひこ》賞を受賞したが、やはり二〇〇七年に惜しまれつつ亡くなった。第十四回佳作『おなじ墓のムジナ』の霞流一《かすみりゅういち》はバカミスを標榜《ひょうぼう》し、特異な本格ミステリの作家として活躍中。第十五回『RIKO―女神の永遠―』の柴田《しばた》よしきは、本格、ハードボイルド、ユーモア・ミステリからSFまで、多彩なジャンルを手がける実力派の人気作家だ。

　第十八回『直線の死角』の山田宗樹《やまだむねき》は映画化された『嫌われ松子の一生』、第六十六回日本推理作家協会賞受賞のSF大作『百年法』と、スケールの大きな作品を連発している。第二十回『葬列』の小川勝己《おがわかつみ》は技巧を凝らした犯罪小説を発表。第二十一回優秀作『中空』の鳥飼否宇《とりかいひう》は奇抜な設定の本格ミステリを得意とし、『死と砂時計』で第十六回本格ミステリ大賞を受賞している。第二十二回『水の時計』の初野晴《はつのせい》は青春ミステリの分野で活躍、〈ハルチカ〉シリーズはテレビアニメ化もされた。第二十三回の候補となった岸田るり子《きしだこ》は『密室の鎮魂歌』で第十四回鮎川哲也賞を受賞。第二十五回『いつか、虹の向こうへ』の伊岡瞬《いおかしゅん》は現代的なサスペンスの書き手として活躍している。第二十九回『雪冤』の大門剛明《だいもんたけあき》は弁護士や検事を探偵役とした本格もの、第三十回『お台場アイランドベイビー』の伊与原新《いよはらしん》は理系ミステリ、同優秀賞『女騎手』の蓮見恭子《はすみきょうこ》はトリッキーなサスペンスを、それぞれ得意としている。第三十一回『消失グラデーション』の長沢樹《ながさわいつき》は本格ミステリ、第三十四回候補作『人間の顔は食べづらい』の白井智之《しらいともゆき》は本格とホラーの融合で、今後の活躍が期待される。

第十回横溝正史賞の候補となった鈴木光司《すずきこうじ》『リング』は、べらぼうに面白い作品であった。ただ、探偵役が事件を捜査していく構成にはなっているものの、本質的にはホラーであり、ミステリを対象とした横溝正史賞ではカテゴリーエラーとみなされたのも無理はなかった。

『リング』は九一年六月に単発のハードカバー単行本として、ひっそりと発売されたが、口コミで評判を呼ぶことになる。そして九三年四月、新たに創刊された角川ホラー文庫の一冊として刊行されるや大ベストセラーとなり、日本にホラーブームを巻き起こすのである。

こうした状況を承《う》けて角川書店が九四年に創設したのが日本ホラー小説大賞であった。第一回が受賞作なしというエンターテインメントの新人賞としては異例の結果で読者を驚かせたが、一定のレベルに達していない作品には授賞しない、という確固たる意志の表れでもあった。

第二回の大賞受賞作である瀬名秀明《せなひであき》『パラサイト・イヴ』もベストセラーとなり、『リング』とともに国産ホラーブームは過熱していく。『パラサイト・イヴ』はSFとホラーの要素を併せ持ち、瀬名秀明は第二作『BRAIN VALLEY』で早くも第十九回日本SF大賞を受賞している。ホラー大賞は、当時、新人賞のなかったSFの書き手にとってもデビューのための貴重な受け皿として機能していくことになる。

第二回短編賞「玩具修理者」の小林泰三《こばやしやすみ》と第四回大賞『黒い家』の貴志祐介《きしゆうすけ》は、SF、ホラー、ミステリの各ジャンルを横断・越境して活躍している。第五回候補作の高見広《たかみこう》春《しゅん》『バトル・ロワイアル』は太田出版から刊行されてベストセラーとなった。

第六回大賞の岩井志麻子《いわいしまこ》『ぼっけえ、きょうてえ』は短篇作品でありながら、あまりの怖さに大賞を受賞してしまった傑作。第六回佳作の牧野修《まきのおさむ》はSF、ホラーの両ジャンルで活躍中だし、第十回短編部門「白い部屋で月の歌を」の朱川湊人《しゅかわみなと》は『花まんま』で第百三十三回直木《なおき》賞を受賞している。

第十二回大賞『夜市』の恒川光太郎《つねかわこうたろう》はホラーとファンタジーの分野で活躍し、『金色機械』で第六十七回日本推理作家協会賞を受賞。第十四回短編部門「鼻」の曽根圭介《そねけいすけ》は同年の江戸川乱歩賞も受賞して話題となった。

二〇〇八年の第十五回大賞『庵堂三兄弟の聖職』の真藤順丈《しんどうじゅんじょう》は、この年に第三回ダ・ヴィンチ文学賞大賞、第三回ポプラ社小説大賞特別賞、第十五回電撃小説大賞銀賞も受賞しており、こんなに一度に新人賞を獲った作家は前代未聞。同年長編部門『粘膜人間』の飴村行《あめむらこう》は、『粘膜蜥蜴』で第六十三回日本推理作家協会賞を受賞しているし、同年短編部門「生き屏風」の田辺青蛙《たなべせいあ》は怪談作家として活躍している。

第十七回長編部門『バイロケーション』の法条遥《ほうじょうはるか》はSFミステリを中心に活躍、同年短編部門「少女禁区」の伴名練《はんなれん》も切れ味鋭いSF短篇をコンスタントに発表している。第二十二回大賞『ぼぎわんが、来る』の澤村伊智《さわむらいち》と同年読者賞『記憶屋』の織守《おりがみ》きょうやは、いずれもホラーとミステリの両ジャンルを横断して活躍中だ。


二つの新人賞の沿革について長々と述べてきたのは、もちろん本書の成立に関係しているからで、日本ホラー小説大賞は二〇一八年度の第二十五回を最後に横溝正史ミステリ大賞と統合され、二〇一九年度から横溝正史ミステリ&ホラー大賞にリニューアルされることになったのである。ミステリとホラーの両ジャンルを対象とし、回数は横溝賞を踏襲して第三十九回となる。

これを記念して、横溝正史のホラー短篇を角川文庫で新たに出せないか、という依頼が編者のもとに来たのだ。先述したように、戦後の作品はいかにおどろおどろしい雰囲気であろうとも本質的には本格ミステリであるため、ホラー短篇というオーダーにはふさわしくない。

必然的に戦前の作品が対象となる訳だが、「面影双紙」以降の耽美《たんび》ミステリ、「鬼火」「蔵の中」「かいやぐら物語」「蠟人」などを一挙に収録した角川文庫版『鬼火』が衆目の一致するベスト作品集ということになるだろう。だが、この短篇集は『蔵の中・鬼火』として本書に先駆けて復刊されることが決まっていた。そこで同書との重複を避け、戦前の短篇から怪奇的な雰囲気の作品十四篇を選んだのが本書なのである。

各篇の初出は、以下のとおり。

山名耕作の不思議な生活　「大衆文芸」昭和2年1月号
川越雄作の不思議な旅館　「新青年」昭和4年2月号
双生児　「新青年」昭和4年2月増刊号　※江戸川乱歩名義
犯罪を猟る男　「現代」大正15年10月号
妖説血屋敷　「冨士」昭和11年4月増刊号
面《マスク》　「週刊朝日」昭和11年6月特別号
舌　「新青年」昭和11年7月号　※阿部鞠哉名義
白い恋人　「オール讀物」昭和12年5月増刊号
青い外套を着た女　「サンデー毎日」昭和12年7月特別号

誘蛾燈　「オール讀物」昭和12年12月号
湖畔　「モダン日本」昭和15年7月号
髑髏鬼　「文芸倶楽部」昭和5年12月号　※河原梧郎名義
恐怖の映画　「週刊朝日」昭和6年1月特別号
丹夫人の化粧台　「新青年」昭和6年11月号

角川文庫旧版では、「犯罪を猟る男」は『恐ろしき四月馬鹿』、「山名耕作の不思議な生活」「川越雄作の不思議な旅館」「双生児」「丹夫人の化粧台」は『山名耕作の不思議な生活』、「妖説血屋敷」「面」「舌」「誘蛾燈」は『誘蛾燈』、「湖畔」は『悪魔の家』、「恐怖の映画」は『殺人暦』、「白い恋人」「青い外套を着た女」は『青い外套を着た女』に、それぞれ収録されていた。

「髑髏鬼」は横溝正史の現代ミステリとしては珍しく角川文庫から漏れており、春陽文庫版『殺人暦』（95年6月）にしか入っていなかった。その後、出版芸術社の『横溝正史探偵小説コレクション1　赤い水泳着』（04年9月）にも収められたが、いずれも品切れとなって久しいため、今回、初めて角川文庫に入れた次第。

由利先生や金田一耕助などのシリーズ探偵が出てこない短篇については、柏書房の〈横溝正史ミステリ短篇コレクション〉に百篇以上をまとめておいたので、本書で初めて横溝作品に触れて興味を持たれた方は、ぜひそちらにも手を伸ばしていただきたい。

それにしても古いものは今から約九十年も前の作品であるのに、この読みやすさ、面白さは驚異的だ。昭和三十年代生まれの綾辻行人《あやつじゆきと》、有栖川有栖《ありすがわありす》らは昭和末期に大挙して作家デビューし、現在の本格ミステリ隆盛の礎を築いたが、彼らが昭和四十年代の横溝ブームの洗礼を受けた世代であることは注目に値する。

横溝作品のストーリーテリングの上手《うま》さ、本格ミステリとしての技巧の数々は、これからも若い読者を魅了し続け、そしてまた、彼らの中から未来のミステリ界を担う新しい書き手が生まれてくるに違いないのだ。

本書は角川文庫『山名耕作の不思議な生活』（一九七七年三月）、『恐ろしき四月馬鹿』（一九七七年三月）、『誘蛾燈』（一九七八年二月）、『悪魔の家』（一九七八年三月）、『青い外套を着た女』（一九七八年一一月）、『殺人暦』（一九七八年一一月）、春陽文庫『殺人暦』（一九九五年六月）を底本としています。改版にあたり、『横溝正史ミステリ短篇コレクション4　誘蛾燈』日下三蔵編（二〇一八年三月、柏書房刊）などを参照し、明らかに誤植と思われるものは改め、一部原文表記に戻しています。

本書には、支那料理、気違い、狂気の沙汰、不具者、発狂、せむし、痴鈍、ならびに小人症について、今日の人権意識に照らして不適切と思われる語句や表現がありますが、作品執筆当時の時代背景、作者が故人であること、作品の文学性を考慮しそのままといたしました。

（編集部）

丹夫人《たんふじん》の化粧台《けしょうだい》

横溝正史怪奇探偵小説傑作選《よこみぞせいしかいきたんていしょうせつけっさくせん》

横溝正史《よこみぞせいし》　日下三蔵《くさかさんぞう》＝編

平成30年 11月25日　初版発行
令和6年 4月15日　8版発行

発行者●山下直久

発行●株式会社KADOKAWA
〒102-8177　東京都千代田区富士見2-13-3
電話　0570-002-301（ナビダイヤル）

角川文庫 21289

印刷所●株式会社KADOKAWA
製本所●株式会社KADOKAWA

表紙画●和田三造

ISBN 978-4-04-107543-2　C0193

◆◇◇

角川文庫発刊に際して

角川源義

第二次世界大戦の敗北は、軍事力の敗北であった以上に、私たちの若い文化力の敗退であった。私たちの文化が戦争に対して如何に無力であり、単なるあだ花に過ぎなかったかを、私たちは身を以て体験し痛感した。西洋近代文化の摂取にとって、明治以後八十年の歳月は決して短かすぎたとは言えない。にもかかわらず、近代文化の伝統を確立し、自由な批判と柔軟な良識に富む文化層として自らを形成することに私たちは失敗して来た。そしてこれは、各層への文化の普及滲透を任務とする出版人の責任でもあった。

一九四五年以来、私たちは再び振出しに戻り、第一歩から踏み出すことを余儀なくされた。これは大きな不幸ではあるが、反面、これまでの混沌・未熟・歪曲の中にあった我が国の文化に秩序と確たる基礎を齎らすためには絶好の機会でもある。角川書店は、このような祖国の文化的危機にあたり、微力をも顧みず再建の礎石たるべき抱負と決意とをもって出発したが、ここに創立以来の念願を果すべく角川文庫を発刊する。これまで刊行されたあらゆる全集叢書文庫類の長所と短所とを検討し、古今東西の不朽の典籍を、良心的編集のもとに、廉価に、そして書架にふさわしい美本として、多くのひとびとに提供しようとする。しかし私たちは徒らに百科全書的な知識のジレッタントを作ることを目的とせず、あくまで祖国の文化に秩序と再建への道を示し、この文庫を角川書店の栄ある事業として、今後永久に継続発展せしめ、学芸と教養との殿堂として大成せんことを期したい。多くの読書子の愛情ある忠言と支持とによって、この希望と抱負とを完遂せしめられんことを願う。

一九四九年五月三日

角川文庫ベストセラー

金田一耕助ファイル1
八つ墓村
横溝正史

鳥取と岡山の県境の村、かつて戦国の頃、三千両を携えた八人の武士がこの村に落ちのびた。欲に目が眩んだ村人たちは八人を惨殺。以来この村は八つ墓村と呼ばれ、怪異があいついだ……。

金田一耕助ファイル2
本陣殺人事件
横溝正史

一柳家の当主賢蔵の婚礼を終えた深夜、人々は悲鳴と琴の音を聞いた。新床に血まみれの新郎新婦。枕元には、家宝の名琴〝おしどり〟が……。密室トリックに挑み、第一回探偵作家クラブ賞を受賞した名作。

金田一耕助ファイル3
獄門島
横溝正史

瀬戸内海に浮かぶ獄門島。南北朝の時代、海賊が基地としていたこの島に、悪夢のような連続殺人事件が起こった。金田一耕助に託された遺言が及ぼす波紋とは？　芭蕉の俳句が殺人を暗示する⁉

金田一耕助ファイル4
悪魔が来りて笛を吹く
横溝正史

毒殺事件の容疑者椿元子爵が失踪して以来、椿家に次々と惨劇が起こる。自殺他殺を交え七人の命が奪われた。悪魔の吹く嫋々たるフルートの音色を背景に、妖異な雰囲気とサスペンス！

金田一耕助ファイル5
犬神家の一族
横溝正史

信州財界一の巨頭、犬神財閥の創始者犬神佐兵衛は、血で血を洗う葛藤を予期したかのような条件を課した遺言状を残して他界した。血の系譜をめぐるスリルとサスペンスにみちた長編推理。

角川文庫ベストセラー

人面瘡
金田一耕助ファイル6
横溝正史

「わたしは、妹を二度殺しました」。金田一耕助が夜半遭遇した夢遊病の女性が、奇怪な遺書を残して自殺を企てた。妹の呪いによって、彼女の腋の下には人面瘡が現れたというのだが……表題他、四編収録。

夜歩く
金田一耕助ファイル7
横溝正史

古神家の令嬢八千代に舞い込んだ「我、近く汝のもとに赴きて結婚せん」という奇妙な手紙と佝僂の写真は陰惨な殺人事件の発端であった。卓抜なトリックで推理小説の限界に挑んだ力作。

迷路荘の惨劇
金田一耕助ファイル8
横溝正史

複雑怪奇な設計のために迷路荘と呼ばれる豪邸を建てた明治の元勲古館伯爵の孫が何者かに殺された。事件解明に乗り出した金田一耕助。二十年前に起きた因縁の血の惨劇とは？

女王蜂
金田一耕助ファイル9
横溝正史

絶世の美女、源頼朝の後裔と称する大道寺智子が伊豆沖の小島……月琴島から、東京の父のもとにひきとられた十八歳の誕生日以来、男達が次々と殺される！開かずの間の秘密とは……？

幽霊男
金田一耕助ファイル10
横溝正史

湯を真っ赤に染めて死んでいる全裸の女。ブームに乗って大いに繁盛する、いかがわしいヌードクラブの三人の女が次々に惨殺された。それも金田一耕助や等々力警部の眼前で——！

角川文庫ベストセラー

金田一耕助ファイル16 悪魔の百唇譜

横溝正史

若い女と少年の死体が相次いで車のトランクから発見された。この連続殺人が未解決の男性歌手殺害事件の秘密に関連があるのを知った時、名探偵金田一耕助は激しい興奮に取りつかれた……。

金田一耕助ファイル17 仮面舞踏会

横溝正史

夏の軽井沢に殺人事件が起きた。被害者は映画女優・鳳三千代の三番目の夫。傍にマッチ棒が楔形文字のように折れて並んでいた。軽井沢に来ていた金田一耕助が早速解明に乗りだしたが……。

金田一耕助ファイル18 白と黒

横溝正史

平和そのものに見えた団地内に突如、怪文書が横行し始めた。プライバシーを暴露した陰険な内容に人々は戦慄！　金田一耕助が近代的な団地を舞台に活躍。新境地を開く野心作。

金田一耕助ファイル19 悪霊島 (上)(下)

横溝正史

あの島には悪霊がとりついている——額から血膿の吹き出した凄まじい形相の男は、そう呟いて息絶えた。尋ね人の仕事で岡山へ来た金田一耕助。絶海の孤島を舞台に妖美な世界を構築！

金田一耕助ファイル20 病院坂の首縊りの家 (上)(下)

横溝正史

〈病院坂〉と呼ぶほど隆盛を極めた大病院は、昔薄幸の女が縊死した屋敷跡にあった。天井にぶら下がる男の生首……二十年を経て、迷宮入りした事件を、等々力警部と金田一耕助が執念で解明する！

角川文庫ベストセラー

双生児は囁く　横溝正史

「人魚の涙」と呼ばれる真珠の首飾りが、檻の中に入れられデパートで展示されていた。ところがその番をしていた男が殺されてしまう。横溝正史が遺した文庫未収録作品を集めた短編集。

悪魔の降誕祭　横溝正史

金田一耕助の探偵事務所で起きた殺人事件。被害者はその日電話をしてきた依頼人だった。しかも日めくりのカレンダーが何者かにむしられ、12月25日にされていて——。本格ミステリの最高傑作！

殺人鬼　横溝正史

ある夫婦を付けねらっていた奇妙な男がいた。彼の挙動が気になった私は、その夫婦の家を見張った。だが、数日後、その夫婦の夫が何者かに殺されてしまった！　表題作ほか三編を収録した傑作短篇集！

喘ぎ泣く死美人　横溝正史

当時の交友関係をベースにした物語「素敵なステッキの話」。外国を舞台とした怪奇小説の「夜読むべからず」や「喘ぎ泣く死美人」など、ファン待望の文庫未収録作品を一挙掲載！

髑髏検校　横溝正史

江戸時代。豊漁ににぎわう房州白浜で、一頭の鯨の腹からフラスコに入った長い書状が出てきた。これこそ、後に江戸中を恐怖のどん底に陥れた、あの怪事件の前触れであった……横溝初期のあやかし時代小説！

角川文庫ベストセラー

人形佐七捕物帳傑作選

横溝正史
編／縄田一男

神田お玉が池に住む岡っ引きの人形佐七が江戸でおきたあらゆる事件を解き明かす！　時代小説評論家・縄田一男が全作品から厳選。冴えた謎解き、泣ける人情話……初めての読者にも読みやすい7編を集める。

夏しぐれ
時代小説アンソロジー

編／縄田一男
平岩弓枝、藤原緋沙子、諸田玲子、横溝正史、柴田錬三郎

夏の神事、二十六夜待で目白不動に籠もった俳諧師が死んだ。不審を覚えた東吾が探ると……。『御宿かわせみ』からの平岩弓枝作品や、藤原緋沙子、諸田玲子など、江戸の夏を彩る珠玉の時代小説アンソロジー！

羅生門・鼻・芋粥

芥川龍之介

荒廃した平安京の羅生門で、死人の髪の毛を抜く老婆の姿に、下人は自分の生き延びる道を見つける。表題作「羅生門」をはじめ、初期の作品を中心に計18編。芥川文学の原点を示す、繊細で濃密な短編集。

蜘蛛の糸・地獄変

芥川龍之介

地獄の池で見つけた一筋の光はお釈迦様が垂らした蜘蛛の糸だった。絵師は愛娘を犠牲にして芸術の完成を追求する。両表題作の他、「奉教人の死」「邪宗門」など、意欲溢れる大正7年の作品計8編を収録する。

杜子春

芥川龍之介

人間らしさを問う「杜子春」、梅毒に冒された15歳の南京の娼婦を描く「南京の基督」、姉妹と従兄の三角関係を叙情とともに描く「秋」他「黒衣聖母」「或敵打の話」などの作品計17編を収録。

角川文庫ベストセラー

それから　夏目漱石

友人の平岡に譲ったかつての恋人、三千代への、長井代助の愛は深まる一方だった。そして平岡夫妻に亀裂が生じていることを知る。道徳的批判を超え個人主義的正義に行動する知識人を描いた前期三部作の第2作。

門　夏目漱石

かつての親友の妻とひっそり暮らす宗助。他人の犠牲の上に勝利した愛は、罪の苦しみに変わっていた。宗助は禅寺の山門をたたき、安心と悟りを得ようとするが。求道者としての漱石の面目を示す前期三部作終曲。

こころ　夏目漱石

遺書には、先生の過去が綴られていた。のちに妻とする下宿先のお嬢さんをめぐる、親友Kとの秘密だった。死に至る過程と、エゴイズム、世代意識を扱った、後期三部作の終曲にして、漱石文学の絶頂をなす作品。

明暗　夏目漱石

幸せな新婚生活を送っているかに見える津田とお延。だが、津田の元婚約者の存在が夫婦の生活に影を落としはじめ、漠然とした不安を抱き――。複雑な人間模様を克明に描く、漱石の絶筆にして未完の大作。

文鳥・夢十夜・永日小品　夏目漱石

夢に現れた不思議な出来事を綴る「夢十夜」、鈴木三重吉に飼うことを勧められる「文鳥」など表題作他、留学中のロンドンから正岡子規に宛てた「倫敦消息」や、「京につける夕」「自転車日記」の計6編収録。